16	3	2	13
5	10	11	8
9	6	7	12
4	15	14	1

Anacreonte

FRAGMENTOS COMPLETOS
seguidos das *Anacreônticas*

Edição bilíngue

Tradução, introdução e comentários
Leonardo Antunes

Prefácio e revisão técnica
Guilherme Gontijo Flores

editora■34

EDITORA 34

Editora 34 Ltda.
Rua Hungria, 592 Jardim Europa CEP 01455-000
São Paulo - SP Brasil Tel/Fax (11) 3811-6777 www.editora34.com.br

Copyright © Editora 34 Ltda., 2022
Tradução, introdução e comentários © Leonardo Antunes, 2022

A FOTOCÓPIA DE QUALQUER FOLHA DESTE LIVRO É ILEGAL E CONFIGURA UMA
APROPRIAÇÃO INDEVIDA DOS DIREITOS INTELECTUAIS E PATRIMONIAIS DO AUTOR.

Imagem da capa:
*Busto de Anacreonte, c. 130-140 d.C., mármore,
Palazzo Medici Riccardi, Florença*

Capa, projeto gráfico e editoração eletrônica:
Franciosi & Malta Produção Gráfica

Revisão:
*Sergio Maciel
Cide Piquet*

1ª Edição - 2022

CIP - Brasil. Catalogação-na-Fonte
(Sindicato Nacional dos Editores de Livros, RJ, Brasil)

Anacreonte, c. 550-480 a.C.
A819f   Fragmentos completos, seguidos das
Anacreônticas / Anacreonte; edição bilíngue;
tradução, introdução e comentários de Leonardo
Antunes; prefácio de Guilherme Gontijo Flores
— São Paulo: Editora 34, 2022.
448 p.

ISBN 978-65-5525-130-2

Texto bilíngue, português e grego

1. Poesia grega clássica. I. Antunes,
Leonardo. II. Flores, Guilherme Gontijo.
III. Título.

CDD - 881

FRAGMENTOS COMPLETOS
seguidos das *Anacreônticas*

Prefácio, *Guilherme Gontijo Flores*	7
Introdução, *Leonardo Antunes*	13
Parte I — Anacreonte	43
Parte II — Anacreônticas	301
Súmula métrica	439
Agradecimentos	440
Índice de nomes	441
Bibliografia consultada	443
Sobre o autor	445
Sobre as *Anacreônticas*	446
Sobre o tradutor	447

Inventar tradições, traduzir

Guilherme Gontijo Flores

Esta é a primeira reunião em língua portuguesa de uma tradição fundamental do mundo grego: a poesia atribuída a Anacreonte (séc. VI a.C.) e a poesia das assim chamadas *Anacreônticas*, poemas impressionantes de imitadores bastante tardios de uma tradição que se confunde em várias vozes, temas, ritmos etc. Antes disso, tínhamos, sim, traduções esparsas dos fragmentos de Anacreonte, e uma boa seleta de *Anacreônticas*, porém tudo ainda incipiente em suas soluções críticas e poéticas; faltava, como ainda nos falta tanto da Antiguidade, um trabalho de fôlego, fosse ele poético ou crítico. Leonardo Antunes, que vem de uma trajetória de estudo filológico e tradução poética muito atentos, desde sua dissertação de mestrado *Ritmo e sonoridade na poesia grega antiga*,[1] mas também passando pela tese de doutorado em que verteu parte do complexo *corpus* de Píndaro, chega agora a mais um trabalho fundamental, imprescindível para os estudiosos da área de clássicas, bem como para os leitores de poesia. Nesse sentido, este livro é claramente uma realização da tradução poética como ato criativo e crítico num só gesto. Gostaria então de apontar dois pontos que considero centrais por sua peculiaridade e importância neste projeto.

Em primeiro lugar, Leonardo nos oferece uma variedade de modos de olharmos para a tradição anacreôntica diretamente ligada a Anacreonte ou a seus sucessores. Isto se dá por uma introdução ao mesmo tempo refinada e acessível, além dos comentários oferecidos a cada fragmento e poema, para explicar contextos e ritmos. Temos aqui um *tour de force* do comentador associado ao tradutor, um empenho em tentar

---

[1] Leonardo Antunes, *Ritmo e sonoridade na poesia grega antiga*, São Paulo, Humanitas, 2011.

contextualizar o leitor num mundo materialmente fragmentário e difícil mesmo para estudiosos, sem ser por isso hermético. Nesse empenho, vemos em relação com os poemas também suas fontes diretas (papiros descobertos nas últimas décadas, sobretudo), com textos em estado muitas vezes lastimável, e suas fontes indiretas (citações da Antiguidade) em melhor estado, porém muitas vezes representando apenas um trecho do que seria o texto integral. Nesses casos, a interpretação possível do poema também está na forma como nos foi transmitido; essa ponte em ruínas nos deixa claro que o texto tem sentido pela relação que traça com outros textos de estudiosos, filósofos, gramáticos, outros poetas etc., numa trama complexa de sentidos. Leonardo, ao retomar esse trabalho por vezes cansativo, nos dá, junto com os poemas, uma chance de vermos essa tradição em funcionamento, e mais, uma chance de interpretarmos o poema para além da naturalização imediata para os nossos padrões éticos e estéticos. Nisso, a tradução está longe de ser o fracasso do tradutor; pelo contrário, ela se torna parte de seu aparato crítico, ela abre as traduções para além do texto em si.

Em segundo lugar, porém igualmente crucial, Leonardo apresenta uma variedade de modos de olharmos para a *tradução*. Em diversos momentos, ele opta por aclimatações métricas dos ritmos antigos, de modo a criar um Anacreonte popular em redondilhas ou octossílabos, dentre outros metros; já em outros, arrisca-se na empreitada de recriar padrões rítmicos antigos que permitam o canto em português segundo a mesma partitura imaginável para o poema grego. Aqui entra em jogo seu trabalho extra-livresco intimamente ligado aos resultados deste livro: Leonardo tem um canal no Youtube, por onde vem divulgando traduções em performance, em grego e português, segundo a mesma melodia composta por ele próprio. Assim, o que aqui é texto se desdobra na experiência vocal, que por sua vez opera o trabalho crítico sobre a oralidade da cultura grega ao mesmo tempo em que nos ressensibiliza para as demandas das poéticas orais no presente, sobretudo num país como o Brasil, em que a canção, o rap, o hip hop, o repente, os cantos indígenas, os toques de umbanda etc. perpassam a vida de inúmeras pessoas. Esse trabalho paralelo de canto e composição, por sua vez, ressignifica nossa noção tradicional de texto e, portanto, opera uma crítica fundamental ao trabalho tradutório, num curto-circuito entre canto e texto. O que quero dizer com esta nota breve é que Leonardo não se contenta com o lugar tradicionalmente reservado à tradução, a saber, o de mero transportador de conteúdos. Muito mais que isso, este trabalho estabelece uma nova relação possível — como crítica e como vivência poética e performática — com uma tradição que nos parecia demasiado distante ou demasiado próxima. Não se trata então de um barco que nos traz os mortos, mas de um movimento que refaz a vida, torna o outro um próximo tensionado, funde modelos culturais, opera críticas de ambos os lados, em suma, nos abre para a poesia grega naquilo que ela também se nos recusa, estabelece uma poética de relações possíveis.

E isso tudo é feito sem modelo dogmático. Tudo parece girar em torno da ideia de tradução-poética-crítica como experimentação constante diante de cada texto, de sua singularidade. Os comentários mudam de enfoque a cada poema, tal como os metros, os temas, os modos, as dicções, os registros etc. Com isso, em vez de nos oferecer uma visão única e codificada de Anacreonte e das *Anacreônticas*, Leonardo Antunes nos permite entrever uma multiplicidade de imagens, uma polifonia de vozes reunida sob a égide de uma tradição. Sinto que neste traduzir também se forma uma tradição, muito presente, que cabe a nós manter viva.

para minha mãe

Introdução

Leonardo Antunes

Anacreonte e sua imagem na Antiguidade

A nós, contemporâneos, é de todo incerto quem tenha sido Anacreonte. Assim como Homero se tornou, entre os gregos, uma figura mais lendária do que histórica, sinônimo de excelência em versos épicos, Anacreonte parece criar-se, bio(biblio)graficamente (a partir dos próprios versos de bebedeira, de amor variegado e de celebração da vida), um sinônimo de excelência em versos hedonistas. Pela variedade de relatos de origem não muito distante de seu próprio tempo, entretanto, é razoavelmente seguro crer que tenha havido, ao final da época arcaica, na Grécia, um poeta lírico chamado Anacreonte.

Segundo a tradição, Anacreonte nasceu na cidade jônia de Teos, na Ásia Menor, por volta da metade do século VI a.C. Por conta dos ataques de Harpago, general de Ciro, contra as cidades gregas da região, os habitantes de Teos se viram obrigados a fugir, tendo rumado para a Trácia, onde fundaram Abdera em 540 a.C. O fragmento 391 do próprio poeta talvez faça alusão a esse evento:

> νῦν δ' ἀπὸ μὲν στέφανος πόλεως ὄλωλεν.
> Ora a coroa da pólis está perdida.

No verso em questão, nota-se a imagem da coroa ("στέφανος") como uma metáfora para as muralhas de uma cidade, fato que é apontado no escólio pindárico (da *Olímpica* VIII) de que o fragmento foi retirado. Contudo, ainda que seja tentador associar o verso a um ataque a Teos, não há provas de que esse tenha sido realmente o caso. A verdade é que a maior parte da biografia de Anacreonte, assim como comumente acontece com os demais poetas antigos, é difícil de se confirmar como autêntica. Os gregos tinham, com efeito, o costume de embelezar as histórias de suas personalidades famosas, de modo que, após alguns séculos, o fato histórico acabava se tornando indissociável dos mitos que se lhe imiscuíam.

Ainda sobre Abdera, há outro fragmento, o de número 505, que menciona a cidade:

>Ἄβδηρα καλὴ Τηίων ἄποικίη.
>Abdera, bela colônia dos homens de Teos.

Contudo, ele não nos auxilia muito mais na questão, tanto por sua brevidade, quanto por sua atribuição duvidosa a Anacreonte.

Apesar dessas incertezas, talvez não seja mera lenda o próximo estágio da biografia de Anacreonte — pelo menos não em linhas gerais. Após os eventos mencionados a respeito de sua cidade natal, as fontes antigas colocam o poeta na corte de Polícrates, o tirano de Samos, cuja tirania vigorou de 533 a 522 a.C. Até esse ponto, a história é bastante razoável, visto que, de fato, os poetas e músicos antigos frequentemente se associavam a políticos e líderes importantes a fim de gozar de sua proteção e de seus recursos. A partir disso, no entanto, existe a história de que Esmerdes, um dos amados a que Anacreonte se refere em seus poemas, teria sido alguém da corte de Polícrates. Por si só, a informação é pouco significativa, mas a história vai mais longe: Esmerdes teria sido o favorito do tirano, segundo o que nos contam Ateneu (12.540e) e Estobeu (4.21.24). Por conta disso, quando o soberano notou que o poeta estava se aproximando demais do rapaz, teria ordenado que lhe cortassem os cabelos, fato a que Anacreonte teria feito menção no fragmento 414,

>ἀπέκειρας δ' ἀπαλῆς κόμης ἄμωμον ἄνθος.
>Mas cortaste essa perfeita flor dos teus cabelos,

e também no 347 (a),

>καὶ κ[όμη]ς, ἥ τοι κατ' ἀβρὸν
>ἐσκία[ζ]εν αὐχένα·
>νῦν δὲ δὴ σὺ μὲν στολοκρός,
>ἡ δ' ἐς αὐχμηρὰς πεσοῦσα

χεῖρας ἀθρόη μέλαιναν
    ἐς κόνιν κατερρύη

τλημόν[ω]ς τομῆι σιδήρου
περιπεσο[ῦ]σ'· ἐγὼ δ' ἄσηισι
τείρομαι· τί γάρ τις ἔρξηι
    μηδ' ὑπὲρ Θρήικης τυχών;

[Era belo o viço jovem
do teu rosto de menino,]
do cabelo que cobria
    teu pescoço delicado.

Ora te fizeram calvo:
teu cabelo se tombou,
sob a ação de rudes mãos,
    para o chão, num monte escuro,

decepado pelo ferro
de uma lâmina. Logo eu sofro,
pois o que fazer se mesmo
    pela Trácia se falhou?

    Se considerarmos verídica a enorme fama de que Anacreonte teria gozado mesmo em vida por toda a Grécia (fato notável quando se tem em mente a dificuldade de locomoção e de transmissão de informação de sua época), não seria nada surpreendente que o poeta houvesse realmente passado alguns anos na corte de Polícrates. Afinal de contas, uma fama pan-helênica não se teria construído sem muitas viagens e associações ilustres. Uma das fontes (Himério, *Orações*, 28.2), de fato, afirma que Anacreonte não só havia vivido na corte de Polícrates, mas também que sua poesia estava repleta de referências ao tirano. Infelizmente, isso é algo que não podemos comprovar, visto que temos apenas alguns poucos fragmentos do que deve ter sido uma vasta produção poética, distribuída em cinco livros, segundo testemunhos antigos, como afirma este epigrama (*Antologia Palatina*, 9.239) dedicatório de Crinágoras:

βύβλων ἡ γλυκερὴ λυρικῶν ἐν τεύχεϊ τῷδε
    πεντὰς ἀμιμήτων ἔργα φέρει χαρίτων.

† Ἀνακρείοντος, ἃς ὁ Τήιος ἡδὺς πρέσβυς
    ἔγραψεν ἢ παρ᾽ οἶνον ἢ σὺν Ἱμέροις †.
δῶρον δ᾽ εἰς ἱερὴν Ἀντωνίῃ ἥκομεν ἠῶ
    κάλλευς καὶ πραπίδων ἔξοχ᾽ ἐνεγκαμένῃ.

Vem nesta caixa um quinteto de livros de lírica amáveis
    com os trabalhos sem par, inimitáveis na graça,
de Anacreonte, que o velho agradável de Teos escreveu
    junto do vinho ou então sob a instrução dos Desejos.
Como um presente, viemos pro dia sagrado de Antônia,
    cuja beleza e saber vão muito além dos demais.

Apesar dessa perda da maior parte da obra de Anacreonte, em virtude do número de fontes que associam o poeta ao tirano e também da menção de que Anacreonte teria falado de Polícrates em seus poemas, é razoável assumir que o poeta tenha realmente passado algum tempo em Samos. Por sua vez, se sua disputa com o tirano pelo amor de Esmerdes foi fato histórico ou não, talvez seja uma dúvida que jamais tenhamos como sanar.

De uma forma ou de outra, após sua estadia na corte de Polícrates, encontramos Anacreonte em Atenas. De acordo com Platão (*Hiparco*, 228bc), Hiparco teria enviado um navio com cinquenta remadores para buscar o poeta a fim de que se juntasse à corte de seu irmão, o tirano Hípias. Os dois irmãos eram filhos de Pisístrato, famoso tirano ateniense e patrono das artes. Existe uma lenda de que os textos homéricos teriam se fixado por escrito pela primeira vez por iniciativa deste tirano, que teria feito um grande concurso de rapsodos a fim de se registrar a mais bela versão da *Ilíada* e da *Odisseia*. Foi também em seu governo que o teatro passou a ser custeado pelo estado e incluído nas festas da cidade. Hípias e Hiparco parecem ter herdado esse interesse de seu pai, ou pelo menos a noção da importância de se associar com artistas e pensadores (tendência que seria emulada ainda por muitos políticos no futuro, como Péricles com Anaxágoras, Alcibíades com Sócrates, Dionísio de Siracusa com Platão, Alexandre com Aristóteles etc.). De fato, esse mesmo trecho de Platão, em que se fala de Anacreonte sendo levado para Atenas, também menciona que Hiparco teria convencido Simônides, outro grande poeta da época, a manter contato constante consigo mediante alto pagamento.

Se for verdadeira essa associação dos dois poetas com Hípias e Hiparco, talvez também seja genuína a informação de que Anacreonte e Simônides tivessem se tornado próximos durante esse período. De fato, é atribuído a Simônides (Fr. Eleg. LXVII) um poema elegíaco na forma de um epitáfio para o poeta de Teos:

> οὗτος Ἀνακρείοντα, τὸν ἄφθιτον εἵνεκα Μουσέων
>   ὑμνοπόλον, πάτρης τύμβος ἔδεκτο Τέω,
> ὅς Χαρίτων πνείοντα μέλη, πνείοντα δ' Ἐρώτων
>   τὸν γλυκὺν ἐς παίδων ἵμερον ἡρμόσατο·
> μοῦνον δ' εἰν Ἀχέροντι βαρύνεται, οὐχ ὅτι λείπων
>   ἠέλιον Λήθης ἐνθάδ' ἔκυρσε δόμων,
> ἀλλ' ὅτι τὸν χαρίεντα μετ' ἠιθέοισι Μεγιστέα
>   καὶ τὸν Σμερδίεω Θρῆκα λέλοιπε πόθον.
> μολπῆς δ' οὐ λήγει μελιτερπέος, ἀλλ' ἔτ' ἐκεῖνον
>   βάρβιτον οὐδὲ θανὼν εὔνασεν εἰν Ἀίδῃ.

> Este sepulcro acolheu o cantor oriundo de Teos,
>   Anacreonte, que foi feito imortal pelas Musas.
> Tinham perfume semelho ao das Graças, semelho aos Amores,
>   todas suas doces canções feitas de amor aos garotos.
> Lá no Aqueronte só tem um incômodo, que não é o fato
>   de ter partido do sol para os domínios de Lete,
> mas ter deixado Megistes pra trás, gracioso entre os jovens,
>   junto de sua paixão trácia, a paixão por Esmerdes.
> Ele porém continua a cantar sua melíflua canção:
>   mesmo no Hades jamais deixa sua lira dormir.

O poema tem uma temática toda anacreôntica, evocando as imagens das Musas, das Graças, de canções de amor, de perfume e de doçura. Os primeiros versos formulam o propósito do poema (um epitáfio) e o objeto a que ele se destina (Anacreonte), especificando, por fim, as características principais desse objeto (sua função como poeta, sua fama e a cidade de onde ele veio). Em seguida, mencionam-se dois dos mais famosos amores do poeta, Megistes e Esmerdes, para finalmente o poema se encerrar com a imagem de Anacreonte, no Hades, ainda cantando e tocando sua lira. Esta última imagem, aliás, é descrita de forma bastante peculiar: diz-se que, mesmo no Hades, ele não pôs ainda sua lira para dormir. Essa maneira de formular a ideia evoca uma temática sexual, do leito, como se a lira fosse um(a) amante em conúbio contínuo com o poeta, jamais lhe sendo permitido descansar. O sono, portanto, aparece tanto como uma metáfora para o fim do canto (e o fim da vida), quanto como um artifício para reforçar a temática amorosa desse poema que celebra um poeta famoso justamente por suas canções de amor e por sua paixão sem fim.

Mais uma vez, no entanto, é duvidosa a veracidade histórica desse documento. Simônides foi, com efeito, um célebre escritor de epitáfios. Justamente por isso, contudo, criou-se, ao longo dos séculos, uma tendência de se lhe atribuir a autoria de epitáfios quando não se sabia ao certo quem os havia composto. De uma forma ou de outra, o poema é interessante e nos ajuda a configurar a imagem que se tinha do poeta após sua morte.

O mesmo se dá com outro epitáfio (*Antologia Palatina*, 7.27) escrito para o poeta, este marcadamente anacrônico, visto que seu autor, Antípatro de Sídon, famoso por compilar a lista das sete maravilhas do mundo antigo, viveu durante o século II a.C., ou seja, cerca de quatrocentos anos depois de Anacreonte:

εἴης ἐν μακάρεσσιν, Ἀνάκρεον, εὖχος Ἰώνων,
    μήτ' ἐρατῶν κώμων ἄνδιχα μήτε λύρης·
ὑγρὰ δὲ δερκομένοισιν ἐν ὄμμασιν οὖλον ἀείδοις
    αἰθύσσων λιπαρῆς ἄνθος ὕπερθε κόμης,
ἠὲ πρὸς Εὐρυπύλην τετραμμένος ἠὲ Μεγιστῆν
    ἢ Κίκονα Θρηκὸς Σμερδίεω πλόκαμον,
ἡδὺ μέθυ βλύζων, ἀμφίβροχος εἵματα Βάκχῳ,
    ἄκρητον θλίβων νέκταρ ἀπὸ στολίδων·
τρισσοῖς γάρ, Μούσαισι, Διονύσῳ καὶ Ἔρωτι,
    πρέσβυ, κατεσπείσθη πᾶς ὁ τεὸς βίοτος.

Anacreonte, ó orgulho dos jônios, em meio aos ditosos
    que tu não fiques sem ter festas amáveis e a lira,
mas que tu cantes, com olhos lascivos e a voz incessante,
    a balançar tua flor sobre os cabelos ungidos,
endereçando teu canto pra Eurípilo, ou pra Megistes,
    ou pros cabelos, então, cíconos do trácio Esmerdes,

>   doce vertendo teu vinho com Baco encharcando-te as vestes,
>   de cujas dobras reflui néctar não-misto ao torceres,
>   pois, pra esses três, para as Musas, Dioniso e também para o Amor,
>   a tua vida, ancião, se derramou como brinde.

A imagem de Anacreonte envelhecido é comum em fontes tardias, como vimos no caso do epigrama de Crinágoras e como ainda veremos adiante em outros casos. O tom do poema, um tanto quanto hiperbólico, também não deve ser estranhado. A ideia principal é a mesma do poema de Simônides: mesmo morto, Anacreonte continua sua vida boêmia, sem jamais abandonar a lira. No entanto, não se vê nele uma construção tão engenhosa como no anterior. De fato, além do exagero (vinho impermisto, vestes encharcadas de vinho, olhos lascivos etc.), a segunda intenção do poema parece ser com relação às referências históricas e literárias. A mais óbvia é a que concerne ao cabelo de Esmerdes, cuja lenda discutimos anteriormente. Há outras duas possíveis referências também, ainda que menos óbvias e mais incertas. A primeira é o voto para que Anacreonte não fique sem sua lira, o qual pode estar ligado ao próprio epitáfio de Simônides, visto acima, no qual vimos Anacreonte tocando sua lira ainda no Hades. Em segundo lugar, o vinho sem mistura poderia aludir a um fragmento de Anacreonte (Fr. 356) em que se fala de beber como um cita:

>   ἄγε δὴ φέρ' ἡμὶν ὦ παῖ
>   κελέβην, ὅκως ἄμυστιν
>   προπίω, τὰ μὲν δέκ' ἐγχέας
>   ὕδατος, τὰ πέντε δ' οἴνου
>   κυάθους ὡς ἀνυβρίστως
>   ἀνὰ δεῦτε βασσαρήσσω.
>   ἄγε δηὖτε μηκέτ' οὕτω
>   πατάγῳ τε κἀλαλητῷ
>   Σκυθικὴν πόσιν παρ' οἴνῳ
>   μελετῶμεν, ἀλλὰ καλοῖς
>   ὑποπίνοντες ἐν ὕμνοις.
>
>   Vai trazer-me, meu menino,
>   uma taça, que eu a verta

> só num gole! Dez medidas
> d'água e cinco mais de vinho
> bota nela, que de novo
> sem violência eu enlouqueça!
> Vai de novo! Chega disso!
> Com barulho e gritaria
> junto ao vinho, feito citas,
> não bebamos, mas com hinos
> belos, moderadamente!

Ainda que o poema se inicie com instruções para uma mistura na proporção de dois para um de vinho e água, a segunda metade dá indícios de que, até aquele ponto, o vinho estava se bebendo puro, à maneira cita, bárbara. Talvez, então, Antípatro estivesse falando desse fragmento quando fala do vinho impermisto (ou de algum outro poema que não possuímos, onde a bebedeira de vinho puro fosse mencionada), ainda que seja igualmente possível, ou talvez até mais provável, que o vinho sem mistura seja apenas uma metáfora para a personalidade intensa que se atribuía, principalmente séculos depois de sua morte, a Anacreonte.

Voltando aos testemunhos, há outro trecho de Platão que conecta o poeta de Teos a Atenas. No *Cármides* (157e), o filósofo menciona que a casa de Crítias (da família de Sólon e do próprio Platão) havia sido honrada por Anacreonte. De fato, em um dos escólios (Schol. M. Aes. P. V. 128) ao *Prometeu Cadeeiro* de Ésquilo, menciona-se que Anacreonte teria se apaixonado por Crítias durante sua estadia em Atenas, onde teria também conhecido e apreciado a poesia trágica de Ésquilo. De Crítias, por sua vez, resta-nos um poema (Fr. 1) em hexâmetros, celebrando a figura de Anacreonte:

> τὸν δὲ γυναικείων μελέων πλέξαντά ποτ' ᾠδάς
> ἡδὺν Ἀνακρείοντα Τέως εἰς Ἑλλάδ' ἀνῆγεν,
> συμποσίων ἐρέθισμα, γυναικῶν ἠπερόπευμα,
> αὐλῶν ἀντίπαλον, φιλοβάρβιτον, ἡδύν, ἄλυπον.
> οὔ ποτέ σου φιλότης γηράσεται οὐδὲ θανεῖται,
> ἔστ' ἂν ὕδωρ οἴνῳ συμμειγνύμενον κυλίκεσσιν
> παῖς διαπομπεύῃ προπόσεις ἐπιδέξια νωμῶν
> παννυχίδας θ' ἱερὰς θήλεις χοροὶ ἀμφιέπωσιν,

πλάστιγξ θ' ἡ χαλκοῦ θυγάτηρ ἐπ' ἄκραισι καθίζῃ
κοττάβου ὑψηλαῖς κορυφαῖς Βρομίου ψακάδεσσιν;

Teos trouxe à Grécia o cantor que teceu melodia em canções
pra celebrar as mulheres outrora, o gentil Anacreonte,
agitador quando em meio aos festins, sedutor de mulheres,
êmulo aos aulos, amigo das liras, gentil e sem dor.
Nunca vai se envelhecer ou morrer o carinho por ti
desde que exista um menino que leve água e vinho mesclados
para as canecas, fazendo a partilha dos brindes à destra,
que a noite inteira performem seus ritos os coros de moças
e permaneça por cima, no topo do cótabo, o disco,
filho do bronze, pra assim receber suas gotas de Brômio.

Assim como os epitáfios vistos acima, esse poema de Crítias parece ter sido feito após a morte de Anacreonte, o que se verifica tanto pela presença de "ποτε" ("certa vez", suprimido na tradução), logo no primeiro verso, quanto pela menção da imortalidade do amor por Anacreonte, um tema próprio a epitáfios e elogios póstumos. Apesar da paixão lendária que Anacreonte supostamente tivera por Crítias, nada a esse respeito parece ser mencionado no poema, nem mesmo qualquer tipo de afeição do poeta por algum outro rapaz. Isso, certamente, não elimina a possibilidade de que seja realmente verdadeira a história do amor entre Anacreonte e Crítias, mas tampouco a confirma.

O poema tem três momentos principais: i) a descrição das características de Anacreonte, ii) a asserção da imortalidade do amor pelo poeta e iii) a evocação de uma cena simposial. Esses três momentos e suas características se unem para criar a imagem do poeta elogiado. O ponto central de tudo é a relação de coexistência entre Anacreonte e o simpósio: ele é o cantor, o sedutor de mulheres, o instigador de banquetes, o adversário das flautas e amigo das liras. Enquanto houver um simpósio, haverá amor por Anacreonte. Metade do poema, de fato, é dedicada à descrição de um banquete, com um garoto carregando vinho misto em água (pois beber vinho puro, como vimos, era algo visto como bárbaro), coros de mulheres fazendo ritos sagrados, e a presença do cótabo, um jogo simposial em que se lançava o resto de vinho da taça rumo a um prato segurado por uma estatueta sobre uma haste. O objetivo do jogo era fazer com que o prato virasse e caísse num disco maior, fixado na mesma haste a meio caminho entre a estatueta e o chão, de modo a produzir um som típico.

Pouco mais é sabido a respeito da vida de Anacreonte. Ele parece ter vivido muito tempo, cerca de oitenta anos, e ter morrido de volta em sua pátria, em Teos. As fontes antigas nos contam que, mesmo idoso, ele continuou cantando sobre o amor e vivendo uma vida boêmia. De fato, essa é a imagem que se tem de Anacreonte em muitas das descrições e dos poemas antigos a seu respeito, como o seguinte, de Leônidas de Tarento (Fr. 31), que viveu no século III a.C.:

πρέσβυν Ἀνακρείοντα χύδαν σεσαλαγμένον οἴνῳ
   θάεο † δινωτοῦ στρεπτὸν ὕπερθε λίθου †,
ὡς ὁ γέρων λίχνοισιν ἐπ' ὄμμασιν ὑγρὰ δεδορκὼς
   ἄχρι καὶ ἀστραγάλων ἕλκεται ἀμπεχόναν,
δισσῶν δ' ἀρβυλίδων τὰν μὲν μίαν οἷα μεθυπλὴξ
   ὤλεσεν, ἐν δ' ἑτέρᾳ ῥικνὸν ἄραρε πόδα.
μέλπει δ' ἠὲ Βάθυλλον ἐφίμερον ἠὲ Μεγιστᾶν
   αἰωρῶν παλάμᾳ τὰν δυσέρωτα χέλυν·
ἀλλά, πάτερ Διόνυσε, φύλασσέ μιν, οὐ γὰρ ἔοικεν
   ἐκ Βάκχου πίπτειν Βακχιακὸν θέραπα.

Anacreonte, esse idoso repleto de vinho e sem prumo:
   olha como ele se põe todo encurvado na pedra,
como esse velho nos fita com olhos de intenso desejo,
   sempre deixando no chão rastros de manto aos seus pés.
Um dos sapatos se foi ao tomar um sopapo do vinho:
   causa de agora calçar um de seus pés só com rugas.
Canta a respeito da graça de Bátilo ou de Megistes,
   tendo a sua lira nas mãos, sempre ela enferma de amor.
Pai Dioniso, protege-o, pois não me parece correto um
   servo de Baco cair sob os efeitos de Baco.

Como se pode notar, o tom e o conteúdo do poema são muito semelhantes aos vistos anteriormente. Aparecem novamente as imagens do vinho, da lira, dos amores do poeta, as interpelações a Dioniso etc. Mais uma vez, também, vê-se Anacreonte como um idoso de espírito jovial. Essa, realmente, é a caracterização por meio da qual ele continuou a ser representado, ao longo dos séculos, em poemas feitos à sua moda ou em sua honra. A coleção desses poemas anônimos, que datam entre 100 e 600 d.C., é chamada desde a Antiguidade de *Carmina Anacreontea* (*Odes Anacreônticas*), ainda que algumas fontes, erroneamente, a atribuíssem ao próprio Anacreonte. No entanto, esses poemas não foram escritos no dialeto do poeta e apresentam licenças e usos de linguagem correspondentes a períodos bastante posteriores, de modo que não há dúvidas de que sejam espúrios.

As Odes Anacreônticas

A coleção dos poemas anacreônticos, perdida em um tomo ignorado por pelo menos cinco séculos, foi reintroduzida no mundo europeu a partir da edição de 1554 de Henricus Stephanus (Henri Estienne), cuja fonte foi um único manuscrito do *corpus*, conservado como um apêndice ao *codex* da *Antologia Palatina*. À época, o editor foi louvado por ter redescoberto os poemas perdidos de Anacreonte. Entretanto, mediante estudos linguísticos e estilísticos, bem como por meio da descoberta posterior de fragmentos do próprio Anacreonte, sabemos hoje que os poemas das *Anacreônticas* são em muitos séculos posteriores ao tempo do poeta de Teos, mas nem por isso menos belos ou importantes. Um atestado disso é sua recepção ao longo dos séculos, tendo sido traduzidos por grandes poetas como Lord Byron, Almeida Garrett e Antonio Feliciano de Castilho, entre outros.

Apesar de não terem sido compostos por Anacreonte, os poemas das *Anacreônticas* têm um duplo valor: como poesia e como documentação da imagem do poeta de Teos ao longo da Antiguidade. Assim como os epitáfios e demais poemas vistos acima, eles podem nos dizer bem pouco ou quase nada a respeito do Anacreonte histórico. Porém, constituem uma forma de apreciação artística da figura e da obra de Anacreonte sob a forma de poesia. Isso, a meu ver, faz com que eles sejam tão importantes quanto se tivessem sido compostos pelo próprio poeta.[2]

---

[2] Os melhores trabalhos a respeito das *Anacreônticas* são os de Patricia Rosenmeyer (*The Poetics of Imitation: Anacreon and the Anacreontic Tradition*, Cambridge, Cambridge University Press, 1992) e o de Manuel Baumbach e Nicola Dümmler (*Imi-*

Nesses poemas, há dois tipos principais de abordagem para a construção do discurso poético.

Abordagem 1: Homenagem

Muitos dos poemas das *Anacreônticas* foram escritos se endereçando a Anacreonte, como uma espécie de homenagem literária. Neles, o poeta de Teos se torna personagem dentro da narrativa pessoal do eu-lírico. O exemplo mais notório desse tipo de composição é o poema que abre a seção (*Anacreôntica* 1):

> Ἀνακρέων ἰδών με
> ὁ Τήιος μελῳδὸς
> ὄναρ λέγων προσεῖπεν,
> κἀγὼ δραμὼν πρὸς αὐτὸν
> περιπλάκην φιλήσας.
> γέρων μὲν ἦν, καλὸς δέ,
> καλὸς δὲ καὶ φίλευνος·
> τὸ χεῖλος ὦζεν οἴνου,
> τρέμοντα δ' αὐτὸν ἤδη
> Ἔρως ἐχειραγώγει.
> ὁ δ' ἐξελὼν καρήνου
> ἐμοὶ στέφος δίδωσι·
> τὸ δ' ὦζ' Ἀνακρέοντος.
> ἐγὼ δ' ὁ μωρὸς ἄρας
> ἐδησάμην μετώπῳ·
> καὶ δῆθεν ἄχρι καὶ νῦν
> ἔρωτος οὐ πέπαυμαι.

Anacreonte, o cantor
de Teos me viu e falou
comigo num dos meus sonhos.
Corri em sua direção,

---

tate Anacreon! Mimesis, Poiesis and the Poetic Inspiration in the Carmina Anacreontea, Berlim/Boston, Walter de Gruyter, 2014). Em nossa língua, há também o belo trabalho do professor português Carlos A. Jesus, *Anacreontea: poemas à maneira de Anacreonte* (Coimbra, Fluir Perene, 2009), que traduziu todas as odes.

abracei-o e beijei-o,
Pois mesmo velho era belo
e além de belo, amoroso,
cheirando a vinho nos lábios.
E visto que ele tremia
o Amor[3] tomava a sua mão.
Depois me deu a guirlanda
que tinha sobre a cabeça:
cheirava a Anacreonte.
Eu, tolo, então a aceitei:
ergui-a e a pus sobre a testa.
E desde então nunca mais
cessei de me apaixonar.

Não sem motivo este é o poema escolhido como o de abertura do *corpus* das *Anacreônticas*: ele narra uma espécie de mito próprio, em que o poeta é visitado por Anacreonte e, a partir dessa visita, se eleva para um plano de existência diferente, em contínuo estado amoroso. Podemos pensar em um paralelo com Hesíodo que, na *Teogonia*, diz ter sido visitado pelas Musas do Hélicon, que o ensinaram um belo canto e o tornaram poeta, dando-lhe um ramo de loureiro. Não fica claro se foi Anacreonte quem fez o eu-lírico do poema se tornar poeta, mas essa é uma hipótese possível, reforçada pelo paralelo com Hesíodo. Em vez do ramo de loureiro, o poeta anacreôntico recebe uma guirlanda, um dos símbolos mais importantes das *Anacreônticas*, pois se configura como uma espécie de figurino de culto: tão logo o indivíduo coroa sua cabeça com uma guirlanda, ele se torna apto a abandonar as preocupações mundanas e a desfrutar dos prazeres que os deuses do vinho, do amor e da música têm a lhe oferecer.

Abordagem 2: Personificação

Além dos poemas em que o eu-lírico se dirige a Anacreonte, há aqueles ainda em que ele assume a identidade do poeta de Teos. Nesses

---

[3] Por vezes mantive "Eros" como o nome do deus, mas por vezes (como aqui) o substituí por "Amor", em vista de uma necessidade métrica ou preferência sonora.

poemas, o autor não se limita a apenas herdar as tópicas de Anacreonte, mas, além disso, tem sua identidade obnubilada pela do poeta que imita. Um exemplo deste tipo de poema é o de número 7:

λέγουσιν αἱ γυναῖκες·
«Ἀνάκρεον, γέρων εἶ·
λαβὼν ἔσοπτρον ἄθρει
κόμας μὲν οὐκέτ' οὔσας,
ψιλὸν δέ σευ μέτωπον.»
ἐγὼ δὲ τὰς κόμας μέν,
εἴτ' εἰσὶν εἴτ' ἀπῆλθον,
οὐκ οἶδα· τοῦτο δ' οἶδα,
ὡς τῷ γέροντι μᾶλλον
πρέπει τὸ τερπνὰ παίζειν,
ὅσῳ πέλας τὰ Μοίρης.

As moças sempre dizem:
"Anacreonte, és velho!
Vai ver nalgum espelho:
já foi o teu cabelo,
tua testa está pelada!"
Não sei se meu cabelo
se foi ou permanece,
mas sei é que conforme
a Moira se aproxima
é mais apropriado
que o velho se divirta.

    Além do fato mencionado, de o eu-lírico assumir uma máscara anacreôntica ao se expressar, vemos também a temática do *carpe diem*, a qual será abordada de forma exaustiva em outros poemas do *corpus*, exaltando os prazeres da vida e execrando as preocupações com o futuro num convite à festividade, à brincadeira (em sentido amoroso) e à bebida.
    Dentro dessas duas abordagens possíveis, pela personificação da identidade de Anacreonte ou por homenagem endereçada a ele, as *Anacreônticas* apresentam uma variedade de *tópoi* relacionados a amores, vinho e à própria tarefa artística. Vejamos quais são essas temáticas.

Tópos I — Loucura, sobriedade e as muitas vozes das Anacreônticas

Por ter sido composta por uma variedade de poetas, às vezes pode-se ter uma sensação de esquizofrenia ao ler as *Anacreônticas*. Na maioria dos poemas sobre o vinho, o eu-lírico dá mostras de uma intensidade de sentimento sem limites, como nos versos iniciais da *Anacreôntica 9*:

> ἄφες με, τοὺς θεούς σοι,
> πιεῖν, πιεῖν ἀμυστί·
> θέλω, θέλω μανῆναι.
> ἐμαίνετ' Ἀλκμαίων τε
> χὠ λευκόπους Ὀρέστης
> τὰς μητέρας κτανόντες·
> ἐγὼ δὲ μηδένα κτάς,
> πιὼν δ' ἐρυθρὸν οἶνον
> θέλω, θέλω μανῆναι.
> ἐμαίνετ' Ἡρακλῆς πρὶν
> δεινὴν κλονῶν φαρέτρην
> καὶ τόξον Ἰφίτειον.
> ἐμαίνετο πρὶν Αἴας
> μετ' ἀσπίδος κραδαίνων
> τὴν Ἕκτορος μάχαιραν·
> ἐγὼ δ' ἔχων κύπελλον
> καὶ στέμμα τοῦτο χαίτης,
> οὐ τόξον, οὐ μάχαιραν,
> θέλω, θέλω μανῆναι.

> Permite-me, em nome dos deuses,
> beber, beber sem respirar:
> eu quero, eu quero enlouquecer.
> Enlouquecera Alcmeão,
> bem como Orestes pés-descalços
> após matar a sua mãe.
> Mas eu, bebendo o vinho rubro,
> sem cometer assassinato,
> eu quero, eu quero enlouquecer.

> Enlouquecera Héracles
> brandindo a sua terrível aljava
> ao lado do arco de Ífito.
> Enlouquecera também Ájax
> ao manejar o seu escudo
> e a espada que de Heitor ganhara.
> Mas eu, tomando a minha taça
> e com guirlandas nos cabelos,
> não tendo arco nem espada,
> eu quero, eu quero enlouquecer.

O verso "θέλω, θέλω μανῆναι", repetido como um estribilho, torna-se semelhante a um mantra. Ele aparece também no poema 12 do *corpus*, que, de modo semelhante, elenca episódios mitológicos de loucura (porém, religiosa no caso do poema 12) até culminar no desejo do próprio eu-lírico de enlouquecer. No caso do poema em questão, o poema 9, o discurso se configura ainda como uma recusa de imagens heroicas ligadas à guerra. O poeta quer enlouquecer, mas não em meio à guerra; em vez da espada ou da lança, ele elege a guirlanda e a taça como os seus instrumentos de loucura.

Por outro lado, no segundo poema do *corpus*, nota-se uma preocupação com os limites da bebedeira:

> δότε μοι λύρην Ὁμήρου
> φονίης ἄνευθε χορδῆς,
> φέρε μοι κύπελλα θεσμῶν,
> φέρε μοι νόμους κεράσσας,
> μεθύων ὅπως χορεύσω,
> ὑπὸ σώφρονος δὲ λύσσης
> μετὰ βαρβίτων ἀείδων
> τὸ παροίνιον βοήσω.
> δότε μοι λύρην Ὁμήρου
> φονίης ἄνευθε χορδῆς.
>
> Dá-me a lira de Homero
> sem a corda de assassínio.
> Traz-me as taças dos costumes,
> traz-me as leis mescladas nelas,

> pra que eu dance embriagado
> com sensata insanidade
> e acompanhe a lira em canto,
> entoando o som do vinho.
> Dá-me a lira de Homero
> sem a corda de assassínio.

No poema, o eu-lírico almeja a excelência de composição de Homero, mas não a matéria de seus poemas, em detrimento da qual, em outra recusa, ele elege a temática dionisíaca como motivo de seu canto. Apesar da simplicidade do tema, o pedido do poeta é feito com certa mestria a partir da imagem alegórica da lira de Homero, de cuja corda de assassínio, entretanto, ele abdica.

O pedido por que se lhe mesclem as leis junto à bebida pode ser compreendido do ponto de vista de uma moderação no tocante à bebida. Isso iria de encontro com o que se vê no fragmento 356 (b) de Anacreonte, onde o poeta diz a seus amigos para não continuarem bebendo como bárbaros, mas sim moderadamente e com hinos. Por outro lado, no poema seguinte do *corpus*, o de número 3, veremos o uso de "νόμος" para se referir à lei ou ao costume dos amantes, de forma que não fica claro qual seria o tipo de lei que o poeta deseja misturada à sua bebida aqui. Outra possibilidade seria a de que "νόμος" fosse compreendido dentro do vocabulário técnico da música, onde designa uma melodia tradicional para determinado tipo de poesia.

Tópos II — Poíesis

A preocupação com as artes é uma constante no *corpus*. Há uma grande quantidade de poemas em que o poeta interpela algum tipo de artesão (pintor, escultor ou ferreiro), pedindo-lhe que faça alguma obra de arte.[4] Em outros, todo o discurso do poema gira em torno de alguma peça de arte que tem um significado especial para o eu-lírico, como, por exemplo, no poema de número 11, onde o personagem do poeta

---

[4] Os mais notáveis poemas nesse sentido são os de número 16 e 17, nos quais o eu-lírico solicita um quadro a um pintor e descreve como esse deve ser feito. No 16, temos uma amante feminina; no 17, um amante masculino.

compra uma estatueta do Amor e ameaça jogá-la ao fogo se a estatueta não acender nele mesmo o fogo (da paixão).

Além dos poemas referentes a outras artes, há, sobretudo, aqueles que se centram em considerações acerca da arte de compor poesia, como se percebe no de número 60 (a):

>   ἀνὰ βάρβιτον δονήσω·
>   ἄεθλος μὲν οὐ πρόκειται,
>   μελέτη δ' ἔπεστι παντὶ
>   σοφίης λαχόντ' ἄωτον.
>   ἐλεφαντίνῳ δὲ πλήκτρῳ
>   λιγυρὸν μέλος κροαίνων
>   Φρυγίῳ ῥυθμῷ βοήσω,
>   ἅτε τις κύκνος Καΰστρου
>   ποικίλον πτεροῖσι μέλπων
>   ἀνέμου σύναυλος ἠχῇ.
>   σὺ δέ, Μοῦσα, συγχόρευε·
>   ἱερὸν γάρ ἐστι Φοίβου
>   κιθάρη, δάφνη τρίπους τε.
>   λαλέω δ' ἔρωτα Φοίβου,
>   ἀνεμώλιον τὸν οἶστρον·
>   σαόφρων γάρ ἐστι κούρα·
>   τὰ μὲν ἐκπέφευγε κέντρα,
>   φύσεως δ' ἄμειψε μορφήν,
>   φυτὸν εὐθαλὲς δ' ἐπήχθη·
>   ὁ δὲ Φοῖβος, ἦὲ, Φοῖβος,
>   κρατέειν κόρην νομίζων,
>   χλοερὸν δρέπων δὲ φύλλον
>   ἐδόκει τελεῖν Κυθήρην.

>   Eu farei as cordas vibrarem,
>   não por conta de um campeonato,
>   mas por ser uma arte que todos
>   os poetas devem saber.
>   Com meu plectro de marfim eu
>   tocarei as notas mais claras,
>   e num ritmo frígio eu irei
>   bradar feito um cisne do Caistro,

> com as asas ao vento, cantando
> uma melodia complexa.
> E tu, Musa, dança comigo!
> Pois pra Febo a lira e o louro
> e o tripé são todos sagrados.
> A paixão de Febo é meu tema:
> um desejo não saciado,
> pois a moça se mantém casta,
> escapando do seu ferrão,
> tendo o corpo sido tornado
> numa planta bem vicejante.
> Porém Febo, Febo então veio
> e pensando ser seu senhor
> arrancou-lhe as folhas, supondo
> que fazia os ritos Citérios.

O poeta desta anacreôntica aborda o tema da paixão de Apolo por Dafne. O mito envolve a figura de Eros, de cujo armamento Apolo debochara. Em represália, Eros atira duas flechas: uma de ouro, em Apolo, e uma de chumbo, na ninfa Dafne. O resultado foi que Apolo se apaixonou por ela, ao passo que ela lhe criou um desprezo completo. Perseguida pelo deus, Dafne roga a Peneu, seu pai, que a salve, e ele a transforma, então, num loureiro. O poema faz graça do mito, dizendo que Apolo, enlouquecido, ainda assim teria arrancado as folhas da árvore em que Dafne se transformou, crendo que lhe tirava as vestes para o conúbio amoroso (os ritos de Afrodite).

Para além do tema em si, interessa-nos o virtuosismo e o domínio da arte poética, a qual aparece de modo metatextual. Esse domínio se evidencia logo no início, pelo longo proêmio em que discorre acerca do fazer poético e em que empreende uma defesa da arte da lira, a qual se pode entender como uma apologia da arte pela arte (pelo prazer dela própria e não por um campeonato) ou como um diálogo com a tradição musical antiga. A segunda hipótese é bastante plausível quando se tem em mente que, nos períodos helenístico e imperial (que abarcam a composição desses poemas), a composição poética já estava desvinculada da música. Assim, ainda que os poemas falem de lira e de música, é possível (e provável) que tenham sido compostos de modo escrito e sem nenhuma música de acompanhamento, ao contrário do que ocorria com a poesia de Anacreonte, que é por eles imitada. É como se o contexto descrito pelo poema, com a evocação da lira, do plectro e da música, servisse para suprir a ausência musical desse poema escrito, em diálogo com a tradição oral em que Anacreonte se inseria.[5]

Tópos III — Riqueza

O amor, o vinho e as artes das musas são defendidos também em detrimento do ouro e das preocupações com a vida. O mais notório poema a esse respeito é o de número 8:

οὔ μοι μέλει τὰ Γύγεω,
τοῦ Σάρδεων ἄνακτος·
οὐδ' εἱλέ πώ με ζῆλος,
οὐδὲ φθονῶ τυράννοις.
ἐμοὶ μέλει μύροισιν
καταβρέχειν ὑπήνην,
ἐμοὶ μέλει ῥόδοισιν
καταστέφειν κάρηνα·
τὸ σήμερον μέλει μοι,
τὸ δ' αὔριον τίς οἶδεν;
ὡς οὖν ἔτ' εὔδι' ἔστιν,
καὶ πῖνε καὶ κύβευε
καὶ σπένδε τῷ Λυαίῳ,
μὴ νοῦσος, ἥν τις ἔλθῃ,
λέγῃ, 'σὲ μὴ δεῖ πίνειν.'

Não me importa a fortuna
de Giges, rei de Sardes.
Eu nunca o invejei,
nem a nenhum tirano.
Importa-me molhar
a barba com perfume.

---

[5] Outro poema importante dessa série (que inclui outros como os de número 4 e 23) já foi aqui apresentando, o de número 2, em que o poeta pede a lira de Homero sem a corda de assassínio.

> Importa-me cingir
> com rosas a cabeça.
> O agora é o que me importa.
> Quem sabe o amanhã?
> Enquanto o tempo é bom,
> portanto, bebe e brinca,
> libando pra Lieu.
> Não chegue uma doença
> e diga: "Já não podes."

Esse é talvez o exemplo mais famoso da temática de *carpe diem* dentro do *corpus*. Logo nos primeiros versos, há uma menção à figura de Giges, um lendário rei da Lídia que, segundo Heródoto, teria subido ao poder após matar Candaules, o antigo rei, de quem era guarda-costas. Esse assassinato teria ocorrido como resultado de uma escolha que Giges foi forçado a fazer por coação da rainha: ou ele matava a si mesmo ou matava Candaules e a desposava. A razão dessa difícil escolha teria sido a seguinte: Candaules, louco de paixão pela rainha, acreditava que ela era a mais bela mulher do mundo. Confessando essa paixão desmedida a Giges, ele insistia em explicar o quão bela ela era, mas cria que Giges não compreendia a profundidade de tal beleza. Por isso, forçou o guarda-costas a se esconder no quarto real à noite, para vê-la se despir quando viesse para o leito. Giges fez o ordenado e, tendo a visto nua, saiu discretamente, porém não sem ser notado pela rainha, que no dia seguinte o coagiu a tomar alguma das duas decisões possíveis. Assim, com o auxílio da rainha, Giges assassinou seu antigo mestre e se tornou senhor de um reino extremamente rico. A riqueza dos lídios ficou ainda mais conhecida pelos gregos devido às lautas doações que Creso, um descendente de Giges, fez para o templo de Apolo em Delfos com o objetivo de ter o favor divino na guerra que planejava mover contra os persas. Sardes, mencionada no poema, era a capital da Lídia.

Sobretudo, é preciso salientar que o poema é quase um pastiche do Fr. 19 de Arquíloco:

> οὔ μοι τὰ Γύγεω τοῦ πολυχρύσου μέλει,
> οὐδ' εἷλέ πώ με ζῆλος, οὐδ' ἀγαίομαι
> θεῶν ἔργα, μεγάλης δ' οὐκ ἐρέω τυραννίδος·
> ἀπόπροθεν γάρ ἐστιν ὀφθαλμῶν ἐμῶν.

> Não me importa a fortuna do dourado Giges.
> Jamais lhe tive alguma inveja. Não cobiço
> ações dos deuses e não amo a tirania,
> pois isso tudo jaz além dos olhos meus.

O poeta da *Anacreôntica* 8 tomou os versos de Arquíloco, em trímetros jâmbicos, e os adaptou para o hemiambo, de menor extensão. Os quatro primeiros versos da anacreôntica sintetizam o conteúdo dos três primeiros versos do fragmento de Arquíloco. Na sequência, em vez de simplesmente reproduzir que tirania e fortuna estão além de seus olhos, como disse o poeta de Paros, o poeta anacreôntico passa a descrever as coisas a que seus olhos e seu coração se atêm, de modo a elaborar extensivamente aquilo que, em Arquíloco, fica sintetizado em um único verso.

Tópos IV — Eros doceamargo

Apesar de eventuais defesas do Amor em detrimento da guerra, as *Anacreônticas* a respeito de Eros, em geral, demonstram uma relação ambígua com o deus, que causa "a melhor loucura de todas", como dito no poema 60 (b), mas que também é visto surrando o eu-lírico com um ramo de jacinto (poema 31).

A representação de Eros é sempre como a de um bebê gracioso e brincalhão, porém armado com setas que trazem dor ao coração dos mortais, as quais ele parece usar com total descaso em relação ao que resultará disso. No poema de número 33, vemos Eros chegando à noite na casa do eu-lírico e pedindo-lhe abrigo. Apiedado, o personagem do poeta o deixa entrar, visto que é apenas um bebê. Porém, depois de seco e aquecido junto à lareira, Eros decide testar seu arco nele:

> μεσονυκτίοις ποτ' ὥραις,
> στρέφετ' ἡνίκ' Ἄρκτος ἤδη
> κατὰ χεῖρα τὴν Βοώτου,
> μερόπων δὲ φῦλα πάντα
> κέαται κόπῳ δαμέντα,
> τότ' Ἔρως ἐπισταθείς μευ
> θυρέων ἔκοπτ' ὀχῆας.
> 'τίς' ἔφην 'θύρας ἀράσσει,

κατά μευ σχίσας ὀνείρους;'
ὁ δ' Ἔρως 'ἄνοιγε' φησίν·
'βρέφος εἰμί, μὴ φόβησαι·
βρέχομαι δὲ κἀσέληνον
κατὰ νύκτα πεπλάνημαι.'
ἐλέησα ταῦτ' ἀκούσας,
ἀνὰ δ' εὐθὺ λύχνον ἅψας
ἀνέῳξα, καὶ βρέφος μὲν
ἐσορῶ φέροντα τόξον
πτέρυγάς τε καὶ φαρέτρην·
παρὰ δ' ἰστίην καθίξας
παλάμαισι χεῖρας αὐτοῦ
ἀνέθαλπον, ἐκ δὲ χαίτης
ἀπέθλιβον ὑγρὸν ὕδωρ.
ὃ δ', ἐπεὶ κρύος μεθῆκε,
'φέρε' φησὶ 'πειράσωμεν
τόδε τόξον, εἴ τί μοι νῦν
βλάβεται βραχεῖσα νευρή.'
τανύει δὲ καί με τύπτει
μέσον ἧπαρ, ὥσπερ οἶστρος.
ἀνὰ δ' ἅλλεται καχάζων·
'ξένε' δ' εἶπε 'συγχάρηθι·
κέρας ἀβλαβὲς μὲν ἡμῖν,
σὺ δὲ καρδίαν πονήσεις.'

Certa vez, no meio da noite,
chegado o momento em que a Ursa
já se vira à mão do Boieiro
e todas as tribos dos homens
se deitam pelo seu cansaço,
o Amor se pôs em frente à minha
porta e começou a bater.
"Quem bate em minha porta?", eu disse.
"Partiste todos os meus sonhos!"
O Amor então responde: "Abre!
Sou um bebê! Não tenhas medo!
Estou molhado e estou perdido
em meio à noite sem luar."

> Fiquei com pena do que ouvi.
> Por isso, acendo um lampião
> e abrindo a porta então eu vejo
> um bebezinho com seu arco,
> aljava e asas sobre as costas.
> Sentei-o junto da lareira,
> a fim de que esquentasse as mãos,
> e então sequei o seu cabelo,
> espremendo os cachos molhados.
> Quando o frio por fim o soltou,
> "Vem!", ele disse. "Vem testar
> meu arco para ver se a corda
> acaso se estragou na chuva!"
> Armou a flecha e me acertou
> no meio do meu coração.
> Depois, pulando e rindo, disse:
> "Amigo, alegra-te comigo!
> Meu arco está ileso, mas
> teu coração irá doer!"

Assim como na *Anacreôntica* 4, o poeta começa o poema citando o nome de constelações para criar a imagem desejada. Esse recurso parece coincidir com o uso que vimos em outros poemas de elementos alheios ao real objeto do texto, com o intuito de dar uma variação ao tema e criar certa dúvida e curiosidade acerca do que se vai falar.

A real temática do poema, contudo, tem a ver com o assunto visto na *Anacreôntica* 31, o da insuspeita crueldade de Eros, que novamente é apresentado como um bebê aparentemente indefeso e delicado. O eu-lírico se apieda do deus, que lhe chega à porta à noite em meio à chuva, e lhe permite entrar. O resultado é que Eros, brincalhão, resolve testar suas flechas na persona poética, para ver se acaso elas não se danificaram com a umidade. O poema termina com jocosa ironia, com o Amor dizendo que as flechas estão boas, mas que o coração do eu-lírico irá doer.[6]

---

[6] Outros exemplos da representação de Eros no *corpus* incluem os poemas número 35 e 59.

Tópos V — Velhice

Por fim, há os poemas que falam da velhice, os quais, geralmente, insistem na necessidade ainda maior de se gozar dos prazeres da vida quando velho. Um exemplo sintético desse tema se encontra no poema de número 7 (já visto acima) e no de número 39:

> φιλῶ γέροντα τερπνόν,
> φιλῶ νέον χορευτάν·
> ἂν δ' ὁ γέρων χορεύῃ,
> τρίχας γέρων μέν ἐστιν,
> τὰς δὲ φρένας νεάζει.

> Amo um velho que é gentil;
> amo um jovem dançarino;
> e, se um homem velho dança,
> ele é velho em seus cabelos,
> mas é novo em coração.

Este curto poema trata da velhice sob a ótica anacreôntica, em que se exalta um homem velho que não se deixa abater pelos seus cabelos brancos. Ele reflete a própria representação de Anacreonte como um idoso cheio de vida (tal qual visto na *Anacreôntica* 1), bem como a noção expressa no poema 7 do *corpus*, de que conforme a moira se aproxima, é mais apropriado que o homem velho aproveite a vida. Há uma anáfora nos dois primeiros versos, que se iniciam com o verbo "φιλῶ". O terceiro verso, por sua vez, mistura vocábulos dos dois primeiros, mantendo a ordem em que aparecem: "γέρων" no meio (como ocorre no primeiro verso) e "χορεύῃ" no final (assim como no segundo verso).

É interessante pensar como a figura de Anacreonte velho permaneceu icônica através dos séculos. A imagem do ancião que resiste aos efeitos da velhice, que se nega a aceitar uma vida que não seja plena de contato com tudo que existe de mais vigoroso na existência humana (amor, bebida, festividade), se constrói como uma espécie de fármaco contra a morte: ainda que não consiga evitá-la, é capaz de diminuir as dores e as vicissitudes mundanas.

Métrica e rítmica

Do ponto de vista métrico, a estrutura mais comum nesses poemas é o dímetro jâmbico (× – ᴗ – × – ᴗ –), empregado quase sempre em sua forma catalética, o hemiambo (× – ᴗ – ᴗ – ×). Esse é o caso dos poemas 1 e 7, vistos acima, e de muitos outros, por volta da metade do *corpus*, os quais são constituídos a partir de hemiambos com pouca ou nenhuma variação.

Outro grande grupo de poemas é aquele estruturado a partir de um dímetro jônico menor com anáclase entre a quarta e quinta sílaba (ᴗ ᴗ – ᴗ – ᴗ – ×), como no segundo poema das *Anacreônticas*:

ᴗ ᴗ – ᴗ – ᴗ – –
δότε μοι λύρην Ὁμήρου
ᴗ ᴗ – ᴗ – ᴗ – –
φονίης ἄνευθε χορδῆς,

Há algumas outras variações possíveis, porém menos frequentes, como o uso de um *metron* coriâmbico (– ᴗ ᴗ –), substituindo o primeiro *metron* de um dímetro jâmbico (resultando em – ᴗ ᴗ – ᴗ – ᴗ –), com possibilidade de catalexia. Esse esquema métrico pode ser visto, por exemplo, no poema de número 20 das *Anacreônticas* (sendo que o segundo verso apresenta catalexia):

– ᴗ ᴗ – ᴗ – ᴗ –
ἡδυμελὴς Ἀνακρέων,
– ᴗ ᴗ – ᴗ – –
ἡδυμελὴς δὲ Σαπφώ·

Uma última variação sistemática é a criada a partir de um dímetro jônico menor (ᴗ ᴗ – – – ᴗ ᴗ – –) cujas posições breves iniciais são contraídas em uma longa (– – – ᴗ ᴗ – –), como é o caso da *Anacreôntica* 19:[7]

---

[7] David A. Campbell (*Greek Lyric I*, Cambridge, MA/Londres, Harvard Univer-

    – – – – ⏑ ⏑ – –
αἱ Μοῦσαι τὸν Ἔρωτα
    – – – ⏑ ⏑ – –
δήσασαι στεφάνοισι

Um uso semelhante é visto no próprio Anacreonte, em um verso (Fr. 411) composto a partir de um trímetro jônico menor catalético, cujo segundo *metron* possui suas posições breves também contraídas em uma sílaba longa (a tradução consta aqui apenas para o entendimento do conteúdo do verso, pois não segue o mesmo padrão métrico):

    ⏑ ⏑ – – ⏓ – – ⏑ ⏑ –
Διονύσου σαῦλαι Βασσαρίδες
As bassárides rebolantes de Dioniso.

É de todo curioso, no entanto, a ausência[8] de estruturas eólias nas *Anacreônticas*, as quais são bastante comuns no *corpus* de Anacreonte, como se vê, por exemplo, no fragmento 360:

    – – – – ⏑ ⏑ – ⏑ –
ὦ παῖ παρθένιον βλέπων
    – – – – ⏑ ⏑ – ⏑
δίζημαί σε, σὺ δ' οὐ κοεῖς,

οὐκ εἰδὼς ὅτι τῆς ἐμῆς

---

sity Press, 2002, p. 9) argumenta que essa forma poderia ser considerada como uma espécie de ferecrácio. De fato, considerando que Anacreonte usava bases eólias de 4 tempos, a afirmação parece justa. Por outro lado, esses metros poderiam ser considerados como hemiambos com uma licença extra, permitindo que o *anceps* inicial seja preenchido por duas sílabas breves, resultando na forma ⏓ – ⏑ – ⏑ – ×, capaz de apreender as duas estruturas. O uso contíguo de ambas essas formas métricas no fragmento 505 (d) de Anacreonte poderia dar alguma força à hipótese desse parentesco.

[8] Com a possível exceção de ferecrácios criados a partir de dímetros jônicos cataléticos, como vimos acima, e de certa variação do dímetro jâmbico catalético por meio de anáclase (× – ⏑ – ⏑ – – sendo mudado para × – – ⏑ ⏑ – –), como se vê, por exemplo, no segundo verso do poema 21:
21.1 ἡ γῆ μέλαινα πίνει,   dímetro jâmbico catalético
21.2 πίνει δένδρεα δ' αὐτήν   dímetro jâmbico catalético anaclástico (= ferecrácio?)

– – – ◡ ◡ – –
ψυχῆς ἡνιοχεύεις.

As traduções que apresento neste livro foram feitas com a esperança de recriar em português um pouco da poeticidade dos originais gregos. Elas têm momentos mais e menos felizes, os quais se explicam, de modo pouco acadêmico (porém muito verdadeiro) por uma maior ou menor afeição minha pelos próprios poemas e/ou por uma maior ou menor participação das Musas no processo tradutório.

O último poema apresentado acima pertence, a meu ver, ao primeiro caso. Nele, pude adaptar o conteúdo do poema em uma forma, em português, que pode ser lida com o mesmo ritmo do grego:

– – – ◡ ◡ – ◡ –　　　– – – ◡ ◡ – ◡ –
ὦ παῖ παρθένιον βλέπων　　Ó menino de olhar gentil,
– – – ◡ ◡ – ◡ –　　　– – – ◡ ◡ – ◡ –
δίζημαί σε, σὺ δ' οὐ κοεῖς,　　te procuro, mas tu não vês.
– – – ◡ ◡ – ◡ –　　　– – – ◡ ◡ – ◡ –
οὐκ εἰδὼς ὅτι τῆς ἐμῆς　　Não percebes que em tuas mãos
– – – ◡ ◡ – –　　　– – – ◡ ◡ – –
ψυχῆς ἡνιοχεύεις.　　tens as rédeas do meu ser.

Essa correlação, contudo, não é autoevidente quando não se atenta ao ritmo do poema grego. Ela só se revela de modo mais claro a partir da aproximação das duas leituras por meio da música. Apresento abaixo uma tentativa de fazê-lo de modo bastante simplório:

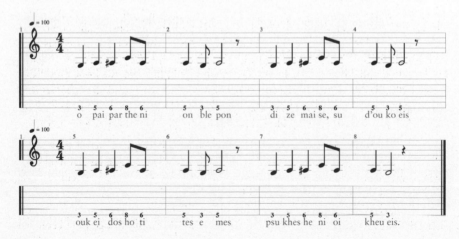

Algo semelhante pode ser feito também com os poemas 2, 20 e 23 das *Anacreônticas* na presente tradução. Não o demonstrarei aqui, pois o exemplo acima — creio — já serve para ilustrar minimamente por ora a questão.[9]

Os poemas em dísticos elegíacos seguem o mesmo modelo que adotei nas traduções que fiz durante minha dissertação de mestrado, empregando um hexâmetro datílico à moda de Carlos Alberto Nunes (em suas traduções de Homero), seguido de um verso composto por dois hemistíquios datílicos com cesura:

1 2 3 **4** 5 6 7 **8** 9 **10** 11 12 **13** 14 15 **16**
Par / te / das / **nu** /vens / o / **vi** / ço / da / **ne** / ve e / da / **chu** / va / de / **pe** / dras.
1 2 3 **4** 5 6 **7 | 8** 9 10 **11** 12 13 **14**
Bra / me o / tro / **vão** / ao / nas / **cer**, | **vin** / do / de um / **rai** / o / bri / **lhan** / te.

Com esse esquema, no entanto, ignora-se a possibilidade de espondeus, os quais são possíveis no grego como substituição para pés datílicos (exceto no segundo hemistíquio do segundo verso dos dísticos, o chamado "pentâmetro").

---

[9] Algumas de minhas reconstruções musicais podem ser vistas na internet, em meu canal no YouTube: <http://www.youtube.com/user/Anaxandron>.

Considerações finais

Apresentarei na primeira parte os fragmentos de Anacreonte (século VI a.C.), e na segunda parte os poemas tardios, em honra a e à moda de Anacreonte, chamados *Anacreônticas* (séculos I-VI d.C.).

A presente tradução tomou por base o texto estabelecido por David A. Campbell.[10]

---

[10] David A. Campbell, *Greek Lyric II*, Cambridge, MA/Londres, Harvard University Press, 2001.

Parte I
Anacreonte

Fr. 346 (1)

οὐδε...[.]σ.φ..α..[...]..[
φοβερὰς δ' ἔχεις πρὸς ἄλλωι
φρένας, ὦ καλλιπρό[σ]ωπε παίδ[ων·
καί σε δοκεῖ μὲν ἐ[ν δό]μοισι[ν
5 πυκινῶς ἔχουσα [μήτηρ
ἀτιτάλλειν· σ[.].[....]...[
τὰς ὑακιν[θίνας ἀρ]ούρας
ἵ]να Κύπρις ἐκ λεπάδνων
....]'[.]α[ς κ]ατέδησεν ἵππους·
10 ......]δ' ἐν μέσωι κατῆ<ι>ξας
......]ωι δι' ἄσσα πολλοὶ
πολ]ιητέων φρένας ἐπτοέαται.
λεωφ]όρε λεωφόρ' Ἡρο[τ]ίμη,

[Tu não tens pudor algum]
nem [existe dentro do teu]
coração temor por outrem,
menininha do rostinho lindo.
Tua mãe em casa pensa
que te tem num mando firme,
pois não sabe que fugiste
para os campos de jacinto
onde Cípris amarrara
seus cavalos desjungidos.
Lá correste em meio [a todos]
de tal modo que se encontra
agitado o coração do povo.
Herotima, és uma via pública.

COMENTÁRIO

Há que se notar, antes de mais nada, a possibilidade de o último verso ser o início de outro poema. Se esse for o caso, o objeto do texto pode ser, em vez de uma garota, um rapaz, como prefere Campbell.[1] Apesar dessa possibi-

---

[1] David A. Campbell, *Greek Lyric II*, *op. cit.*, p. 41.

lidade, prefiro a leitura que adoto na tradução, pelo fato de a mãe mantê-la em casa num mando firme, o que condiz mais fortemente com o protecionismo que se dedicava às meninas, para proteger suas virgindades, mantendo-as sempre no aposento das mulheres (gineceu) dentro de casa e permitindo que saíssem somente acompanhadas.[2]

O poema tem imagens muito evocativas. Note-se o contraste entre a clausura do mando firme que a mãe da moça tem sobre ela com a fuga para a liberdade, representada pelo terreno aberto dos campos de jacinto. Nessa área de liberdade, a moça encontrou os cavalos (um forte símbolo sexual) de Cípris amarrados, porém desjungidos, ou seja: os animais estavam presos e esperando para se jungir (numa união que aponta também para um ato sexual de modo indireto) a algo. Lá nos campos o poeta nos informa que a garota passou correndo pela multidão, de modo a agitar o coração dos cidadãos. Por fim, vem o verso final que chama Herotima de uma via pública, numa clara descrição de sua promiscuidade: ela é uma via por onde todos passam.

Esse verso final, ainda que possa ser o início de outro poema, parece-me encaixar-se muito bem onde se encontra: ele tanto interpreta e conclui a informação do texto, quanto fornece um nome para a personagem no momento final, onde ele se faz o mais significativo, visto que já nos foram descritos conceitos e ideias que podemos ligar à pessoa evocada.[3]

Os versos originais parecem se compor a partir de jônicos menores, com variação de tamanho e ocorrência de anáclase no interior. Traduzi-os por versos de sete e de nove sílabas, de ritmo trocaico.

---

[2] Nikos A. Vrissimtzsis, *Amor, sexo e casamento na Grécia Antiga* (São Paulo, Odysseus, 2002), oferece um bom resumo do *status* da mulher na Antiguidade, conquanto muitas vezes não informe a fonte de suas informações. Uma melhor referência é o livro de Sarah B. Pomeroy, *Goddesses, Whores, Wives, and Slaves: Women in Classical Antiquity*, Nova York, Schocken Books, 1995.

[3] Para um paralelo em Anacreonte, pode-se ver como o nome de Dioniso só é invocado no verso final do fragmento 357. Também na *Odisseia*, existe um retardo proposital em se dizer o nome de Odisseu no início do poema (aparecendo pela primeira vez só na altura do verso 21) e também em outros momentos, gerando expectativa nos ouvintes (tanto nos ouvintes internos da história quanto nos ouvintes/leitores do poema).

Fr. 346 (2)

χα]λεπωι δ' ἐπυκτάλιζο[ν
   ]ἀνορέω τε κἀνακύπτω[
   ] . ωι πολλὴν ὀφείλω
]ν χάριν ἐκφυγὼν Ἔρωτα[
5   ]νυσε παντάπασι δεσμ[ῶν
   ] . χαλεπῶν δι' Ἀφροδίτη[ν.
   ]φέροι μὲν οἶνον ἄγγε[ι
      ]φέροι δ' ὕδω[ρ] πάφλ[αζον,
     ] . ε καλέοι[. .]ιν[
10   ]χαρις, ἄρτ[. .]ς δ[
         ] . [

Pugilava contra um bravo,
mas já posso erguer meu rosto
consciente de que devo
gratidão por ter fugido
de uma vez dos elos de Eros,
que Afrodite reforçara.
Traga alguém o vinho em jarra!
Traga a água borbulhante!
E, invocando [Dioniso,
agradeça] a graça [tida,
concedida pelo vinho!]

COMENTÁRIO

Observa-se, neste poema, o tema da luta contra o Amor, abordado também no fragmento 396 e na *Anacreôntica* 13 em especial. Aqui, contudo, vemos o eu-lírico escapando do Amor. É notável que ele não tenha vencido a luta, o que reforça o caráter inelutável de Eros: foi necessário fugir e o poeta expressa um agradecimento pela possibilidade dessa fuga. O poema termina de modo eufórico, com um brinde à graça de ter escapado.

Os versos originais parecem ser dímetros jônicos menores com anáclase. Traduzi-os seguindo a mesma solução ritma empregada na *Anacreôntica* 2 e descrita na introdução.

Fr. 346 (3)

                      [Foram-se as naus velozes, negras,
                      que antes se viam nessas praias.
                      Foram-se os muros da cidade.]

      ]νυχ[[Ora de] noite [junto ao fogo
5   ] ειδεμ . [já não se] vê [em mãos o vinho]
   ἡδύ τε καὶ π[doce e [encorpado como o mel,]

   ἀλλ' ἐρόεντα[mas os presentes adoráveis
   δῶρα πάρεστ[ι   [vindos das Musas] da Piéria,
   Πιερίδων, β[esses ainda permanecem,

10 κα[ὶ] Χάρισιν,[bem como as Graças, [que jamais
                              nos abandonam desde que haja
                              jovens dispostos a dançar.]

COMENTÁRIO

O texto do poema é extremamente fragmentário, de modo que é preciso alguma imaginação para apreciar o pouco que resta. Aproveitei as ruínas do poema para um exercício poético e preenchi as (muitas) lacunas com ideias tiradas da poética e da biografia lendária de Anacreonte. Coloquei referências à suposta destruição de Teos pelos invasores bárbaros nos primeiros versos. Depois, para justificar a partícula adversativa "ἀλλ'" na terceira estrofe, entendi que a segunda expressasse uma ideia contrária. Logo, se a terceira estrofe diz que os presentes amáveis das (Musas?) Piéridas estão presentes, entendi que o doce (vinho?) da segunda estrofe não está. Os suplementos são, portanto, completamente especulativos.

É difícil dizer a métrica do poema, mas os versos parecem ser iniciados por coriambos (ou dátilos?). Mantive na tradução o coriambo original, seguido de dois jambos, formando octossílabos.

Fr. 347 (a)

    καὶ κ[όμη]ς, ἥ τοι κατ' ἁβρὸν
        ἐσκία[ζ]εν αὐχένα·

5 νῦν δὲ δὴ σὺ μὲν στολοκρός,
    ἡ δ' ἐς αὐχμηρὰς πεσοῦσα
    χεῖρας ἀθρόη μέλαιναν
        ἐς κόνιν κατερρύη

    τλημόν[ω]ς τομῆι σιδήρου
10 περιπεσο[ῦ]σ'· ἐγὼ δ' ἄσηισι
    τείρομαι· τί γάρ τις ἔρξηι
        μηδ' ὑπὲρ Θρήικης τυχών;

[Era belo o viço jovem
do teu rosto de menino,]
do cabelo que cobria
    teu pescoço delicado.

Ora te fizeram calvo:
teu cabelo desabou,
pela ação de rudes mãos,
    para o chão, num monte escuro,

decepado pelo ferro
de uma lâmina. Logo eu sofro,
pois o que fazer se mesmo
    pela Trácia se falhou?

COMENTÁRIO

O poema parece falar do lendário caso dos cabelos de Esmerdes, que foram mandados cortar por Polícrates, tirano de Samos, em vista do ciúme que o monarca teria sentido pela aproximação de Anacreonte em relação ao rapaz, seu favorito. No verso final, há a referência à Trácia, terra de origem de Esmerdes. É difícil saber se isso corrobora a lenda, ou se a lenda mesma se criou e se adaptou à luz deste poema e de outros. É notável como o cabelo de Esmerdes é atacado por rudes mãos, cai num monte escuro, tolhido pelo ferro etc., como se fosse um guerreiro tombado em batalha. De fato, como se fosse uma batalha, o poema termina com a pergunta "o que fazer agora que até pela Trácia se falhou?", acentuando a dramaticidade da situação, como se fosse a perda de um combate vital.

Do ponto de vista métrico, as estrofes originais são constituídas de três dímetros trocaicos acataléticos e um dímetro trocaico catalético. Traduzi-os todos por heptassílabos trocaicos, de final tanto grave quanto agudo.

Fr. 347 (b)

οἰκτρὰ δὴ φρονεῖν ἀκού[ω
τὴν ἀρίγνωτον γυναῖ[κα
πολλάκις δὲ δὴ τόδ' εἰπ[εῖν
    δαίμον' αἰτιωμέ[ν]ην·

5 ὡ]ς ἂν εὖ πάθοιμι, μῆτερ,
εἴ] μ' ἀμείλιχον φέρουσα
π]όντον ἐσβάλοις θυίοντα [
    π]ορφ[υρ]έοισι κύμασι[

    ].[ ]..[ ]..[

Ouço aquela moça que se
reconhece facilmente
muitas vezes lamentando
    e culpando seu destino:

"Sofreria menos, mãe,
se me carregasses para
o implacável mar e suas
    ondas negras, turbulentas."

COMENTÁRIO

O fragmento fala de uma garota tão descontente com seu destino que a morte lhe parece mais agradável do que a vida. Aliás, não qualquer morte, mas a morte no mar, que era um dos tipos mais terríveis de morte para os gregos, visto que o corpo perdido nas ondas não poderia receber os ritos fúnebres apropriados e ser inumado.[4]

A leitura hipotética de que a moça de que fala o poema seja uma cortesã[5] não me parece ser o caminho mais proveitoso para a apreciação do texto. A meu ver, ele precisa ser visto como parte de um lugar-comum que se repete mesmo em Anacreonte, no fragmento 411 (a): o *topos* da morte como única solução para uma vida plena de problemas. Essa tópica tem muitas variações, nas quais a morte é usada como elemento retórico para se apontar a desgraça de alguma situação. No primeiro fragmento de Mimnermo, por exemplo, há a ideia de que é melhor morrer do que, envelhecido, ficar sem o desejo e as coisas do amor.[6] Quando levada ao extremo, tem-se a asserção encontrada nas *Teognídeas* (vv. 425-8), de que a morte é melhor do que a vida em tudo, de modo que não ter nascido passa a ser a melhor coisa do mundo e, caso se tenha nascido, a próxima coisa melhor seria morrer o mais rápido possível.[7]

---

[4] Como exemplo, apresento minha tradução do fragmento 13 de Arquíloco, que fala de um naufrágio:

Péricles, nossos gemidos e luto não vão ter censura —
    nem se há uma festa civil, nem se celebra a cidade —
quando as altíssonas ondas do mar arrasaram tais homens
    e, no dilúvio da dor, incham-se os nossos pulmões.
Mas para males que não se conseguem curar, meu amigo,
    como remédio, pra nós, deram os deuses a forte
perseverança. Para um e para outro a dor vem, alternando.
    Eis que ela veio pra nós, que ora sofremos a chaga.
Logo ela irá para uma outra pessoa. Portanto, resiste
    e põe para o lado, veloz, a feminina lamúria.

[5] "'[T]he easily recognized lady' may be a well known courtesan left nameless by A." Campbell (*op. cit.*). Se se confiar no testemunho de Eustácio (vide fr. 446) e se entender "ἀρίγνωτον" como um sinônimo perfeito para "πολύμνον", a interpretação de fato se verifica.

[6] Ver comentário ao Fr. 395 de Anacreonte.

[7] Traduzo o trecho da seguinte forma:

Emley[8] também apresenta uma leitura interessante do fragmento, fazendo um paralelo com as palavras de Helena para Heitor no seguinte trecho do sexto canto da *Ilíada* (vv. 342-8):[9]

"Nada lhe disse, em resposta, o guerreiro do casco ondulante.
Vira-se Helena para esse, com termos afáveis, e fala:
'Caro cunhado da pobre que apenas desgraças espalha!
Fora melhor, bem melhor, que, no dia em que a luz vi do mundo,
arrebatado me houvesse da casa terrível procela,
para nos montes lançar-me, ou nas ondas do mar ressonante,
que me teriam tragado, evitando essa grande catástrofe."

Pela semelhança dos dois discursos, Emley sugere que a mulher por todos conhecida, de que o poeta fala, seria a própria Helena, num diálogo direto de Anacreonte com a tradição homérica. A leitura é bastante interessante e, de um modo ou de outro, reforça a noção da morte como um expediente poético para se descrever o estado lastimável da vida.

As estrofes originais são compostas por três dímetros trocaicos acataléticos seguidos de um dímetro trocaico catalético. Em português, usei redondilhas maiores trocaicas, de terminação tanto aguda quanto grave.

Para os terrestres, de tudo, o melhor é jamais ter nascido
    nem ter olhado pra luz vinda do sol, tão brilhante.
Tendo nascido, o melhor é passar pelas portas do Hades
    rápido e logo jazer sob uma pilha de terra.

[8] M. L. B. Emley, "A Note on Anacreon, P. M. G. 347 fr. I", *The Classical Review*, New Series, vol. 21, no 2, Cambridge University Press, 1971.

[9] Tradução de Carlos Alberto Nunes.

Fr. 348

γουνοῦμαί σ' ἐλαφηβόλε
ξανθὴ παῖ Διὸς ἀγρίων
    δέσποιν' Ἄρτεμι θηρῶν·
ἥ κου νῦν ἐπὶ Ληθαίου
5 δίνῃσι θρασυκαρδίων
ἀνδρῶν ἐσκατορᾷς πόλιν
χαίρουσ', οὐ γὰρ ἀνημέρους
    ποιμαίνεις πολιήτας.

10

Peço, caçadora de cervos,
loira filha de Zeus, senhora
    Ártemis de agrestes feras,
tu que desde os redemoinhos
do rio Leteu contemplas uma
pólis de corajosos homens
e te alegras ao ver que não
    é indômito o rebanho:
[auxilia esses cidadãos,
abatendo com tuas flechas
    os felinos que os espreitam.]

COMENTÁRIO

Este poema de Anacreonte se constrói como uma prece à deusa Ártemis, senhora das feras, cujos domínios incluíam as regiões selvagens, não dominadas pelo homem. Há duas das facetas de seu culto que interessam à interpretação do poema: i) sua participação na arte da caça, por cuja influência ela era cultuada por caçadores; ii) seu controle sobre o mundo incivilizado, em virtude do qual lhe eram concedidos sacrifícios antes de uma expedição militar, a fim de que ela favorecesse a empresa.[10]

Pela menção ao rio Leteu, os críticos acreditam que a cidade a que o poema se refere seja a Magnésia, uma antiga pólis jônia na região da Anatólia, que se localizava entre os rios Leteu e Meandro. É possível que, à época da composição do poema, a cidade estivesse sob domínio persa, o que explicaria a caracterização de seus habitantes como não sendo indômitos. Foi a interpretação que segui, adicionando o suplemento de três versos finais para refletir a hipótese de que, no decorrer do poema, Anacreonte fizesse uma prece para que a deusa ajudasse seu rebanho (composto pelos cidadãos da cidade) a se livrar dos predadores felinos (persas) que o espreitavam.

Essa leitura me parece boa em vista do modo pelo qual a deusa é invocada, como uma caçadora. Sua invocação por meio de seu aspecto assassino, a meu ver, é um indício do teor da prece que se faria em seguida, posto que esse era o costume: o de invocar uma divindade a partir dos atributos que eram desejados para a situação corrente.

Do ponto de vista métrico, os versos alternam glicônios com ferecrácios, sua variante catalética, os quais menciono e exemplifico na introdução deste livro. No caso específico deste poema, não fiz uma tradução rítmica tão cuidadosa quanto, por exemplo, no fragmento 360. Os glicônios eu traduzo por octossílabos, ao passo que os ferecrácios eu traduzo por heptassílabos, mimetizando, dessa forma, a extensão dos versos. Achei que, no caso deste poema específico, o conteúdo de sentido era mais importante do que seu valor enquanto canção, de modo que preferi uma forma métrica mais solta, para dar conta de abarcar as nuances do texto.

---

[10] O terceiro aspecto de seu culto diz respeito à sua condição virginal, como protetora de jovens garotas.

Fr. 349

οὗτος δηὖτ' Ἰηλυσίους   Tira sarro mais uma vez
τίλλει τοὺς κυανάσπιδας.   dos ialíseos de escudo azul.

COMENTÁRIO

Este curto fragmento na coletânea possui um interesse métrico. Quanto ao texto em si, Campbell[11] sugere que se refira a um possível domínio de Polícrates de Samos também sobre a cidade de Rodes.

Como mencionado, o poema é metricamente interessante por apresentar uma alternância entre um willamowitziano e um glicônio:

_ _ _ ∪ _ ∪ ∪ _   willamowitziano
οὗτος δηὖτ' Ἰηλυσίους
_ _ _ ∪ ∪ _ ∪ _   glicônio
τίλλει τοὺς κυανάσπιδας.

Na tradução, tomo a liberdade de alternar a segunda sílaba para uma átona. Essa liberdade é condizente com as possibilidades dessas duas formas eólias, as quais eram iniciadas por uma base que podia se consistir de _ _, _ ∪, ∪ _ e ∪ ∪, havendo ainda a possibilidade de se usar uma meia base preenchida por ∪, _ ou ∪ ∪. Apesar disso, é possível ler a segunda sílaba dos versos em português com uma ênfase (ou uma duração) maior, de modo a torná-las fortes (ou longas):

---

[11] David A. Campbell, *Greek Lyric II*, op. cit., p. 49, nota 1.

   – ᴗ – ᴗ – ᴗ ᴗ –
Tira sarro mais uma vez
   – ᴗ – ᴗ ᴗ – ᴗ –
dos ialíseos de escudo azul.

Fr. 350

ἀνασύρειν καὶ ἀνασεσυρμένην· εἰώθαμεν χρῆσθαι τῷ ὀνόματι ἐπὶ τῶν φορτικῶν ἢἀναισχυντούντων. Ἀνακρέων ἐν ά.

"erguer" e "com as roupas erguidas": geralmente usamos a palavra para pessoas vulgares ou desavergonhadas. Anacreonte no Livro 1.

COMENTÁRIO

O trecho, do *Léxico* de Fócio, fala a respeito do uso do verbo "ἀνασύρειν", cujo sentido é o de erguer as roupas, sempre usado em conotação sexual e vulgar, apontando para o uso desta palavra no Livro 1 de Anacreonte.[12]

---

[12] Conforme visto, na introdução, no epigrama de Crinágoras (e também corroborado pela enciclopédia bizantina *Suda* e pelo testemunho de Ateneu), Anacreonte teria escrito cinco livros de poesia lírica, além de jambos, hinos e outras formas de poesia.

Fr. 351

σινάμωροι πολεμίζουσι θυρωρῷ

com malícia eles combatem o porteiro

COMENTÁRIO

Mais um curto fragmento de interesse métrico. Trata-se de um trímetro jônico menor acatalético:

⏑ ⏑ – – ⏑ ⏑ – – ⏑ ⏑ – –
σινάμωροι πολεμίζουσι θυρωρῷ

Na tradução, tentei imitar o ritmo, que precisa ser levemente forçado em algumas sílabas e lido da seguinte forma:

⏑ ⏑ – – ⏑ ⏑ – – ⏑ ⏑ – –
Com malícia eles combatem o porteiro

Quanto ao sentido do verso, suponho que tenha a ver com o costume de manter amigos do noivo como porteiros em frente ao quarto do casal recém-casado em sua primeira noite juntos. Parece-me possível que o poema falasse de convivas bêbados tentando entrar no quarto do casal ou algo do gênero.

Fr. 352

<ὁ> Μεγιστῆς δ' ὁ φιλόφρων δέκα δὴ μῆνες ἐπεί τε
στεφανοῦνταί τε λύγῳ καὶ τρύγα πίνει μελιηδέα.

Com guirlandas de salgueiro o bom Megistes tem se ornado
por dez meses e bebido o mosto doce como o mel.

COMENTÁRIO

Mais um fragmento composto por jônicos menores, onde, novamente, tentei reproduzir o ritmo na tradução, incluindo as anáclases notáveis no segundo verso do texto grego:

> ⏑ ⏑ – – ⏑ ⏑ – – ⏑ ⏑ – – ⏑ ⏑ – –
> <ὁ> Μεγιστῆς δ' ὁ φιλόφρων δέκα δὴ μῆνες ἐπεί τε
> ⏑ ⏑ – – ⏑ ⏑ – – ⏑ ⏑ – ⏑ – ⏑ ⏑ –
> στεφανοῦνταί τε λύγῳ καὶ τρύγα πίνει μελιηδέα.

> ⏑ ⏑ – – ⏑ ⏑ – – ⏑ ⏑ – – ⏑ ⏑ – –
> Com guirlandas de salgueiro o bom Megistes tem se ornado
> ⏑ ⏑ – – ⏑ ⏑ – ⏑ – ⏑ ⏑ – ⏑ –
> por dez meses e bebido o mosto doce como o mel.

Os versos falam de Megistes, um dos amantes de Anacreonte, que é descrito com um figurino báquico e se embriagando por dez meses seguidos. A guirlanda de salgueiro só aparece neste e em mais um poema do *corpus* anacreôntico, o fragmento 496, ambos presentes em um mesmo trecho da obra de Ateneu, que cita o testemunho de Aristarco de os antigos terem feito guirlandas até de salgueiro (uma noção já estranha à época do autor).

Fr. 353

μυθιῆται
δ' ἀνὰ νῆσον ὦ Μεγιστῆ
διέπουσιν ἱρὸν ἄστυ,

Ó Megistes, lá na ilha,
tagarelas têm domínio
sobre a sacra cidadela,

COMENTÁRIO

O fragmento é tirado de um escólio à *Odisseia*, no qual o escoliasta comenta a respeito do uso da palavra "μῦθος" com o sentido de "dissensão", "rebelião", afirmando que Anacreonte, no poema em questão, falava dos pescadores insurgentes na ilha de Samos.

A métrica do poema é bastante comum nas *Anacreônticas*: o dímetro jônico menor com anáclase. Na tradução tento reproduzi-lo (ainda que a sílaba final em português precise ser arrastada para se tornar longa):

⏑ ⏑ – ⏑ – ⏑ – –
δ' ἀνὰ νῆσον ὦ Μεγιστῆ
⏑ ⏑ – ⏑ – ⏑ – –
Ó Megistes, lá na ilha

Fr. 354

καί μ' ἐπίβωτον   Por tua conta eu ficarei
κατὰ γείτονας ποήσεις.   mal falado entre os vizinhos.

COMENTÁRIO

Os versos são citados por Amônio ao discorrer a respeito da diferença entre dois adjetivos: "διαβόητος" e "ἐπιβόητος". Enquanto o primeiro tem o sentido de qualificar alguém famoso por sua virtude, o segundo é empregado para se referir a alguém infame por sua má reputação, como no caso dos versos apresentados.

Na parte métrica, o segundo verso me parece ser, como no poema anterior da sequência, composto por um dímetro jônico menor com anáclase, cujo ritmo eu tento imitar, ainda que a sílaba final precise ser arrastada e a primeira de "entre" precise ser considerada breve em sua junção com a átona final de "falado" (e sua última longa ao se juntar com "os"):

⏑ ⏑ – ⏑ – ⏑ – –
κατὰ γείτονας ποήσεις.
⏑ ⏑ – ⏑ – ⏑ – –
mal falado entre os vizinhos.

Por outro lado, o primeiro verso ou não foi citado inteiro ou tem uma métrica distinta:

– ⏑ ⏑ – –
καί μ' ἐπίβωτον

65

Acredito que a última sílaba seja um caso de *breuis in longo*, por isso a marquei como longa (caso comum em sílabas de fim de verso). Pela incerteza métrica, acabei traduzindo o verso como um octossílabo jâmbico.

Fr. 355

τὰ Ταντάλου τάλαντα ταντᾰλίζεται· διεβεβόητο ὁ Τάνταλος ἐπὶ πλούτῳ, ὡς καὶ εἰς παροιμίαν διαδοθῆναι. οὗτος γὰρ πλούσιος Φρὺξ ἐπὶ ταλάντοις διεβεβόητο, Πλουτοῦς καὶ Διὸς λεγόμενος. κέχρηται δὲ τῇ παροιμίᾳ καὶ Ἀνακρέων ἐν τρίτῳ.

"Os talentos de Tântalo o tantalizavam": Tântalo foi famoso por sua riqueza, como diz o provérbio. Ele foi um frígio rico e famoso por seus talentos, filho de Zeus e de Riqueza (Pluto) ao que se conta. Anacreonte usa o provérbio no Livro 3.

COMENTÁRIO

O trecho, da *Suda*, fala de Tântalo, num trocadilho proverbial entre seu nome, a palavra "talentos" e o verbo baseado em seu nome, "tantalizar", cujo sentido é referente à punição que Zeus lhe atribui por ter oferecido seu próprio filho, Pélops, num banquete para os deuses. No Tártaro, ele passa a eternidade dentro de uma lagoa com uma árvore frutífera crescendo perto, com um ramo de frutos próximo ao alcance de suas mãos. Quando tenta alcançar os frutos, eles se movem para longe. Quando tenta beber a água, ela se afasta dele. Daí o sentido do verbo "tantalizar", de "submeter a um suplício". Os "talentos" mencionados são uma antiga medida de peso, usada como padrão monetário para ouro, prata etc.

Fr. 356

ἄγε δὴ φέρ' ἡμὶν ὦ παῖ
κελέβην, ὅκως ἄμυστιν
προπίω, τὰ μὲν δέκ' ἐγχέας
ὕδατος, τὰ πέντε δ' οἴνου
5 κυάθους ὡς ἀνυβρίστως
ἀνὰ δεῦτε βασσαρήσσω.
ἄγε δηῦτε μηκέτ' οὕτω
πατάγῳ τε κἀλαλητῷ
Σκυθικὴν πόσιν παρ' οἴνῳ
10 μελετῶμεν, ἀλλὰ καλοῖς
ὑποπίνοντες ἐν ὕμνοις.

Vai trazer-me, meu menino,
uma taça, que eu a verta
só num gole. Dez medidas
d'água e cinco mais de vinho
bota nela, que de novo
sem violência eu enlouqueça.
Vai de novo! Chega disso!
Com barulho e gritaria
junto ao vinho, feito citas,
não bebamos, mas com hinos
belos, moderadamente!

COMENTÁRIO

O poema se inicia com instruções para um escravo responsável por misturar e servir o vinho, para depois terminar com uma admoestação para os demais convivas. A medida proposta nos versos para a mistura do vinho é a proporção de uma parte de vinho para duas de água, uma diluição bastante conservadora. No início do *Banquete* (176a-e) de Platão, há um testemunho dos convivas conversando entre si, a fim de decidir o quanto beberão. Como decidem que querem conversar longamente e de modo cônscio, optam por cada um beber somente o que lhe aprouver. Ainda que não haja uma indicação da mistura de vinho a ser feita, é de se supor que fosse uma mistura branda, mas, mais importante do que qualquer suposição desse tipo, é o testemunho da possibilidade de se beber mais ou menos durante um simpósio, dependendo do tipo de atividade a ser levada a cabo durante o mesmo.

No final do poema, vê-se a exortação aos demais convivas para que não se pratique mais bebedeira cita (ou seja: que não se beba mais, como um cita, um bárbaro, o vinho impermisto). Isso tanto mostra um desejo de adequação à justa medida, como também aponta para o fato de que, até aquele momento, estavam todos bem fora da justa medida.

Quanto à métrica, este poema também se constrói a partir de dímetros jônicos menores, quase todos com anáclase, à exceção dos versos 4 e 10, que não possuem anáclase:

⏑ ⏑ – – ⏑ ⏑ – –
κυάθους ὡς ἀνυβρίστως
⏑ ⏑ – – ⏑ ⏑ – –
ὑποπίνοντες ἐν ὕμνοις.

Na tradução, tento imitar o ritmo no português:

⏑ ⏑ – ⏑ – ⏑ – ⏑
Vai trazer-me, meu menino,

Fr. 357

ὦναξ, ᾧ δαμάλης Ἔρως
καὶ Νύμφαι κυανώπιδες
   πορφυρῇ τ' Ἀφροδίτη
συμπαίζουσιν, ἐπιστρέφεαι
5 δ' ὑψηλὰς ὀρέων κορυφάς·
γουνοῦμαί σε, σὺ δ' εὐμενὴς
ἔλθ' ἡμίν, κεχαρισμένης
   δ' εὐχωλῆς ἐπαχούειν·
Κλεοβούλῳ δ' ἀγαθὸς γένεο
10 σύμβουλος, τὸν ἐμόν γ' ἔρω-
   τ', ὦ Δεόνυσε, δέχεσθαι.

Ó senhor, com quem a purpúrea
Afrodite e as ninfas de olhos
   oceânicos e o Amor
dominante gracejam juntos
sobre o cume dos altos montes,
eu te peço: de bom intento
vem a mim e escutando a prece
   que te faço sê propício:
dá a Cleóbulo bom conselho,
Dioniso, pra que ele aceite
   finalmente o meu amor.

COMENTÁRIO

O poema se constrói como uma prece a Dioniso, cujo nome, engenhosa e piedosamente, só é invocado no último verso, quando tudo mais já foi dito e estabelecido, de modo a fortalecer o impacto do nome do deus.

De início, há a invocação de divindades correlatas a Baco, cada uma acompanhada de um epíteto que a qualifique: Afrodite (purpúrea), ninfas (de olhos oceânicos) e Eros (dominante). Dessas divindades, diz-se que elas brincam (gracejam) junto de Dioniso. É preciso notar que o verbo "brincar" (e sua variante "brincar junto", "συμπαίζειν", aqui presente), na poética anacreôntica, tem uma clara conotação sexual. Assim, as brincadeiras de Baco, de Afrodite, das ninfas e do Amor são de cunho sexual, o tipo de brincadeira por que o eu-lírico anseia.

Os deuses são descritos, então, brincando e brincando em cima de altos montes, terreno propício para a manifestação da divindade, como se vê em Hesíodo, por exemplo, que diz ter sido interpelado pelas Musas, no início da *Teogonia*, quando pasteoreava no monte Hélicon.

Só então, por fim, vem o pedido de que Dioniso seja benévolo e aconselhe Cleóbulo a aceitar o amor do poeta.

Do ponto de vista métrico, o poema é majoritariamente composto por glicônios, os quais são alternados por ferecrácios nos versos 3, 8 e 11. No verso 5, existe uma anáclase no glicônio, que se torna um willamowitziano:

– – – ⌣ – – ⌣ –
δ' ὑψηλὰς ὀρέων κορυφάς·

Na tradução, emprego octossílabos com acentos na terceira, quinta e oitava sílabas para reproduzir os glicônios, ao passo que os ferecrácios eu traduzo por redondilhas maiores trocaicas:

– ⌣ – ⌣ ⌣ – ⌣ – (⌣)
Vem a mim e escutando a prece
– ⌣ – ⌣ – ⌣ – (⌣)
que te faço sê propício

Fr. 358

σφαίρῃ δηὖτέ με πορφυρῇ
βάλλων χρυσοκόμης Ἔρως
νήνι ποικιλοσαμβάλῳ
    συμπαίζειν προκαλεῖται·
5 ἡ δ', ἐστὶν γὰρ ἀπ' εὐκτίτου
Λέσβου, τὴν μὲν ἐμὴν κόμην,
λευκὴ γάρ, καταμέμφεται,
    πρὸς δ' ἄλλην τινὰ χάσκει.

Com bola púrpura de novo,
Eros da cabeleira d'ouro
me chama junto dessa moça
    das sandálias coloridas.
Mas ela vem da bela Lesbos:
reprova a minha cabeleira,
porque ela é branca, e sai correndo
    boquiaberta atrás de outra.

COMENTÁRIO

Novamente, vemos o uso do verbo "brincar (junto)" ("συμπαίζειν") com uma clara conotação sexual. O poema se inicia com Eros incitando o eu-lírico a "brincar" com uma moça de sandálias coloridas. Tanto as sandálias coloridas quanto o tipo de reação da moça são claras marcas de sua tenra idade.

Uma outra possível marca de sua juventude é a bola roxa, que pode ser uma bola literal com que a moça brincava. É possível ver a bola que Eros joga para o eu-lírico simplesmente como uma metáfora, dizendo "é sua vez". Da mesma forma, é possível combinar as duas leituras: poderia existir uma bola real com que a moça brincava e o Amor a lança para o eu-lírico, indicando sua vez.

Vemos em seguida a aproximação do eu-lírico, tentando seguir a oferta de Eros. No entanto, a moça, vinda da ilha de Lesbos, não se interessa por ele, por causa de sua cabeleira branca, e sai correndo atrás de outra. Há duas interpretações principais para isso: i) a moça sai correndo atrás de outra *moça* (talvez por interesse sexual,[13] talvez simplesmente pela falta de interesse sexual e um desejo de continuar na companhia das amigas); ii) a moça sai correndo atrás de outra *cabeleira*, que não seja branca (e o fato de ela estar boquiaberta indicaria que a cabeleira seria pubiana e a moça estaria atrás dela com o interesse de praticar felação).[14]

Seja qual for seu interesse, a imagem da moça e da bola trazem de pronto à mente a cena de Odisseu chegando à ilha dos Feácios no canto sexto da *Odisseia* e encontrando a princesa Nausícaa brincando de bola com outras garotas. Tendo esse como o ponto central do poema, Pfeijffer[15] apresenta a interessante leitura de que toda a graça do poema seja a do contraste entre o sucesso amoroso de Odisseu, que recebe o interesse de Nausícaa sem se esforçar para isso, com a risível falha do protagonista do poema de Anacreonte, que busca o favor da garota de Lesbos e é por ela completamente ignorado, numa versão bufonesca de Odisseu.

Do ponto de vista métrico, o poema segue o mesmo esquema de glicônios e ferecrácios visto no fragmento anterior, mas desta vez sem alternância para willamowitzianos. A tradução segue o mesmo estilo adotado para o poema anterior.

---

[13] Visão defendida, entre outros, por Marcovich ("Anacreon, 358 PMG", *The American Journal of Philology*, vol. 104, n° 4, pp. 372-83, The Johns Hopkins University Press, 1983), Renehan ("Anacreon Fragment 13 Page", CP 79, pp. 28-32, 1984) e Pelliccia ("Anacreon 13", *Classical Philology*, vol. 86, n° 1, pp. 30-6, The University of Chicago Press, 1991).

[14] Gentili, "La ragazza di Lesbo", *Quaderni Urbinati di Cultura Classica* 16: 124-8, Fabrizio Serra Editore, 1973, entende dessa segunda forma, alegando que a fama de Lesbos na Antiguidade, diferente do que ocorre hoje, não era pelo lesbianismo, mas pela prática de sexo oral, como se vê no uso do verbo "λεσβιάζειν" em Aristófanes com o sentido de "agir como mulheres lésbias" para descrever mulheres praticando felação.

[15] Ilja Leonard Pfeijffer, "Playing Ball with Homer. An Interpretation of Anacreon 358 PMG", *Mnemosyne*, Fourth Series, vol. 53, fasc. 2, Brill, 2000, pp. 164-84.

Fr. 359

Κλεοβούλου μὲν ἔγωγ' ἐρέω,   Cleóbulo é aquele que eu amo,
Κλεοβούλῳ δ' ἐπιμαίνομαι,   Cleóbulo é quem me enlouquece,
    Κλεόβουλον δὲ διοσκέω.   Cleóbulo é quem contemplo.

COMENTÁRIO

Este pequeno poema se organiza mediante o uso do poliptoto, uma figura de linguagem própria de línguas declinadas, onde se repete um mesmo nome em diferentes casos. Assim, o nome de Cleóbulo aparece primeiro no genitivo, depois no dativo e por último no acusativo, em posição de destaque, no início dos versos. Essa repetição e esse destaque são parte do modo com que o poeta apresenta sua fixação pelo objeto de seu desejo, que é abordado de todos os cantos. É interessante notar que, apesar de estar em posição inicial e de destaque, Cleóbulo é complemento dos verbos de ação do eu-lírico, mas jamais o sujeito. Numa tradução mais literal, buscando apenas apresentar os diferentes modos com que Cleóbulo completa os verbos, poderíamos ler da seguinte forma em português:

    De Cleóbulo estou enamorado,
    Por Cleóbulo enlouqueço,
        Para Cleóbulo eu olho.

Na tradução principal, em versos, que apresento no início, esses efeitos são perdidos. Mantive o nome de Cleóbulo em posição inicial, mas ele passa a ser sujeito das orações e não se vê a variação de casos (por meio de preposições, como exemplificado na tradução literal). Usei octossílabos para traduzir os dois glicônios iniciais, colocando acentos na segunda, quinta e oitava sílabas. Para traduzir o ferecrácio final, usei uma redondilha semelhante, com acentos na segunda, quinta e sétima sílabas.

Como me pareceu que a solução em versos não dava conta de recuperar toda a riqueza de sentido presente nos elementos formais do texto grego, fiz uma segunda tradução, aos moldes concretistas, onde apresento o nome de Cleóbulo como um círculo no centro das atenções, sendo cercado de três modos pelas formas de abordagem do eu-lírico.

Fr. 360

ὦ παῖ παρθένιον βλέπων
δίζημαί σε, σὺ δ' οὐ κοεῖς,
οὐκ εἰδὼς ὅτι τῆς ἐμῆς
    ψυχῆς ἡνιοχεύεις.

Ó menino de olhar gentil,
te procuro, mas tu não vês.
Não percebes que em tuas mãos
    tens as rédeas do meu ser.

COMENTÁRIO

O poema parece se encaixar na tradição de "amor não-correspondido", à qual pertence também o famoso Fr. 31 (*phainetai moi*) de Safo. Esse é o tipo de temática que a nossos olhos contemporâneos parece descrever a atividade da lírica, em virtude de nossa concepção lírica herdada principalmente do período romântico.

São apenas quatro versos, formando um texto bastante breve e simples, mas cuja beleza se evidencia de modo intenso. Há que se destacar, entre os artifícios de composição que geram essa beleza, a aliteração das plosivas /p/ e /b/ ("παῖ", "παρθένιον", "βλέπων") no verso inicial — uma estratégia também usada por outros poetas, como Píndaro, quando desejam abrir um poema de modo grandioso —, a qual parece indicar a própria urgência do sentimento do eu-lírico, que lhe explode aos lábios. Por outro lado, o restante do poema é fortemente marcado pela presença da sibilante /s/, conferindo-lhe a sonoridade de um sussurro. Por fim, é necessário notar como o *enjambement* final entre o terceiro e o quarto versos não só cria uma expectativa antes de terminar o poema, mas também ilustra a própria ideia do amado conduzir a alma do eu-lírico, cujo pronome possessivo "ἐμῆς" ("minha") se encontra no final do terceiro verso, ao passo que o nome a que ele se refere, "ψυχῆς" ("alma"), está no início do verso seguinte, como que arrastado pela ação do objeto de desejo do poeta.

A estrutura dos versos novamente é a de origem eólia (glicônios e ferecrácios). Na introdução, eu demonstro com mais delonga como resolvi sua tradução neste caso.

Fr. 361

ἐγὼ δ' οὔτ' ἂν Ἀμαλθίης　　　Não desejo nem ter o chifre
βουλοίμην κέρας οὔτ' ἔτεα　　　de Amalteia nem muito menos
πεντήκοντά τε κἀκατὸν　　　governar em Tartessos como
　　Ταρτησσοῦ βασιλεῦσαι,　　　　rei por cento e cinquenta anos.

COMENTÁRIO

Os versos do poema são citados por Estrabão para tratar da longevidade dos homens da região de Tartessos, cujo rei, Argantônio, de acordo com Heródoto, teria vivido por 120 anos e reinado por 80. Amalteia, mencionada também nos versos acima, fora uma cabra que alimentou Zeus quando infante. Seu chifre, a cornucópia, vertia néctar e ambrosia.

Do ponto de vista métrico, novamente veem-se as duas estruturas eólias notadas nos últimos poemas: o glicônio e o ferecrácio. Na tradução, empreguei uma solução semelhante à dos poemas anteriores, mas com uma imitação mais próxima do ritmo do ferecrácio:

```
    ∪ _ _ _ ∪ ∪ _ ∪ _
ἐγὼ δ' οὔτ' ἂν Ἀμαλθίης
    _ _ _ _ ∪ ∪ _ ∪ _
βουλοίμην κέρας οὔτ' ἔτεα
    _ _ _ _ ∪ ∪ _ ∪
πεντήκοντά τε κἀκατὸν
        _ _ _ _ ∪ ∪ _ _
    Ταρτησσοῦ βασιλεῦσαι,
```

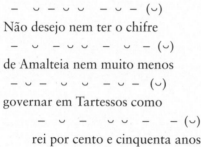

        Não desejo nem ter o chifre
de Amalteia nem muito menos
governar em Tartessos como
        rei por cento e cinquenta anos.

Vale notar que as duas sílabas iniciais do metro são a chamada "base eólia" (marcada como ⌣̆ ⌣̆: ⌣̆ ⌣̆ – ⌣ ⌣ – ⌣ –, no caso do glicônio). Essa base pode ser preenchida por – ⌣, ⌣ –, ⌣ ⌣ ⌣ e – –. Em Anacreonte, o mais comum é vê-la como duas longas. (Acredito que na performance musical desses poemas as sílabas breves da base, quando ocorrentes, fossem lidas como longas, à exceção do caso do tríbraco, que de qualquer modo não ocorre em Anacreonte. Digo isso pela quase onipresença da base de duas longas no poeta de Teos.) Na tradução, eu uso uma de suas possibilidades.

Fr. 362

μεὶς μὲν δὴ Ποσιδηίων
ἕστηκεν † νεφέλη δ' ὕδωρ
<   > βαρὺ δ' ἄγριοι
χειμῶνες κατάγουσι. †

Ora a estação de Posêidon
chega com nuvens pesadas,
plenas de chuva, que estrondam
junto às selvagens tormentas.

COMENTÁRIO

Os versos, um tanto quanto fragmentários, são citados em um escólio à *Ilíada*, no qual o escoliasta comenta que os habitantes da Ática chamavam o mês do solstício de inverno de mês de Posêidon.

Novamente, parecem ser três glicônios seguidos de um ferecrácio. No caso deste poema específico, não me preocupei em reproduzir a métrica original: usei redondilhas dactílicas, as quais calharam de aceitar melhor o conteúdo semântico do texto.

Fr. 363

τί μὲν πέτεαι
συρίγγων κοϊλώτερα
στήθεα χρισάμενος μύρῳ;

Por que te esvoaças assim,
passando perfume em teu peito
mais cavo que as flautas de Pã?

COMENTÁRIO

Os três versos parecem novamente ser glicônios. Na tradução usei octossílabos com acentos na segunda, quinta e oitava sílabas, sem tanta preocupação em recriar o ritmo da forma eólia, ainda que os versos tenham a mesma extensão.

Fr. 364

σέ γάρ
φη Ταργήλιος ἐμμελέως
δισκεῖν

pois Targélio diz que tu lanças
o teu disco com perfeição.

COMENTÁRIO

Targélio era uma divindade menor em honra da qual talvez tivessem sido celebradas originalmente as Targélias,[16] uma festividade agrícola que teria supostamente envolvido a prática do *pharmakós*, o exílio, espancamento ou sacrifício ritual (não se sabe ao certo qual das opções ou se havia variantes) de um (ou mais) indivíduo(s) — o(s) mais feio(s) encontrado(s) em meio à sociedade local —, a fim de expiar os males que afligiam ou podiam afligir a região.

O único verso inteiro do poema é um glicônio. Os demais provavelmente seguiam formas eólias. Na tradução, usei octossílabos com acentos na terceira, quinta e oitava sílabas, o que poderia ser visto como uma espécie de willamowitziano, uma variante possível para o glicônio, empregada por Anacreonte em outros poemas do *corpus*, como vimos anteriormente.

---

[16] David A. Campbell, *Greek Lyric II*, *op. cit.*

Fr. 365

πολλὰ δ' ἐρίβρομον   muitas vezes o amplitroante
Δεόνυσον,   Deoniso

COMENTÁRIO

A variação fonética de /i/ para /e/ em "Deoniso" se deve à forma pela qual o nome do deus era conhecido em Samos.

Os versos são demasiadamente fragmentários para dizer muito sobre sua métrica.

Fr. 366

ἀλλ' ὦ τρὶς κεκορημένε   Vamos, Esmerdes, em quem já
Σμερδίη   socaram a bucha três vezes

COMENTÁRIO

O fragmento apresenta um uso obsceno do verbo "κορέω", cujo sentido primário é o de limpar com uma bucha, como se limpa uma chaminé. Esmerdes é caracterizado como alguém que foi limpo desse modo três vezes.

O segundo verso é muito fragmentário, mas o primeiro parece ser um glicônio:

— — — ∪ ∪ — ∪ —
ἀλλ' ὦ τρὶς κεκορημένε

Na tradução, emprego octossílabos.

Fr. 367

      σὺ γὰρ ἦς ἔμοι-   pois tu comi-
γ' ἀστεμφής   go foste inflexível

COMENTÁRIO

Esses fragmentos de versos são mencionados por um escoliasta da *Ilíada* para falar do significado de "ἀστεμφής", "inflexível". São fragmentários demais para se dizer muito sobre eles.

Fr. 368

Λευκίππην ἔπι δίνεαι

estás rodeando Leucipe

COMENTÁRIO

O verso sobreviveu por uma citação de cunho gramatical, a fim de exemplificar a conjugação do verbo "δίνω" na segunda pessoa do singular no dialeto jônico.

Trata-se de um glicônio, que traduzi por um octossílabo.

Fr. 369

ὁ δ' ὑψηλὰ νενωμένος

porém, sendo de alto pensar

COMENTÁRIO

Novamente, um glicônio citado no *Etymologicum Genuinum*, desta vez pelo uso do verbo "νοέω" no particípio, "νενωμένος".

Traduzo este glicônio com um octossílabo com acentos na terceira, na quinta e na oitava sílaba, como usado na tradução do Fr. 357.

Fr. 370

οὔτ' ἐμὴν ἀπαλὴν κάσιν·

nem a minha irmã delicada.

COMENTÁRIO

O verso, novamente um glicônio, é citado em um escólio à *Hécuba* de Eurípides, em vista do uso de "κάσις" ("irmão") como se fosse um substantivo feminino. O escoliasta levanta a possibilidade de ser, no caso, uma forma abreviada de "κασιγνήτη" ("irmã").

Traduzi o glicônio, aqui também, por um octossílabo com acentos na terceira, na quinta e na oitava sílaba.

Fr. 371

οὐ δηὖτ' † ἔμπεδός † εἰμι　　Desta vez não tenho firmeza
οὐδ' ἀστοῖσι προσηνής.　　com os cidadãos nem bondade.

COMENTÁRIO

Há um problema textual no primeiro verso, com a palavra "ἔμπεδός", que talvez não seja o exato termo no manuscrito. O sentido exato dos versos é incerto. A ideia de não ter confiança nos cidadãos nem gentileza com eles sugere que talvez os versos fossem parte de um poema de cunho jâmbico.

Os dois versos parecem ser glicônios. Traduzi-os por octossílabos com acentos na terceira, na quinta e na oitava sílaba.

Fr. 372

ξανθῇ δ' Εὐρυπύλῃ μέλει   A loira Eurípile deseja o
ὁ περιφόρητος Ἀρτέμων,   ginete de liteira Artêmon.

COMENTÁRIO

O fragmento tem um caráter jâmbico (entendido como designação para o gênero da invectiva) e faz troça de Artêmon por seu caráter afeminado, que será retomado em um poema maior (Fr. 388) adiante no *corpus*.

O primeiro verso parece ser um glicônio. Porém, o segundo não aparenta seguir uma forma eólia, mas sim ser um dímetro jâmbico com resolução do primeiro *princeps*:

    ‒ ‒ ‒ ᴗ ᴗ ‒ ᴗ ‒
    ξανθῇ δ' Εὐρυπύλῃ μέλει
    ᴗ ᴗ ᴗ ᴗ ‒ ᴗ ᴗ ‒
    ὁ περιφόρητος Ἀρτέμων,

Por conta do caráter jâmbico (enquanto gênero) e da presença de *metra* jâmbicos no segundo verso, traduzi os dois como octossílabos jâmbicos:

    ᴗ ‒ ᴗ ‒ ᴗ ‒ ᴗ ‒ (ᴗ)
    A loira Eurípile deseja o
    ᴗ ‒ ᴗ ‒ ᴗ ‒ ᴗ ‒ (ᴗ)
    ginete de liteira Artêmon.

Fr. 373

ἠρίστησα μὲν ἰτρίου λεπτοῦ μικρὸν ἀκοκλάς,
οἴνου δ' ἐξέπιον κάδον· νῦν δ' ἁβρῶς ἐρόεσσαν
ψάλλω πηκτίδα τῇ φίλῃ κωμάζων † παιδὶ ἁβρῆι †.

Jantei uma fatia fina de um bolinho leve
e o vinho de uma jarra inteira. Agora meigamente
a lira amável toco em serenata à moça meiga.

COMENTÁRIO

O poema contrasta os modos de nutrição do eu-lírico: por um lado, a comida é ingerida com parcimônia (apenas uma fatia de bolo); por outro, a bebida é tomada sem muitas restrições (uma jarra inteira). Por fim, mostra-se a função dessa dieta: na medida inversa em que um atleta se alimenta bem e bebe pouco para manter-se em forma, o poeta come pouco e bebe muito para a atividade posterior de cantar em sereneta a uma moça meiga.

Quanto à métrica, os versos parecem ser compostos da união de um gliconio e de um ferecrácio, havendo provavelmente algum problema de transmissão textual no final do terceiro verso:

$$- - - \cup \cup - \cup - \mid - - - \cup \cup - -$$
ἠρίστησα μὲν ἰτρίου   λεπτοῦ μικρὸν ἀκοκλάς,
$$- - - \cup \cup - \cup - \mid - - - \cup \cup - -$$
οἴνου δ' ἐξέπιον κάδον· νῦν δ' ἁβρῶς ἐρόεσσαν
$$- - - \cup \cup - \cup - \mid - - - \cup \cup - -$$
ψάλλω πηκτίδα τῇ φίλῃ   κωμάζων † παιδὶ ἁβρῆι †.

Para caber no ritmo, o terceiro verso teria de ser lido assim:

_ _ _ υ υ _ υ _ | _ _ _ υ υ _ _
ψάλλω πηκτίδα τῇ φίλῃ κωμάζων παῖδ' ἁβρῆι.

Na primeira tradução, optei por uma solução mais simples, usando versos jâmbicos de catorze sílabas.

Na segunda, a seguir, tento fazer versos semelhantes à construção do original, com o padrão empregado no Fr. 358: os glicônios são reproduzidos por octossílabos com acentos na terceira, na sexta e na oitava sílaba; os ferecrácios como redondilhas com acentos na terceira, quinta e sétima. Separei os glicônios dos ferecrácios em dísticos:

    Um pedaço de bolo, fino,
        foi a janta que eu comi
    mais o vinho de um garrafão.
        Ora a lira amável vou
    dedilhar meigamente à minha
        meiga moça em serenata.

A terceira e última versão foi a adotada ao performar o poema como canção, reproduzindo o ritmo:

    Um pedaço de pão de mel foi a janta que eu tive,
    e uma jarra de vinho. Assim, vou cantar docemente:
    com a lira vou serenar minha moça querida.

Fr. 374

ψάλλω δ' εἴκοσι
   † χορδαῖσι μάγαδιν † ἔχων,
ὦ Λεύκασπι, σὺ δ'ἡβᾷς.

Toco o mágadis
com as vinte cordas enquanto
    tu, Leucáspis, te divertes.

COMENTÁRIO

O fragmento tem um problema no segundo verso, cuja métrica é estranha e mesmo o sentido é complicado, pois quem o cita, Ateneu, fala de sua própria dúvida quanto ao mágadis ser um instrumento de cordas ou de sopro.

O primeiro verso talvez esteja carente de seu término. Seu início parece condizente com o de uma forma eólia como o glicônio, mas parecem-lhe faltar algumas sílabas no final.

O terceiro verso é um ferecrácio.

Traduzi o primeiro verso como um hexassílabo (contando a sílaba final da proparoxítona "mágadis"), com acentos na terceira e na quinta sílaba, como se fosse uma forma reduzida daquela que uso em geral para os glicônios. O segundo verso eu traduzi como um octossílabo com acentos na terceira, na quinta e na oitava sílaba. Por fim, no último verso empreguei uma redondilha com acentos na terceira, na quinta e na sétima sílaba.

O verbo do verso final, "ἡβάω", significa "ser jovem", "ter vigor" ou "aproveitar a juventude". Traduzi-o por "divertir-se".

Fr. 375

      τίς ἐρασμίην
τρέψας θυμὸν ἐς ἥβην τερένων ἡμιόπων ὑπ' αὐλῶν
ὀρχεῖται;

      Quem virou
o pensamento para a tenra juventude e para as danças
ao som dos aulos pequeninos?

COMENTÁRIO

  Esse pequeno fragmento parece se encaixar na temática do idoso que, mesmo em sua idade avançada, volta o pensamento para a juventude e para as danças. Ainda que não se fale de nenhum idoso, ele fica subentendido pela própria temática, pois não haveria muita razão de se perguntar por que um jovem virou o pensamento para a juventude.
  A métrica do poema é incerta, devido a seu estado fragmentário.

```
                              ᴗ ᴗ – ᴗ –
                          τίς ἐρασμίην
– – ᴗ –      ᴗ ᴗ – ᴗ –
τρέψας θυμὸν ἐς ἥβην τερένων ἡμιόπων ὑπ' αὐλῶν
– – –
ὀρχεῖται;
```

  O segundo verso deste fragmento me parece ser composto por um *metron* jônico maior inicial, seguido de um hiponácteo com expansão coriâmbica interna:

– – ᴗ ᴗ | – – – ᴗ ᴗ – <– ᴗ ᴗ –> ᴗ – –

Do primeiro e do terceiro verso, é difícil dizer qualquer coisa, visto que lhes falta quase tudo. O primeiro verso poderia ser o final de um *colon* eólio, como o glicônio. O terceiro, parece ser do mesmo tipo que o início do segundo verso, um *metron* jônico, mas com contração das breves.

Devido à incerteza métrica, adotei uma postura mais livre na tradução e empreguei uma cadência jâmbica.

Fr. 376

ἀρθεὶς δηὖτ' ἀπὸ Λευκάδος
πέτρης ἐς πολιὸν κῦμα κολυμβῶ μεθύων ἔρωτι.

Vou de novo subindo os rochedos leucádios,
tombando nas ondas cinzentas perdido de amor.

COMENTÁRIO

Os rochedos da Leucádia ficaram famosos por terem sido o local do suposto suicídio de Safo. É neles que o poeta pinta sua cena apaixonada, indiretamente dizendo que o ato de apaixonar-se é como subir bêbado ("μεθύων", que traduzo por "louco", mas literalmente quer dizer "bêbado de vinho") de amor os rochedos Leucádios e deles se atirar rumo às ondas cinzentas: uma subida e uma descida.

Foi com esse movimento em mente que compus a segunda proposta de tradução, em moldes concretistas, organizando as palavras de modo a sugerir uma ascensão seguida de uma queda:

```
                leucádios
        os rochedos    tombando
     subindo            nas ondas
  vou de novo              cinzentas
                              perdido
                                  de amor
```

Quanto à métrica, o primeiro verso parece ser um glicônio, ao passo que o segundo parece ser um hiponácteo com dupla expansão coriâmbica interna:

− − − ∪ ∪ − ∪ −
ἀρθεὶς δηὖτ' ἀπὸ Λευκάδος
− − − ∪ ∪ − <− ∪ ∪ − − ∪ ∪ −> ∪ − −
πέτρης ἐς πολιὸν κῦμα κολυμβῶ μεθύων ἔρωτι.

Na primeira tradução, optei por um ritmo anapéstico (o segundo verso começando com uma sílaba a menos, acefálico), a fim de denotar essa marcha adiante e impensada do eu-lírico.

Fr. 377

   ἱπποθόρων δὲ Μυσοὶ
εὖρον μεῖξιν ὄνων

   os mísios descobriram
a raça de asnos montadores de éguas

COMENTÁRIO

Os versos são citados pelo escoliasta da *Ilíada*, pela menção às mulas que os mísios deram a Príamo.

Fr. 378

ἀναπέτομαι δὴ πρὸς Ὄλυμπον πτερύγεσσι κούφῃς
διὰ τὸν Ἔρωτ'· οὐ γὰρ ἐμοὶ <– ⏑> θέλει συνηβᾶν.

Voo outra vez rumo ao Olimpo indo com leves asas,
só pelo amor, pois não quer ser jovem comigo o moço.

COMENTÁRIO

Os versos são citados num escólio às *Aves* de Aristófanes, onde o poeta cômico faz um pastiche deles. No segundo verso, há uma lacuna, onde Campbell[17] supõe que houvesse algum termo para "o garoto".

West[18] acredita que, do ponto de vista métrico, os versos sejam aristofâneos com expansão coriâmbica interna e possibilidade de resolução da primeira longa em duas breves:

⏒ ⏑ ⏑ – <– ⏑ ⏑ – – ⏑ ⏑ –> ⏑ – –
ἀναπέτομαι δὴ πρὸς Ὄλυμπον πτερύγεσσι κούφῃς
⏒ ⏑ ⏑ – <– ⏑ ⏑ – – ⏑ ⏑ –> ⏑ – –
διὰ τὸν Ἔρωτ'· οὐ γὰρ ἐμοὶ <l w> θέλει συνηβᾶν.

Tento reproduzir o ritmo em português dentro do possível:

---

[17] David A. Campbell, *Greek Lyric II, op. cit.*, p. 69.
[18] M. L. West, *Greek Metre*, Oxford, Clarendon Press, 1982, p. 58.

– ⏑ ⏑ – – ⏑ ⏑ – – ⏑ ⏑ – ⏑ – –
Voo outra vez rumo ao Olimpo indo com leves asas,
– ⏑ ⏑ – – ⏑ ⏑ – – ⏑ ⏑ – ⏑ – –
só pelo amor, pois não quer ser jovem comigo o moço.

Fr. 379 (a & b)

(a) ὑποπόλιον γένειον χρυσοφαέννων
(b) πτερύγων † ἤ ἀετοῖς † παραπετέσθω

(a) [Vendo minha] barba grisalha, com auriluzentes
(b) asas que ele voe para longe de mim

COMENTÁRIO

O primeiro verso do fragmento parece ser composto por um coriambo (com a primeira posição resolvida em duas breves), seguido por um antipasto e um jônico menor:

⏜ ⏑ ⏑ – ⏑ – – ⏑ ⏑ – –
ὑποπόλιον γένειον χρυσοφαέννων,

O segundo tem problemas textuais, de modo que é difícil dizer muito a seu respeito.
Traduzi-os de modo livre.

Fr. 380

χαῖρε φίλον φῶς χαρίεντι μειδιῶν προσώπῳ

Salve, gentil luz, sorridente em teu amável rosto

COMENTÁRIO

É curioso notar como a luz é interpelada pelo poeta de modo antropomórfico, com seu esplendor sendo equiparado a um rosto amável e seu aspecto benéfico, a um sorriso. Também no Fr. 1 de Safo se vê uma imagem semelhante, quando a poeta fala de uma visita da deusa Afrodite, que chegou "sorrindo em seu rosto imortal" ("μειδιαίσασ' ἀθανάτῳ προσώπῳ"), sorriso que da mesma forma indica essa predisposição da divindade a conceder o seu favor.

O verso começa com dois *metra* coriâmbicos, passa depois para um *metron* jâmbico, por anáclase, e termina catalético:

— ∪ ∪ — — ∪ ∪ — ∪ — ∪ — —

χαῖρε φίλον φῶς χαρίεντι μειδιῶν προσώπῳ

Na tradução, tento reproduzir este ritmo dentro do possível:

— ∪ ∪ — — ∪ ∪ — ∪ — ∪ — ∪

Salve, gentil luz, sorridente em teu amável rosto

Fr. 381 (a)

εἶμι λαβὼν † εἰσάρας †

Vou levando-o para dentro

COMENTÁRIO

O verso, extremamente fragmentário, é mencionado por Atílio Fortunato, a fim de demonstrar que o metro do primeiro verso da ode 1.8 de Horácio seguia uma forma já presente em Anacreonte.

Fr. 381 (b)

ἀσπίδα ῥίψας ποταμοῦ καλλιρόου παρ' ὄχθας

Junto do rio belofluente arremessando o escudo

COMENTÁRIO

Continuando a citação de Atílio Fortunato, este fragmento é citado numa comparação com o metro do Fr. 153 de Safo.[19]

O verso tem uma estrutura parecida com a do Fr. 380: começa com *metra* coriâmbicos e termina com um báquio, de modo catalético:

_ ⌣ _   _ ⌣ ⌣ _   _ ⌣ ⌣ _   ⌣ _ _

ἀσπίδα ῥίψας ποταμοῦ καλλιρόου παρ' ὄχθας

Na tradução, tento novamente recriar o ritmo, mas é preciso forçar um pouco a leitura no terceiro *metron*:

_ ⌣ _   _ ⌣ ⌣ _   _ ⌣ ⌣ _   ⌣ _ _

Junto do rio belofluente arremessando o escudo

---

[19] O fragmento de Safo também é coriâmbico e termina de modo catalético, também com um báquio:

_ ⌣ ⌣ _   ⌣ _ _

πάρθενον ἀδύφωνον

Fr. 382

δακρυόεσσάντ' τ' ἐφίλησεν αἰχμήν

Tendo paixão pela chorosa lança

COMENTÁRIO

Não temos o contexto do verso, mas é possível que a lança lacrimosa seja parte de uma descrição sexual, talvez de um falo vertendo sêmen.

O verso é um trímetro coriâmbico catalético, também terminado em báquio, como visto nos últimos fragmentos que o predecederam na sequência:

_ ∪ ∪ _ _   ∪ ∪ _ ∪ _ _

δακρυόεσσάν τ' ἐφίλησεν αἰχμήν

Imito o ritmo na tradução:

_ ∪ ∪ _ _ ∪ ∪ _ ∪ _ _

Tendo paixão pela chorosa lança

Fr. 383

οἰνοχόει δ' ἀμφίπολος μελιχρὸν
οἶνον τρικύαθον κελέβην ἔχουσα.

Ela verteu vinho melífluo como o
mel, tendo nas mãos uma vasilha tripla.

COMENTÁRIO

O verso é citado por Ateneu para falar a respeito da "κελέβη" ("jarra" ou "copo"). No poema, uma moça verte vinho doce como o mel a partir de uma jarra "τρικύαθος", "de três conchas".

Quanto à métrica, o primeiro verso é um trímetro coriâmbico catalético. No segundo, o texto é incerto, mas, do modo como está na edição apresentada, aparenta ser também um trímetro coriâmbico catalético acrescido de uma sílaba longa inicial:

_ ⏑ ⏑ _   _ ⏑ ⏑ _   ⏑ _ _
οἰνοχόει δ' ἀμφίπολος μελιχρὸν
_ _ ⏑ ⏑ _   _ ⏑ ⏑ _ _ _
οἶνον τρικύαθον κελέβην ἔχουσα.

Reproduzo o ritmo na tradução:

_ ⏑ ⏑ _ _   ⏑ ⏑ _ ⏑ _ _
Ela verteu vinho melífluo como o
_   _ ⏑ ⏑   _   _ ⏑ ⏑ _ ⏑ _ _
mel, tendo nas mãos uma vasilha tripla.

Fr. 384

οὐδ' ἀργυρῆ κω τότ' ἔλαμπε Πειθώ.

A Persuasão naquele tempo
ainda não brilhava em prata.

COMENTÁRIO

Este verso, citado num escólio à segunda ode Ístmica de Píndaro, aponta para um tempo anterior ao do poeta, em que a Persuasão era mais modesta, em vez de brilhar prateada, ou seja, não se fazia efetuar mediante o brilho das riquezas. Dá-se, então, a entender que, nesse tempo anterior, as pessoas eram persuadidas pelo argumento mais sensato, mais proveitoso, em vez de se deixarem levar pela simples promessa de algum ganho material.

Do ponto de vista métrico, o verso parece ser um trímetro coriâmbico catalético, com variação jâmbica no primeiro *metron*:

‒ ‒ ◡ ‒ ‒ ◡ ◡ ‒ ◡ ‒ ‒

οὐδ' ἀργυρῆ κω τότ' ἔλαμπε Πειθώ.

Como era um único verso isolado, preferi quebrá-lo em dois e traduzi-lo com um metro mais simples em português, para dar conta do conteúdo semântico. Traduzi-o então por dois octossílabos jâmbicos.

Fr. 385

ἐκ ποταμοῦ 'πανέρχομαι πάντα φέρουσα λαμπρά.

Venho do rio e a roupa está toda brilhando junto.

COMENTÁRIO

Provavelmente o início de um poema cujo o eu-lírico é uma mulher que lava suas roupas no rio.

Do ponto de vista da métrica, o verso é um tetrâmetro coriâmbico catalético, com anáclase no segundo *metron*, de modo a torná-lo jâmbico:

_ ⏑ _ _ ⏑ _ ⏑ _ _ ⏑ ⏑ _ ⏑ _ _

ἐκ ποταμοῦ 'πανέρχομαι πάντα φέρουσα λαμπρά.

Recrio o ritmo na tradução:

_ ⏑ _ _ ⏑ _ ⏑ _ _ ⏑ ⏑ _ ⏑ _ _

Venho do rio e a roupa está toda brilhando junto.

Fr. 386

Σίμαλον εἶδον ἐν χορῷ πηκτίδ' ἔχοντα καλήν.

Com sua lira bela eu vi Símalo junto ao coro.

COMENTÁRIO

Martin West[20] descreve o verso como um glicônio anaclástico seguido por um aristofâneo. A nomenclatura escolhida não é tão importante quanto a noção de que a penúltima sílaba do verso provavelmente era alongada, à semelhança dos fragmentos anteriores:

‒ ◡ ◡ ‒ ◡ ‒ ◡ ‒ ‒ ◡ ◡ ‒ ◡ ‒ ‒
Σίμαλον εἶδον ἐν χορῷ πηκτίδ' ἔχοντα καλήν.

Tento recriar o ritmo em português:

‒ ◡ ◡ ‒ ◡ ‒ ◡ ‒ ‒ ◡ ◡ ‒ ◡ ‒ ‒
Com sua lira bela eu vi Símalo junto ao coro.

---

[20] M. L. West, *Greek Metre*, Oxford, Clarendon Press, 1982, p. 57.

Fr. 387

τὸν μυροποιὸν ἠρόμην Στράττιν εἰ κομήσει.

Disse se Estrate, o perfumista, irá deixar crescer a juba.

COMENTÁRIO

Uma tradução mais literal seria: "Eu perguntei a Estrate, o perfumista, se ele iria deixar o cabelo crescer".

O verso segue o mesmo esquema métrico do anterior, com o uso de um crético no lugar do coriambo inicial da segunda parte do verso (o aristofâneo):

– ⏑ – ⏑ – ⏑ – – ⏑ – ⏑ – –

τὸν μυροποιὸν ἠρόμην Στράττιν εἰ κομήσει.

Pela falta de um verbo mais conciso para a ideia de deixar o cabelo crescer, não pude imitar o ritmo de modo mais próximo. Imitei o coriambo inicial e a mudança para o jambo, mas tive de desfazer a catalexia final e usar um *metron* jâmbico no lugar do crético que substituía o coriambo do aristofâneo:

– ⏑ ⏑ – ⏑ – ⏑ – ⏑ – ⏑ – ⏑ – ⏑ – (⏑)

Disse se Estrate, o perfumista, irá deixar crescer a juba.

Fr. 388

πρὶν μὲν ἔχων βερβέριον, καλύμματ' ἐσφηκωμένα,
καὶ ξυλίνους ἀστραγάλους ἐν ὠσὶ καὶ ψιλὸν περὶ
πλευρῇσι <δέρμ' ἤει> βοός,

νήπλυτον εἴλυμα κακῆς ἀσπίδος, ἀρτοπώλισιν
5   κἀθελοπόρνοισιν ὁμιλέων ὁ πονηρὸς Ἀρτέμων,
κίβδηλον εὑρίσκων βίον,

πολλὰ μὲν ἐν δουρὶ τιθεὶς αὐχένα, πολλὰ δ' ἐν τροχῷ,
πολλὰ δὲ νῶτον σκυτίνῃ μάστιγι θωμιχθείς, κόμην
πώγωνά τ' ἐκτετιλμένος·

10 νῦν δ' ἐπιβαίνει σατινέων χρύσεα φορέων καθέρματα
† παῖς Κύκης † καὶ σκιαδίσκην ἐλεφαντίνην φορεῖ
γυναιξὶν αὕτως <ἐμφερής>.

Antes vestia apenas trapos e algum gorro remendado,
trazia dados de madeira nas orelhas e ao redor
do ventre um couro de bovídeo

jamais lavado, que extraíra de um escudo, convivendo
5   com lavadeiras e moleques sem-vergonha, aquele Artêmon,
vadio de vida fraudulenta.

Tinha o pescoço com frequência numa lança ou numa roda,
também as costas com frequência castigadas por chicote,
cabelo e barba desraigados.

10   Agora vai de carruagem com seus brincos de ouro, o filho
     de Cice, tendo em suas mãos uma sombrinha exatamente
     igual à moda das mulheres.

COMENTÁRIO

Assim como o Fr. 372, este poema parece ser de cunho invectivo, jâmbico, novamente tendo como alvo o mesmo Artêmon. Desta vez, a descrição é bastante minuciosa e explica que o sujeito havia sido muito pobre antes, a ponto de mal ter com que se vestir, convivendo com padeiras (troquei na tradução por "lavadeiras", que nos soa menos estranho) e com prostitutas, muitas vezes açoitado, castigado ou ameaçado por lanças. Agora, por outro lado, Artêmon tem brincos de ouro e só anda de carruagem, coberto por uma sombrinha igual à que as mulheres usam. Como Davies[21] destaca, há dois pontos principais a serem considerados a respeito do poema: a caracterização de Artêmon como um *parvenu* e como alguém afeminado.

O primeiro ponto é bastante claro e traz à mente também os versos de Teógnis (vv. 53-68):

Cirno, esta pólis ainda é a mesma, mas não o seu povo.
   Gente que um dia jamais soube a justiça ou a lei,
mas que cobria o seu dorso com pele de cabra em farrapos,
   como um veado a viver fora da pólis no mato,
hoje ela é nobre, Polípeda, enquanto os que outrora eram bons
   hoje são vis. Tal visão, quem poderá suportar?
Vão se enganando uns aos outros e vão caçoando uns aos outros,
   sem conhecer o que faz algo elevado ou mesquinho.
Nunca, Polípeda, sejas amigo de alguém desse tipo,
   independente de qual seja tua necessidade.
Mostra-te amigo de todos por meio das tuas palavras,
   mas não discutas qualquer tópico sério com eles,

---

[21] Malcolm Davies, "Artemon Transvestitus? A Query", *Mnemosyne*, vol. XXIV, fasc. 3/4, Brill, 1981, pp. 288-99.

ou saberás como é a mente de homens que são deploráveis:
    nunca se pode fiar no que eles hão de fazer,
pois eles amam o dolo, a traição, as milhares de intrigas,
    como se espera de alguém que não se pode salvar.

Tanto Teógnis quanto Anacreonte viveram durante o século VI a.C. e presenciaram as mudanças sociais decorrentes e advindas da emergência das cidades-estado. O fortalecimento do comércio nos centros em expansão fez com que a classe mercantil enriquecesse, criando uma espécie de nova elite, a qual, no entanto, não tinha a tradição dos "καλοὶ κἀγαθοί", da aristocracia antiga, com seus valores heroicos de excelência.

Na mesma medida em que o primeiro ponto é simples, o segundo se abre para outras possibilidades. Por muito tempo o poema foi lido como sendo jâmbico, de troça ao caráter afeminado de Artêmon. W. J. Slater,[22] contudo, propõe que essa caracterização, dentro do universo anacreôntico, permeado de amor a garotos, bebida e jocosidade, não precisa ser tomada como uma poética de maldizer. Em vez disso, ele compreende a imagem como um comentário bem-humorado, imaginando Artêmon como um amigo próximo de Anacreonte, travestido de mulher. Todavia, Davies[23] o critica duramente a respeito dessa hipótese final, apontando a fragilidade de argumentos como o uso de brincos (que pode ser um sinal de estrangeirismo) e de uma sombrinha (que era comum na Ásia Menor) enquanto indícios de afeminação, quanto mais de travestimento.[24]

Quanto à métrica, o poema se constrói por meio de estrofes com dois tetrâmetros e um dímetro. Os tetrâmetros são coriâmbicos, mas às vezes no terceiro e sempre no quarto *metron* apresentam alternância para jambos. Os dímetros são jâmbicos. Na tradução, empreguei jambos, com versos de dezesseis sílabas para traduzir os tetrâmetros e versos de oito sílabas para os dímetros.

---

[22] W. J. Slater, "Artemon and Anacreon: no text without context", *Phoenix*, vol. 32, nº 3, Classical Association of Canada, 1978, pp. 185-94.

[23] Malcolm Davies, *op. cit.*

[24] Há que se considerar, no entanto, o testemunho de Amônio ao citar o fragmento 424, de que Anacreonte haveria feito graça da afeminação de alguém.

Fr. 389

φίλη γάρ εἰς ξείνοισιν· ἔασον δέ με διψέοντα πιεῖν.

Tu és gentil com estrangeiros: deixa-me beber, pois tenho sede.

COMENTÁRIO

O verso pode ter o mesmo *topos* do Fr. 331 de Arquíloco, a respeito de Pânfila (vide o comentário ao poema 62B das *Anacreônticas* neste volume, onde o apresento e comento), falando de alguma prostituta ou de uma mulher libidinosa. Ele é citado por Ateneu ao discutir como a sede causa um poderoso desejo por satisfação excessiva.

Quanto à métrica, parece ser composto por um *metron* jâmbico (∪ – ∪ –), seguido de dois jônicos maiores (– – ∪ ∪ – – ∪ ∪) e uma das duas opções: i) um *dodrans* invertido (– ∪ – ∪ ∪ –); ii) um *metron* trocaico (– ∪ – ∪) seguido de um *metron* jâmbico catalético (∪ –).

∪ – ∪ – – – ∪ ∪ – – ∪ ∪ – – ∪ ∪ –
φίλη γάρ εἰς ξείνοισιν· ἔασον δέ με διψέοντα πιεῖν.

Na tradução, mantive a extensão do verso (18 sílabas), mas usei apenas uma cadência jâmbica.

Fr. 390

καλλίκομοι κοῦραι Διὸς ὠρχήσαντ' ἐλαφρῶς.

Moças de Zeus, de cabelos tão belos, de leve dançaram.

COMENTÁRIO

O verso provavelmente fala das Musas, as "κοῦραι Διὸς", como são chamadas com frequência na poesia grega.[25] É a única coisa que se pode dizer com alguma certeza, pois o contexto de citação do verso não nos auxilia a determinar qual teria sido o teor do poema a que ele pertencia (tudo que Ateneu diz ao citá-lo é que a palavra "dança" era usada para exprimir movimento e animação).

Do ponto de vista métrico, o verso parece ser formado por quatro unidades: um *metron* coriâmbico (– ᴗ ᴗ –), um jônico maior (– – ᴗ ᴗ), um molosso (– – –) e um báquio (ᴗ – –). Note-se que o molosso decerto ocorre como a contração de algum outro *metron*, como o próprio jônico maior, da mesma forma como o báquio é a forma catalética de algum outro elemento.

– ᴗ ᴗ –   – – ᴗ ᴗ   – – –   ᴗ – –

καλλίκομοι κοῦραι Διὸς ὠρχήσαντ' ἐλαφρῶς.

---

[25] Vide, por exemplo, o verso formular "Μοῦσαι Ὀλυμπιάδες, κοῦραι Διὸς αἰγιόχοιο" ["Musas olimpíades, virgens de Zeus porta-égide"], que aparece na *Teogonia* nos versos 25, 52, 966 e 1022 (esse último sendo o próprio verso que encerra o poema).

Na tradução, usei um hexâmetro datílico, pois me pareceu dar a ideia do movimento da dança, bem como reproduzir (sem muita dificuldade) os intervalos de duas breves que ocorrem no grego.

Fr. 391

νῦν δ' ἀπὸ μὲν στέφανος πόλεως ὄλωλεν.

Ora a coroa da pólis está perdida.

COMENTÁRIO

Como mencionado na introdução, este verso pode estar relacionado com a tomada de Teos pelos invasores persas, o que poderia ter motivado a fundação de Abdera.

Quanto à métrica do fragmento, ele se compõe a partir de um coriambo seguido por um jônico (com resolução de uma das longas) e de uma dipodia trocaica:

$$- \cup \cup - | \cup \cup - \cup \cup | - \cup - \cup$$
νῦν δ' ἀπὸ μὲν στέφανος πόλεως ὄλωλεν.

Na tradução, tento recuperar o ritmo:

$$- \cup \cup - \cup \cup - \cup \cup - \cup - \cup$$
Ora a coroa da pólis está perdida.

Fr. 392

οὔτε γὰρ ἡμετέρειον οὔτε καλόν

Não é da nossa cidade nem é belo

COMENTÁRIO

O metro deste fragmento parece-me ser o mesmo do seguinte, o Fr. 393, que era chamado de encomiológico pelos antigos metricistas:

– ᴗ ᴗ – ᴗᴗ – ᴗ – ᴗ – –

οὔτε γὰρ ἡμετέρειον οὔτε καλόν

Tento reproduzir o ritmo na tradução:

– ᴗᴗ – ᴗ ᴗ – ᴗ – ᴗ – –

Não é da nossa cidade nem é belo

Fr. 393

ὀρσόλοπος μὲν Ἄρης φιλεῖ μεναίχμην

Ares audaz gosta de uma lança firme.

COMENTÁRIO

O verso parece, à primeira vista, falar da predileção de Ares (caracterizado como "ὀρσόλοπος", "ávido pela batalha", que traduzo por "audaz") por uma lança que se mantém firme. Contudo, considerando o *ethos* geral da poesia de Anacreonte, é muito provável que seja um caso de apropriação de imagens bélicas para a descrição de elementos sexuais, como se vê, por exemplo, no fragmento 327, certamente apócrifo, mas atribuído a Arquíloco, em que o "ferro" é usado como metáfora fálica em um contexto sexual:

> O ferro é tudo por que Cápis tem amor,
> pois todo o resto é irrelevante, exceto um pau
> ereto se afundando dentro do seu rabo.
> Para um amante ele só olha com carinho
> enquanto esse lhe dá prazer em ser picado.
> Tão logo isso se acaba ele descarta o amigo
> para encontrar um montador mais bem dotado.
> Por isso, Zeus, que acabe, que se acabe inteira
> a raça traiçoeira e sem amor dos lassos.

A estrutura métrica do poema parece se construir a partir de três *metra*, um coriâmbico e dois trocaicos:

$$- \cup \cup - \mid - \ \cup - \cup \mid - \cup - \ -$$
ὀρσόλοπος μὲν Ἄρης φιλεῖ μεναίχμην

Reproduzo o ritmo do verso em português na tradução, tendo optado pelo termo "audaz" para conseguir atingir essa semelhança métrica que se pode notar na escansão abaixo:

$$- \cup \cup - \mid - \cup \ - \ \cup \mid - \cup - \cup$$
Ares audaz gosta de uma lança firme.

Fr. 394 (a)

ἡδυμελὲς χαρίεσσα χελιδοῖ

Doce cantante andorinha graciosa.

COMENTÁRIO

A métrica é bastante simples, um tetrâmetro datílico:

– ⏑ ⏑ – ⏑ ⏑ – ⏑ ⏑ – –
ἡδυμελὲς χαρίεσσα χελιδοῖ

Reproduzo o ritmo na tradução do fragmento, empregando um decassílabo datílico:

– ⏑ ⏑ – ⏑ ⏑ – ⏑ ⏑ – ⏑
Doce cantante andorinha graciosa.

Fr. 394 (b)

μνᾶται δηὖτε φαλακρὸς Ἄλεξις.

O calvo Aléxis corteja de novo.

COMENTÁRIO

Novamente, trata-se de um tetrâmetro datílico, desta vez com contração das posições breves do primeiro *metron*:

— — — ᴗ ᴗ — ᴗ ᴗ — —
μνᾶται δηὖτε φαλακρὸς Ἄλεξις.

Na tradução, a primeira sílaba precisa ser lida com ênfase para o ritmo se concretizar:

— ᴗ ᴗ — ᴗ ᴗ — ᴗ ᴗ — ᴗ
O calvo Aléxis corteja de novo.

Fr. 395

πολιοὶ μὲν ἡμὶν ἤδη
κρόταφοι κάρη τε λευκόν,
χαρίεσσα δ' οὐκέτ' ἥβη
πάρα, γηραλέοι δ' ὀδόντες,
5 γλυκεροῦ δ' οὐκέτι πολλὸς
βιότου χρόνος λέλειπται·
διὰ ταῦτ' ἀνασταλύζω
θαμά Τάρταρον δεδοικώς·
Ἀίδεω γάρ ἐστι δεινὸς
10 μυχός, ἀργαλῆ δ' ἐς αὐτὸν
κάτοδος· καὶ γὰρ ἑτοῖμον
καταβάντι μὴ ἀναβῆναι.

Minhas têmporas: já grisalhas.
Já está branca minha cabeça.
Grácil juventude não mais
me acompanha. Velhos, os dentes,
e do doce tempo da vida
já não muito mais a mim resta.
É por isso que muitas vezes
choro por temor de ir ao Tártaro.
Do Hades certamente é terrível
o interior; penosa, pra lá
a descida e além disso é certo
que quem desce nunca mais sobe.

COMENTÁRIO

Este poema constitui um exemplo modelar da temática da velhice na poesia de Anacreonte, temática essa que, como vimos, foi retomada à exaustão nos poemas das *Anacreônticas*. Os versos se iniciam descrevendo as manifestações físicas da velhice no eu-lírico: o cabelo branco, os dentes velhos, a ausência da grácil juventude como se fosse uma companheira que partiu, e a proximidade do fim dos doces dias da vida. Essa última parte denota uma imagem interessante: mesmo na velhice, a vida ainda tem uma doçura, ao contrário do que se vê, por exemplo, em Mimnermo (Fr. 1):

Onde há existência e prazeres na ausência da áurea Afrodite?
    Não, eu prefiro morrer quando amainar o meu zelo
por amizades secretas, presentes amáveis e o leito;
    essas são flores que vêm na juventude, desejo
para mancebos e moças, mas quando é chegada a velhice
    plena de dores, que faz feio até um homem que é belo,
preocupações importunas lhe assolam o entorno da mente,
    e ele não tem mais prazer, nem vendo o brilho do Sol.
Torna-se odioso pros jovens e infame aos olhos das moças.
    De tal maneira o deus fez dolorosa a velhice.

Mimnermo, como se nota acima, explora essa temática de modo mais hiperbólico, afirmando a morte como uma alternativa melhor do que a vida de idoso. Já o que se vê em Anacreonte é um apego à vida e o temor de se descer ao Hades, para onde o caminho é doloroso e sem volta.[26]

Do ponto de vista métrico, o poema grego se compõe por meio de dímetros jônicos menores com anáclase. Na tradução, empreguei octossílabos que devem ser lidos com acentos na terceira, na quinta e na oitava sílaba, tentando imitar de certa forma a métrica do grego. Essa foi a solução que empreguei no mestrado para esse tipo de metro. Porém, penso que a solução que uso para a *Anacreôntica* 2 (uma redondilha que deve ser lida com acento na terceira, na quinta, na sétima e na oitava sílabas) seja superior (vide também o próximo poema, Fr. 396).

---

[26] As traduções do Fr. 395 de Anacreonte e do Fr. 1 de Mimnermo foram publicadas anteriormente em Leonardo Antunes, *Ritmo e sonoridade na poesia grega antiga: uma tradução comentada de 23 poemas* (São Paulo, Humanitas, 2011).

126

Fr. 396

φέρ' ὕδωρ, φέρ' οἶνον, ὦ παῖ, φέρε <δ'> ἀνθεμόεντας ἡμὶν
στεφάνους· ἔνεικον, ὡς δὴ πρὸς Ἔρωτα πυκταλίζω.

Traz-me água e traz-me vinho,
meu garoto, traz guirlandas
bem floridas, pois agora
eu e o Amor contenderemos.

COMENTÁRIO

O poema apresenta novamente a imagem da luta contra o Amor, vista também no Fr. 346 (2) do poeta e nas *Anacreônticas* de número 13 e 47.

Apesar de estar dividido em dois versos na edição adotada, parece-me que cada verso é, na verdade, composto por dois versos, ambos dímetros jônicos menores com anáclase:

⏑ ⏑ − ⏑ − ⏑ − −
φέρ' ὕδωρ, φέρ' οἶνον, ὦ παῖ,
⏑ ⏑ − ⏑ − ⏑ − −
φέρε <δ'> ἀνθεμόεντας ἡμὶν
⏑ ⏑ − ⏑ − ⏑ − −
στεφάνους· ἔνεικον, ὡς δὴ
⏑ ⏑ − ⏑ − ⏑ − −
πρὸς Ἔρωτα πυκταλίζω.

Na tradução, tento recuperar esse ritmo, usando o mesmo tipo de solução que adotei, por exemplo, na *Anacreôntica* 2, que requer que se leia a sílaba átona final como se fosse longa:

⏑ ⏑ − ⏑ − ⏑ − −
Traz-me água e traz-me vinho,
⏑ ⏑ − ⏑ − ⏑ − −
meu garoto, traz guirlandas
⏑ ⏑ − ⏑ − ⏑ − −
bem floridas, pois agora
⏑ ⏑ − ⏑ − ⏑ − −
eu e o Amor contenderemos.

Fr. 397

       πλεκτὰς
δ' ὑποθυμίδας περὶ στήθεσι λωτίνας ἔθεντο.

       láureas
colocaram feitas de lótus em torno aos seus pescoços

COMENTÁRIO

O segundo verso do fragmento se constrói a partir de dois pares de *metra* jônicos menores com anáclase, de modo que o primeiro e o terceiro *metron* apresentam a sílaba final breve, pela permuta com a posição que se segue (sublinhadas no esquema abaixo):

    ∪ ∪ – <u>∪</u> | – ∪ – – | ∪ ∪ – <u>∪</u> | – ∪ – –
    δ' ὑποθυμίδας περὶ στήθεσι λωτίνας ἔθεντο.

Tento reproduzir o ritmo na tradução:

    ∪ ∪ – ∪ – ∪ – – – – ∪ – – ∪
    colocaram feitas de lótus em torno aos seus pescoços

Fr. 398

ἀστραγάλαι δ' Ἔρωτός εἰσιν
μανίαι τε καὶ κυδοιμοί,

Os dados de Eros são somente
insanidades e estridores.

COMENTÁRIO

Um fragmento curto, descrevendo os efeitos do Amor como se fossem decididos por um lance de dados cujas faces indicam somente insanidades e estridores.

A métrica do poema é simples, mas apresenta alguma variação: o primeiro verso pode ser visto com um coriambo seguido de um *metron* jâmbico hipercatalético ou como algo mais próximo ao segundo, que é um dímetro jônico menor com anáclase. Nessa segunda concepção, o primeiro verso também seria um dímetro jônico menor com anáclase, possuindo uma sílaba longa extra no início:

    ‒ ⏑ ⏑ ‒ ‒ ⏑ ‒ ⏑ ‒ ‒
    ἀστραγάλαι δ' Ἔρωτός εἰσιν
    ⏑ ⏑ ‒ ⏑ ‒ ⏑ ‒ ‒
    μανίαι τε καὶ κυδοιμοί,

Na tradução, emprego octossílabos jâmbicos.

Fr. 399

ἐκδῦσα κιθῶνα δωριάζειν

[Desejo, moça, te] tirar
a túnica, fazer[-te] dória.

COMENTÁRIO

O poema faz graça com o verbo "δωριάζειν" (literalmente "fazer como os dórios", "bancar o dório"), que se refere ao costume dório de jovens praticarem exercícios nus, inclusive as garotas. A partir disso, contrói-se a abordagem sexual, com a imagem de tirar a roupa de uma moça, isso é, fazê-la dória.

A métrica do poema parece seguir uma tendência semelhante à do fragmento anterior: a adição de sílabas longas antes de um dímetro jônico menor com anáclase, o que poderia indicar que fosse um trímetro jônico menor acefálico (por ter perdido sílabas iniciais) e anaclástico:

— — ᴜ ᴜ — ᴜ — ᴜ — —
ἐκδῦσα κιθῶνα δωριάζειν

Novamente, emprego octossílabos jâmbicos na tradução.

Fr. 400

παρὰ δηὖτε Πυθόμανδρον
κατέδυν Ἔρωτα φεύγων.

Vou de novo a Pitomandro
para me evadir do Amor.

COMENTÁRIO

O sentido de "esconder-se junto de Pitomandro" é obscuro. Talvez fosse alguma figura recorrente nos poemas que não temos, com quem o eu-lírico buscava refúgio nas horas em que estava tomado pela loucura amorosa. É igualmente possível (numa hipótese que não exclui a primeira) que fosse um amigo real do poeta. Poderia também ser alguma expressão comum à época. Infelizmente, o verso é citado por Hefestião apenas por um interesse métrico, de modo que não sabemos mais sobre ele.

O fragmento traz dímetros jônicos menores com anáclase, à semelhança do poema 2 das *Anacreônticas*, que foram traduzidos com o mesmo tipo de solução rítmica.

Fr. 401

διὰ δηὖτε Καρικουργέος
ὀχάνου † χεῖρα τιθέμενοι †

Ponho a mão de novo pela
alça cária de um escudo.

COMENTÁRIO

Os versos são citados por Estrabão, que os usa para ilustrar o entusiasmo dos cários em relação a alças, emblemas e brasões de escudos, os quais eram todos chamados de cários. Campbell[27] sugere que talvez Anacreonte estivesse lutando contra Eros. Parece-me uma boa hipótese, em vista de outros fragmentos de mesmo teor, além de poemas das *Anacreônticas* que também mostram o eu-lírico lutando contra o Amor. É possível que fosse também alguma metáfora sexual.

Os versos também parecem ser dímetros jônicos menores com anáclase. Tratei-os pela mesma solução vista no poema anterior e no segundo do *corpus* das *Anacreônticas*. O segundo verso do texto grego tem algum problema textual e não se encaixa na métrica.

---

[27] David A. Campbell, *Greek Lyric II*, *op. cit.*, p. 85, nota 1.

Fr. 402 (a)

ἔραμαι <δέ> τοι συνηβᾶν,
χαρίεν γὰρ † ἔχεις ἦθος. †

Quero ser jovem contigo,
pois tens modos graciosos.

COMENTÁRIO

Esses versos se encaixam no *topos* do homem velho buscando o amor em meio aos jovens, tentando experimentar o viço, a graciosidade e a beleza da juventude novamente, por meio do contato com aqueles que possuem ainda esses atributos.

Há um problema métrico no final do segundo verso do fragmento, mas ambos parecem ser dímetros jônicos menores com anáclase. Traduzi-os por redondilhas maiores.

Fr. 402 (b)

καλὸν εἶναι τῷ Ἔρωτι τὰ δίκαιά φησιν.

Belos os feitos justos na visão do Amor.

COMENTÁRIO

O fragmento é composto por apenas um verso, autoexplanatório, a respeito da ligação entre os feitos belos e Eros, talvez indicando que é necessária a justiça a fim de que o amor se instaure e vingue. Essa, ao menos, parece ser a intenção com que Máximo de Tiro o cita, dizendo o seguinte: "A arte do artesão de Teos é do mesmo tipo e caráter, pois ama os belos e elogia todos. Seus poemas estão cheios do cabelo de Esmerdes, dos olhos de Cléobulo e da juventude de Bátilo, mas mesmo nesses versos se vê sua moderação". Em seguida, ele cita o fragmento anterior, contrastando com o fragmento presente.

Quanto à métrica, ele parece se iniciar com um *metron* jônico menor e ser seguido por um trímetro trocaico com duas sílabas faltando em seu final:

⏑ ⏑ − − − ⏑ − − ⏑ − ⏑

καλὸν εἶναι τῷ Ἔρωτι τὰ δίκαιά φησιν.

Na tradução, tentei imitar um pouco essa alternância, mas usei jambos em vez de troqueus:

− ⏑ − − ⏑ − − ⏑ − ⏑ −

Belos os feitos justos na visão do Amor.

Fr. 402 (c)

ἐμὲ γὰρ † λόγων † εἵνεκα παῖδες ἂν φιλέοιεν·
χαρίεντα μὲν γὰρ ᾄδω, χαρίεντα δ' οἶδα λέξαι.

Têm-me amor os jovenzinhos pelo modo com que eu falo,
pois são gráceis melodias, fala grácil a que eu conheço.

COMENTÁRIO

Esse fragmento completa, junto dos dois anteriores, a citação de Máximo de Tiro. Aqui, o poeta fala de sua própria arte, de gráceis melodias e de grácil fala, características que a aproximam da bela feitura dos jovens. É como se, por imbuir sua arte com esses traços, ela se tornasse propícia para ganhar o favor daqueles que são como ela. Quanto à métrica, há um problema no primeiro verso, mas, visto junto com o segundo, parece que eles são compostos, cada qual, por dois dímetros jônicos menores com anáclase. Analiso abaixo o segundo verso:

⏑ ⏑ _ _ ⏑ _ ⏑ _ ⏑ _ _ ⏑ _ _

χαρίεντα μὲν γὰρ ᾄδω, χαρίεντα δ' οἶδα λέξαι.

Na tradução, tento imitar o ritmo do modo mais próximo possível:

⏑ _ ⏑ _ ⏑ _ ⏑ _ _ ⏑ _ ⏑ _ ⏑ _ _

Têm-me amor os jovenzinhos pelo modo com que eu falo,

⏑ _ ⏑ _ ⏑ _ ⏑ _ _ ⏑ _ _ ⏑ _ _

pois são gráceis melodias, fala grácil a que eu conheço.

Fr. 403

   ἀσήμων
ὑπὲρ ἑρμάτων φορέομαι.

   sou levado
sobre incógnitos recifes.

COMENTÁRIO

 Os versos provavelmente descreviam o arrebatamento advindo da ação do amor sobre o homem, que se sente carregado pelo ar, como se pudesse voar. Porém, esse voo se dá por meio de um agente externo e sobre um terreno traiçoeiro, de recifes escondidos, de modo que, se Eros acaso soltar o eu-lírico, sua queda subsequente resultará em morte certa. A imagem é semelhante à do fragmento 376, dos rochedos leucádios, os quais o eu-lírico escala e de onde ele cai rumo às ondas, bêbado de amor.
 Os versos são novamente dímetros jônicos menores anaclásticos e foram traduzidos aqui com a mesma solução aludida nos dois últimos fragmentos.

Fr. 404

νεότης τε κύγιείη

juventude e saúde

COMENTÁRIO

As palavras são citadas por Fócio, simplesmente por um interesse fonético, para exemplificar a troca de /a/ para /é/ no dialeto jônico, de modo que não é possível dizer muito a seu respeito.

Fr. 405

χθόνιον δ' ἐμαυτὸν ἦγον

Eu agi de modo baixo

COMENTÁRIO

O verso é citado num escólio à *Teogonia* de Hesíodo, para comentar um outro uso para o termo "χθόνιος", "ctônio" (vocábulo derivado de "χθῶν", "terra", "chão"), que em Hesíodo se refere às divindades ínferas, mas que em Anacreonte tem o sentido de "sujo", "baixo". O vocábulo aparece também no fragmento 416.

Parece ser um dímetro jônico menor com anáclase e foi traduzido com a solução adotada para o segundo poema das *Anacreônticas*.

Fr. 406

ἀπὸ δ' ἐξείλετο θεσμὸν μέγαν.

Carreguei longe um enorme tesouro.

COMENTÁRIO

O verso é citado no *Léxico Homérico* de Apolônio, a fim de ilustrar o uso do vocábulo "θεσμός" como sinônimo de "θεσαυρός", ambos com o sentido de "tesouro".

Parece ser construído como um trímetro jônico menor duplamente catalético, por ter em seu final um pé jâmbico em vez de um báquio:

⏑ ⏑ – – ⏑ ⏑ – – ⏑ –
ἀπὸ δ' ἐξείλετο θεσμὸν μέγαν.

Tento imitar seu ritmo na tradução:

⏑ ⏑ – – ⏑ ⏑ – – ⏑ – (⏑)
Carreguei longe um enorme tesouro.

Fr. 407

ἀλλὰ πρόπινε
ῥαδινοὺς ὦ φίλε μηροὺς,

Mas serve-me de aperitivo,
querido, as tuas tenras coxas.

COMENTÁRIO

Este fragmento erótico se constrói a partir de um verbo ligado à ocasião do simpósio, "προπίνω", que significa "oferecer um brinde", "beber antes", "beber como aperitivo" ou simplesmente "servir". A partir desse verbo, o poeta faz uma brincadeira, pedindo a um garoto que lhe sirva não uma bebida, mas suas próprias coxas como aperitivo para que ele as tenha antes da refeição principal, cuja conotação provavelmente também era metafórica e sexual.

O primeiro verso está incompleto, mas o segundo é um dímetro jônico menor. Traduzo os dois por octossílabos jâmbicos, valendo-me apenas de uma semelhança de extensão.

Fr. 408

ἀγανῶς οἷά τε νεβρὸν νεοθηλέα
γαλαθηνὸν ὅς τ' ἐν ὕλῃ κεροέσσης
ἀπολειφθεὶς ἀπὸ μητρὸς ἐπτοήθη.

Delicada como jovem veadinha
na floresta, inda lactente, abandonada
por sua mãe de chifre ornada, se apavora.

COMENTÁRIO

Esses três versos compõem a primeira parte de um símile, apresentando a imagem de uma veadinha ainda lactente, apavorada, abandonada na floresta por sua mãe. Infelizmente, não nos chegou a informação de como essa imagem foi usada pelo poeta, com o que ela foi comparada. A circunstância da citação não ajuda em nada neste caso, visto que quem o cita, Eliano, n'*A natureza dos animais*, o faz para apontar um testemunho de que a fêmea do veado possuía chifres.

Os versos são trímetros jônicos menores com possibilidade de anáclase. Na tradução, tentei imitar o ritmo, colocando sílabas tônicas na terceira posição de cada *metron*. Arrastando um pouco a próxima sílaba que segue cada uma delas, tem-se uma espécie de jônico. Essa enunciação não é muito natural para uma leitura, mas ficaria melhor se acompanhada de melodia, numa performance musical:

∪ ∪ − − ∪ ∪ − − ∪ ∪ − −
Delicada como jovem veadinha
∪ ∪ − − ∪ ∪ − − ∪ ∪ − −
na floresta, inda lactente, abandonada
∪ ∪ − − ∪ ∪ − − ∪ ∪ − −
por sua mãe de chifre ornada, se apavora.

Fr. 409

καθαρῇ δ' ἐν κελέβῃ πέντε <τε> καὶ τρεῖς ἀναχείσθω

Que se vertam numa jarra as partes três com outras cinco.

COMENTÁRIO

O verso dá a medida para a mistura de água (cinco) e vinho (três) em uma jarra, numa proporção menos diluída do que aquela mencionada no Fr. 356 (dez de água para cinco de vinho).

Do ponto de vista métrico, trata-se de um tetrâmetro jônico menor sem anáclase:

⏑ ⏑ – – ⏑ ⏑ – – ⏑ ⏑ – – ⏑ ⏑ – –

καθαρῇ δ' ἐν κελέβῃ πέντε <τε> καὶ τρεῖς ἀναχείσθω

Tento imitar o ritmo em português, mas é preciso forçar a leitura um pouco:

⏑ ⏑ – – ⏑ ⏑ – – ⏑ ⏑ – – ⏑ ⏑ – –

Que se vertam numa jarra as partes três com outras cinco.

Fr. 410

ἐπὶ δ' ὀφρύσιν σελίνων στεφανίσκους
θέμενοι θάλειαν ἑορτὴν ἀγάγωμεν
Διονύσῳ

Sobre a fronte com láureas de salsa-do-monte
celebremos um lauto festim em tributo
a Dioniso

COMENTÁRIO

Este fragmento parece ser parte de um poema em honra a Dioniso, certamente de uso simposial ou processional, conclamando que se vistam guirlandas a fim de celebrar uma festa rica ao deus.

Quanto à métrica, parecem ser dímetros jônicos menores com anáclase entre o primeiro e o segundo *metron*:

⏑ ⏑ − ⏑ − ⏑ − − ⏑ ⏑ − −
ἐπὶ δ' ὀφρύσιν σελίνων στεφανίσκους
⏑ ⏑ − ⏑ − ⏑ − − ⏑ ⏑ − −
θέμενοι θάλειαν ἑορτὴν ἀγάγωμεν
⏑ ⏑ − −
Διονύσῳ

Na tradução, empreguei versos anapésticos de doze sílabas, que me pareceram dar uma cadência festiva ao poema.

Fr. 411 (a)

ἀπό μοι θανεῖν γένοιτ'· οὐ γὰρ ἂν ἄλλη
λύσις ἐκ πόνων γένοιτ' οὐδάμα τῶνδε,

Mas que venha a minha morte, pois uma outra
solução pros meus problemas não existe.

COMENTÁRIO

O fragmento apresenta um *tópos* comum, o de dizer que algo é pior do que a morte, como visto no Fr. 1 de Mimnermo e nos versos 425-8 das *Teognídeas*, mencionados nos comentários aos fragmentos 395 e 347 (b).

Quanto à métrica, assim como vimos no fragmento anterior, os versos presentes se constroem a partir de trímetros jônicos menores com anáclase entre o primeiro e o segundo *metron*:

⏑ ⏑ – – ⏑ ⏑ – ⏑ – ⏑ – –
ἀπό μοι θανεῖν γένοιτ'· οὐ γὰρ ἂν ἄλλη
⏑ ⏑ – – ⏑ – ⏑ – ⏑ ⏑ – –
λύσις ἐκ πόνων γένοιτ' οὐδάμα τῶνδε,

Vale notar o paralelismo entre os dois versos, com "γένοιτ'" ocupando a mesma posição, seguido de uma negação ("οὐ" no primeiro, "οὐδάμα" no segundo). Procuro imitar o ritmo em português, mas é preciso forçar levemente a leitura para que ele se concretize:

⏑ ⏑ – ⏑ – ⏑ – ⏑ – – ⏑ ⏑ – –
Mas que venha a minha morte, pois uma outra
⏑ ⏑ – ⏑ – ⏑ – – ⏑ ⏑ – –

solução pros meus problemas não existe.

Fr. 411 (b)

Διονύσου σαῦλαι Βασσαρίδες

As bassáridas rebolantes de Dioniso.

COMENTÁRIO

O verso menciona bassáridas, mulheres cultistas de Dioniso, caracterizando-as como "rebolantes". Esse tipo de caracterização denota a sensualidade do culto do deus, feito, entre outros momentos, na época da vindima, em meio à abundância da colheita e do vinho novo.

O período se constrói como um trímetro jônico menor catalético, com contração das posições breves do segundo *metron* em uma longa:

⏑ ⏑ — — — — — ⏑ ⏑ —
Διονύσου σαῦλαι Βασσαρίδες

Traduzo-o por um dodecassílabo, pela dificuldade de reproduzir o ritmo original, de modo a simplesmente imitar o número de sílabas de um trímetro jônico menor (quando não ocorre a contração mencionada nem a catalexia).

Fr. 412

οὐ δηὖτέ μ' ἐάσεις μεθύοντ' οἴκαδ' ἀπέλθεῖν;

Não vais uma vez mais me deixar ir ébrio pra casa?

COMENTÁRIO

O fragmento é citado pelo escoliasta do *Prometeu Cadeeiro* por um interesse métrico, tratando do uso de jônicos em Anacreonte e nos trágicos. O conteúdo do verso dá indícios de que teria feito parte de algum poema sobre bebedeira. Talvez seja uma imagem sexual, essa do retorno para casa: "não vais me deixar fazer amor contigo bêbado novamente?" poderia ser o sentido.

A estrutura métrica do fragmento, como mencionei, se constrói a partir de jônicos:

_ _ ⌣ ⌣ _ _ ⌣ ⌣ _ _ ⌣ ⌣ _ _

οὐ δηὖτέ μ' ἐάσεις μεθύοντ' οἴκαδ' ἀπέλθεῖν;

Tentei recuperar um pouco do ritmo em português:

_ _ ⌣ ⌣ _ _ ⌣ ⌣ _ _ ⌣ ⌣ _ ⌣

Não vais uma vez mais me deixar ir ébrio pra casa?

Fr. 413

μεγάλῳ δηὖτέ μ' Ἔρως ἔκοψεν ὥστε χαλκεὺς
πελέκει, χειμερίῃ δ' ἔλουσεν ἐν χαράδρῃ.

Uma vez mais me bateu com seu martelo ingente,
qual ferreiro, o Amor e mergulhou-me na torrente.

COMENTÁRIO

Os versos do fragmento apresentam a ação do amor por meio de uma metáfora construída a partir da imagem do trabalho de um ferreiro: tal como quem trabalha o metal golpeia-o quente a fim de moldá-lo, para depois mergulhá-lo na água e temperá-lo, assim Eros age com relação ao eu-lírico, golpeando-o com um enorme martelo e depois mergulhando-o na torrente. A imagem é duplamente significativa: além da comparação direta, podemos imaginar como os golpes desse martelo atordoam seu alvo, quem, depois, é mergulhado numa torrente, dando uma acentuada ideia de perdição, tanto pelo mergulho quanto pelas águas torrenciais.

Do ponto de vista métrico, o fragmento apresenta novamente jônicos menores com anáclase, mas desta vez são tetrâmetros cataléticos:

⏑⏑ − − ⏑ − ⏑ − ⏑ − ⏑ − −
μεγάλῳ δηὖτέ μ' Ἔρως ἔκοψεν ὥστε χαλκεὺς

⏑⏑ − − ⏑⏑ − ⏑ − ⏑ − ⏑ − −
πελέκει, χειμερίῃ δ' ἔλουσεν ἐν χαράδρῃ.

Na tradução, tentei reproduzir o ritmo, mas precisei de mais anáclases no segundo verso, que ficou quase jambo-trocaico:

⏑ ⏑ – – ⏑ ⏑ – ⏑ – ⏑ – ⏑ – ⏑

Uma vez mais me bateu com seu martelo ingente,

⏑ ⏑ – ⏑ – ⏑ – ⏑ – ⏑ – ⏑ – ⏑

qual ferreiro, o Amor e mergulhou-me na torrente.

Fr. 414

ἀπέκειρας δ' ἀπαλῆς κόμης ἄμωμον ἄνθος·

Mas cortaste essa perfeita flor dos teus cabelos.

COMENTÁRIO

Como visto na introdução, este fragmento foi lido, desde a Antiguidade, como biográfico, falando a respeito dos cabelos trácios de Esmerdes, os quais teriam sido cortados a mando de Polícrates de Samos, por ciúme da proximidade entre Anacreonte e seu garoto preferido.

O verso se estrutura a partir de um tetrâmetro jônico menor com anáclase e catalexia:

⏑ ⏑ − − − ⏑ ⏑ − − ⏑ − ⏑ − −
ἀπέκειρας δ' ἀπαλῆς κόμης ἄμωμον ἄνθος·

Na tradução, tento recriar seu ritmo:

⏑ ⏑ − − − ⏑ ⏑ − − ⏑ − ⏑ − −
Mas cortaste essa perfeita flor dos teus cabelos.

Fr. 415

Σικελὸν κότταβον ἀγκύλῃ † δαΐζων †

[Lançando gotas para] o cótabo siciliano com o braço curvo

COMENTÁRIO

O verso faz alusão ao cótabo, um jogo simposial siciliano que consistia em lançar o resto do vinho no fundo da taça em direção a uma estatueta disposta sobre uma haste de metal, a fim de virar o prato apoiado nos braços da estatueta para que ele caísse sobre um prato metálico maior, mais ou menos na metade da haste, produzindo um som típico.

O verso tem um problema textual no seu término, mas parece ser um trímetro jônico menor com anáclase entre o segundo e o terceiro *metron*:

$$\smile\smile - \ - \smile\smile \ -\smile- \ \ \smile--$$
Σικελὸν κότταβον ἀγκύλῃ † δαΐζων †

A tradução não segue o ritmo.

Fr. 416

ἐγὼ δὲ μισέω
πάντας ὅσοι χθονίους ἔχουσι ῥυσμοὺς
καὶ χαλεπούς· μεμάθηκά σ', ὦ Μεγιστῆ,
τῶν ἀβακιζομένων

     mas eu odeio
todos aqueles que têm maneiras baixas,
árduas, mas eu aprendi que tu, Megistes,
és um dos moços tranquilos

COMENTÁRIO

Novamente, aparece o uso do vocábulo "χθόνιος", visto no fragmento 405. Aqui, o poeta o emprega para caracterizar aqueles cujo comportamento lhe é odioso. No caso anterior, o eu-lírico mesmo dizia ter agido com esse tipo de comportamento. O ódio por essa espécie de gente é contrastado pelo amor a Megistes, que é o oposto de tudo isso. Assim, pelo arrolamento das características negativas ausentes em Megistes, o poeta alude indiretamente a seus traços positivos.

Os versos parecem ser trímetros jônicos menores com anáclase entre o segundo e o terceiro *metron* e também no interior do primeiro *metron*, que é coriâmbico:

⏑ – ⏑ – ⏑ –
ἐγὼ δὲ μισέω

– ⏑ ⏑ – ⏑ ⏑ – ⏑ – ⏑ –
πάντας ὅσοι χθονίους ἔχουσι ῥυσμοὺς

– ⏑ ⏑ – ⏑ ⏑ – ⏑ – ⏑ – –
καὶ χαλεπούς· μεμάθηκά σ', ὦ Μεγιστῆ,

– ⏑ ⏑ – ⏑ ⏑ –
τῶν ἀβακιζομένων

Reproduzo o ritmo na tradução:

⏑ – ⏑ – –
mas eu odeio

– ⏑ ⏑ – ⏑ ⏑ – ⏑ – ⏑ – –
todos aqueles que têm maneiras baixas,

– ⏑ ⏑ – ⏑ ⏑ – ⏑ – ⏑ – –
árduas, mas eu aprendi que tu, Megistes,

– ⏑ ⏑ – ⏑ ⏑ –
és um dos moços tranquilos

Fr. 417

πῶλε Θρηκίη, τί δή με
   λοξὸν ὄμμασι βλέπουσα
νηλέως φεύγεις, δοκεῖς δέ
   μ' οὐδὲν εἰδέναι σοφόν;

5 ἴσθι τοι, καλῶς μὲν ἄν τοι
   τὸν χαλινὸν ἐμβάλοιμι,
ἡνίας δ' ἔχων στρέφοιμί
   σ' ἀμφὶ τέρματα δρόμου·

νῦν δὲ λειμῶνάς τε βόσκεαι
10   κοῦφά τε σκιρτῶσα παίζεις,
δεξιὸν γὰρ ἱπποπείρην
   οὐκ ἔχεις ἐπεμβάτην.

Diz pra mim, potranca trácia,
para que me olhar assim?
e fugir teimosamente,
como eu não te merecesse?

Poderia sem problema
pôr o freio na tua boca
e, levando a mão nas rédeas,
manobrar-te até na curva.

Em vez disso, pastas solta,
saltitando pelos prados,
pois careces de um ginete
que com jeito enfim te monte.

COMENTÁRIO

O poema, um dos poucos mais extensos que restaram do poeta, apresenta a imagem de uma potra indômita, que se esquiva das tentativas do eu-lírico de montá-la, olhando-o com desdém. Apesar dessa recusa, o eu-lírico se diz capaz de cavalgá-la com primor, manobrando-a até em torno do poste que marca a curva no final da pista de corrida. Nos versos finais, a imagem da potra saltitando livre é posta numa ótica negativa, de que ela só está assim porque carece de um bom ginete que lhe coloque no seu lugar.

Toda a construção imagética e retórica do poema é claramente sexual, com a potra representando uma mulher e a cavalgada sendo metáfora para o coito. Como comparação, podemos ver esses versos (183-5) das *Teognídeas*, que tratam a figura da mulher e do coito de forma semelhante:

> Nós procuramos carneiros e asnos, bem como cavalos,
>   Cirno, de bom pedigree e todos desejam montar
> nobres mulheres. [...]

Também nas *Teognídeas*, é bem provável que os versos 257-60 se refiram a uma mulher, usando para isso a figura de uma égua:

> Sou uma égua excelente e triunfal, mas o homem que levo
>   é dos piores. A dor que isso me causa é terrível.
> Frequentemente estou prestes a despedaçar o meu freio
>   e, derrubando pro chão meu montador, escapar.

A métrica é simples, composta por dímetros trocaicos. Traduzi-os por versos semelhantes em português, com sete sílabas, de ritmo trocaico:

$$- \cup - \cup - \cup \;\; - \cup$$
πῶλε Θρηκίη, τί δή με

$$- \cup - \cup - \cup - \cup$$
λοξὸν ὄμμασι βλέπουσα

$$- \cup - \;\; \cup - \cup - \cup$$
Diz pra mim, potranca trácia,

$$- \cup - \;\; \cup - \cup -$$
para que me olhar assim?

Fr. 418

κλῦθι μεο γέροντος, εὐέθειρα χρυσόπεπλε κούρα.

Ouve-me a este velho, moça de áurea veste e belos cachos.

COMENTÁRIO

Este verso é citado por Hefestião em seu manual de métrica, a fim de exemplificar o uso de um tetrâmetro trocaico acatalético. Quanto a seu sentido, Campbell[28] sugere que seja o endereçamento a uma deusa. De fato, "κοῦραι" ("donzelas") era um dos jeitos de se endereçar às Musas ("donzelas de Zeus"), como vimos no comentário ao fragmento 390. Porém, tudo isso fica no território da especulação, visto que não há muito em que nos basearmos para recriar as condições do restante do poema.

Como mencionado, trata-se de um tetrâmetro trocaico acatalético:

$$- \cup - \cup - \cup - \cup - \cup - \cup - \cup$$

κλῦθι μεο γέροντος, εὐέθειρα χρυσόπεπλε κούρα.

Procuro reproduzir o ritmo na tradução:

$$- \cup - \cup - \cup - \cup - \cup - \cup - \cup$$

Ouve-me a este velho, moça de áurea veste e belos cachos.

---

[28] David A. Campbell, *Greek Lyric II*, op. cit., p. 97, nota 1.

Fr. 419

ἀλκίμων σ' ὦ 'ριστοκλείδη πρῶτον οἰκτίρω φίλων·
ὤλεσας δ' ἥβην ἀμύνων πατρίδος δουληΐην.

Dentre os bravos companheiros te lastimo, Aristoclides,
por primeiro, pois morreste jovem pela pátria livre.

COMENTÁRIO

Os versos apresentam um lamento fúnebre por um amigo, morto em batalha de modo glorioso, salvando sua pátria da escravidão. É interessante notar que o poeta tenha escolhido tetrâmetros trocaicos (cataléticos) para compor a respeito desse tema de luto, para o qual talvez esperássemos o uso do dístico elegíaco:

$$- \cup - \quad - \quad - \cup - - \quad - \quad \cup - \quad \cup - \cup -$$
ἀλκίμων σ' ὦ 'ριστοκλείδη πρῶτον οἰκτίρω φίλων·
$$- \cup - \quad - \quad - \cup - - \quad - \cup - \quad - - \cup -$$
ὤλεσας δ' ἥβην ἀμύνων πατρίδος δουληΐην.

Tento imitar o ritmo trocaico na tradução, usando sempre breves nas posições de *anceps*:

$$- \quad \cup - \cup \quad - \cup - \cup \quad - \cup - \quad \cup - \cup -$$
Dentre os bravos companheiros te lastimo, Aristoclides,
$$- \quad \cup - \cup \quad - \cup - \quad - \cup - \quad \cup - \cup -$$
por primeiro, pois morreste jovem pela pátria livre.

Fr. 420

εὖτε μοι λευκαὶ μελαίνῃσ' ἀναμεμείξονται τρίχες

Quando o branco ao negro irá se misturar nos meus cabelos

COMENTÁRIO

Como no fragmento anterior, o metro empregado é o tetrâmetro trocaico catalético, aqui apresentando resolução da primeira longa do terceiro *metron* (sublinho as breves nas quais a posição longa foi resolvida):

_ ᴜ _ _ _ _ ᴜ _ _ ᴜ̲ ᴜ̲ ᴜ _ _ _ ᴜ _

εὖτε μοι λευκαὶ μελαίνῃσ' ἀναμεμείξονται τρίχες

Novamente, tento reproduzir o ritmo trocaico:

_ _ ᴜ _ _ ᴜ _ _ _ ᴜ _ ᴜ _ _ ᴜ _ ᴜ _

Quando o branco ao negro irá se misturar nos meus cabelos

Fr. 421

        αἰ δέ μεο φρένες
ἐκκεκωφέαται.

        o meu juízo
foi silenciado.

COMENTÁRIO

O fragmento provavelmente se inseria em um poema amoroso, onde a ação de Eros faz com que os "φρένες" (as "entranhas", o "diafragma", como sede da faculdade intelectiva)[29] do eu-lírico fiquem emudecidos, anestesiados. Os gregos antigos imaginavam que a capacidade mental advinha do diafragma e não do cérebro. Também as entranhas e o fígado, além do coração, eram vistas como sede das paixões.

Pela constituição extremamente fragmentária dos versos, é difícil julgar sua métrica.

---

[29] Vide, por exemplo, o verso 296 do canto XXII da *Ilíada*:
Ἕκτωρ δ' ἔγνω ᾗσιν ἐνὶ φρεσὶ φώνησέν τε·
Heitor soube dessas coisas em seu φρήν e disse:

Fr. 422

Θρηκίην σίοντα χαίτην.

Balançando os cachos trácios.

COMENTÁRIO

A presença de "cabelos" e de "trácio" num mesmo verso faz com que pensemos imediatamente na figura de Esmerdes, o amado trácio de Anacreonte cujos cabelos, na lenda, foram cortados a mando de Polícrates de Samos, por ciúme da proximidade do poeta com o jovem.

Do ponto de vista métrico, o verso aparenta ser um dímetro trocaico acatalético, como visto nos fragmentos 347 e 417:

_ ᴗ _ ᴗ _ ᴗ _ _

Θρηκίην σίοντα χαίτην.

Tento recriar o ritmo trocaico em português:

_ ᴗ _ ᴗ _ ᴗ _ ᴗ

Balançando os cachos trácios.

Fr. 423 (a & b)

(a) κοίμισον δέ, Ζεῦ, σόλοικον φθόγγον
(b) μή πως βάρβαρα βάξῃς

(a) Cessa, Zeus, a fala solecista
(b) Como um bárbaro não fales

COMENTÁRIO

Os dois fragmentos tratam do modo bárbaro de falar. O primeiro discorre acerca da visão grega no tocante ao falar bárbaro, chamado de "σόλοικος", vocábulo de mesma origem que "solecismo". A própria palavra "bárbaro", onomatopeica, indica aqueles que não falam a língua helênica, mas se comunicam com balbucios ininteligíveis. O segundo, por sua vez, parece se construir com um subjuntivo de temor ("que tu não fales como bárbaro!").

O primeiro verso parece ser parte de um período trocaico, aparentemente um trímetro duplamente catalético (isto é, se o verso foi citado inteiro; mas talvez fosse um tetrâmetro citado parcialmente), ao passo que o segundo se configura como um ferecrácio:

$$- \cup - - - \cup - - - \cup$$
κοίμισον δέ, Ζεῦ, σόλοικον φθόγγον

$$- - - \cup \cup - -$$
μή πως βάρβαρα βάξῃς

Tento imitar os dois metros em português:

– ⏑   –   ⏑ – ⏑ – ⏑ – ⏑
Cessa, Zeus, a fala solecista
–   –   – ⏑ ⏑ – – (⏑)
Como um bárbaro não fales

Fr. 424

καὶ θάλαμος ἐν † ᾧ † κεῖνος οὐκ ἔγημεν ἀλλ' ἐγήματο.

E no quarto em que ele não casou, mas antes foi casado.

COMENTÁRIO

Segundo Amônio, o verso faria parte de um poema de cunho jâmbico, onde o poeta ridicularizava alguém por seu caráter efeminado, fazendo uso da distinção entre as vozes ativa e média do verbo "γῆμαι/γήμασθαι". O primeiro termo seria usado para se referir ao homem, que se casa com a mulher, ao passo que o segundo seria usado para a mulher, que, no processo, é casada ao homem.

O período parece ser um tetrâmetro trocaico catalético, mas, como marcado, ele possui um problema textual, no "ᾧ" que não se encaixa na métrica:

$$- \cup \overset{\cup}{\cup} \cup \; - \; - \cup \; - \; \cup \; - \; \cup \; - \; \cup \; - \; \cup \; -$$

καὶ θάλαμος ἐν † ᾧ † κεῖνος οὐκ ἔγημεν ἀλλ' ἐγήματο.

Imito o ritmo do tetrâmetro trocaico na tradução:

$$- \cup \; - \; \cup \; - \cup \; - \; \cup \; - \; \cup \; - \; \cup \; - \; \cup$$

E no quarto em que ele não casou, mas sim se foi casado.

Fr. 425

ξείνοισίν ἐστε μειλίχοισ' ἐοικότες
στέγης τε μοῦνον καὶ πυρὸς κεχρημένοις.

Vós sois assim como hóspedes dos mais gentis,
necessitando só de fogo e de um abrigo.

COMENTÁRIO

Estes versos isolados talvez se referissem a um grupo de deuses, visto que eles não necessitariam de água, comida ou qualquer outra coisa de que um hóspede normalmente teria necessidade.

São citados também por Hefestião, como exemplo de trímetros jâmbicos, os quais traduzo com dodecassílabos jâmbicos:

_ _ ∪ _ ∪ _ ∪ _ ∪ _ ∪ _
ξείνοισίν ἐστε μειλίχοισ' ἐοικότες
∪ _ ∪ _ _ _ ∪ _ ∪ _ ∪ _
στέγης τε μοῦνον καὶ πυρὸς κεχρημένοις.

∪ _ _ _ ∪ _ _ ∪ _ ∪ _ _ _
Vós sois assim como hóspedes dos mais gentis,
∪ _ ∪ _ ∪ _ ∪ _ ∪ _ ∪ _ (∪)
necessitando só de fogo e de um abrigo.

Fr. 426

πάλαι ποτ' ἦσαν ἄλκιμοι Μιλήσιοι.

Outrora foram corajosos os milésios.

COMENTÁRIO

O verso é citado por Zenóbio ao falar a respeito de quando os Cários, durante a guerra contra Dario, consultaram o santuário de Apolo em Dídimos para saber se deveriam tomar os milésios como aliados. De acordo com ele, o verso seria a resposta do deus.

Trata-se de um trímetro jâmbico:

∪ – ∪ – ∪ – ∪ – ∪ – ∪ –
πάλαι ποτ' ἦσαν ἄλκιμοι Μιλήσιοι.

Tento reproduzir o ritmo na tradução:

∪ – ∪ – – ∪ – ∪ – ∪ – ∪
Outrora foram corajosos os milésios.

Fr. 427

μηδ' ὥστε κῦμα πόντιον
λάλαζε, τῇ πολυκρότῃ
σὺν Γαστροδώρῃ καταχύδην
πίνουσα τὴν ἐπίστιον.

Nem balbucies como as ondas
do mar, enquanto gorgolejas
com a sonora Gastrodora
bebendo a taça familiar.

COMENTÁRIO

O fragmento impõe alguns desafios interpretativos. O eu-lírico parece estar dizendo para alguém não fazer barulho enquanto bebe avidamente da taça do lar ("ἐπίστιος", derivado de "ἑστία", a divindade do lar e o próprio fogo do lar). Há a menção de um nome de mulher, provavelmente cômico pela presença de "γαστρός" ("estômago") como componente do nome, num trocadilho com nomes comuns da época como "Metrodora": assim, em vez de "presente da medida", o nome da mulher significa "presente do estômago". A brincadeira com o nome parece refletir a avidez com que o sujeito descrito bebe da taça.

Outra nuance tem a ver com o adjetivo "πολύκροτος", cujo sentido primeiro é o de caracterizar algo que tilinta alto e claramente. Porém, ele também pode significar "astucioso", "malandro", "ladino".

Por conta disso tudo, o poema talvez fosse algo simples e jocoso com o caráter glutão de algum homem ou talvez uma metáfora para alguma outra atividade mais sorrateira (talvez alguém roubando uma casa, movido pela necessidade do estômago e não devendo fazer barulho enquanto "bebe" os bens do lar?).

Do ponto de vista métrico, os versos são bastante simples: dímetros jâmbicos acataléticos, com resolução da penúltima posição longa do terceiro verso (sublinhada). Procuro reproduzir seu ritmo na tradução, usando octossílabos jâmbicos:

μηδ' ὥστε κῦμα πόντιον

λάλαζε, τῇ πολυκρότῃ

σὺν Γαστροδώρῃ καταχύδην

πίνουσα τὴν ἐπίστιον.

Tento reproduzir o ritmo na tradução:

Nem balbucies como as ondas

do mar, enquanto gorgolejas

com a sonora Gastrodora

bebendo a taça familiar.

Fr. 428

ἐρέω τε δηὖτε κοὐκ ἐρέω
καὶ μαίνομαι κοὐ μαίνομαι.

De novo eu amo sem amar
e me enlouqueço estando são.

COMENTÁRIO

Estes dois versos tratam da confusão de sentimentos trazida por Eros, na presença do qual já não se sabe se se tem amor ou não, se se está louco ou não. Esses diferentes movimentos — de amar e não amar, de estar louco e não estar louco — refletem os próprios movimentos da aproximação e do distanciamento dos amantes, da necessidade e da saciedade, da afeição e do desafeto, inserindo-se no *tópos* da proximidade dos opostos, como amor e ódio, pela intensidade dos sentimentos.

Os dois versos são dímetros jâmbicos acataléticos e foram traduzidos por octossílabos jâmbicos numa tentativa de recriar o ritmo do texto grego:

⏑ – ⏑ – ⏑ – ⏑ –
ἐρέω τε δηὖτε κοὐκ ἐρέω

– – ⏑ – – – ⏑ –
καὶ μαίνομαι κοὐ μαίνομαι.

⏑ – ⏑ – ⏑ – ⏑ –
De novo eu amo sem amar

⏑ – ⏑ – ⏑ – ⏑ –
e me enlouqueço estando são.

Fr. 429

ὁ μὲν θέλων μάχεσθαι,
πάρεστι γάρ, μαχέσθω.

Quem quer se dar à luta
que lute: é permitido.

COMENTÁRIO

Mais uma vez, vê-se a imagem da luta, presente de modo marcante nas *Anacreônticas* 13 e 47 e nos fragmentos 346 (2) e 396. Nessas ocasiões, a luta é direta ou indiretamente ligada ao Amor, de modo que é razoável supor que aqui também pudesse ser o caso.

Os versos deste fragmento são hemiâmbicos e foram traduzidos por hexassílabos jâmbicos:

⏑ – ⏑ – ⏑ – –
ὁ μὲν θέλων μάχεσθαι,
⏑ – ⏑ – ⏑ – –
πάρεστι γάρ, μαχέσθω.

⏑ – – ⏑ – ⏑ – ⏑
Quem quer se dar à luta
⏑ – ⏑ – ⏑ – ⏑
que lute: é permitido.

Fr. 430

λίην δὲ δὴ λιάζεις

Mas tu vais muito longe

COMENTÁRIO

O verso é citado por Ptolomeu ao discutir a respeito da palavra "λεία" ("pilhagem") e sua semelhança fonética com "λίην" ("muito"), o advérbio que aparece no trecho em questão.
Trata-se de um hemiambo:

$$\smile - \smile - \smile - -$$
λίην δὲ δὴ λιάζεις

Traduzo-o com um hexassílabo jâmbico:

$$\smile - \smile - \smile - \smile$$
Mas tu vais muito longe

Fr. 431

κοῦ μοκλὸν ἐν θύρῃσι διξῇσιν βαλών
ἥσυχος κατεύδει.

E mesmo sem fechar o trinco em suas portas duplas
ele dorme com paz.

COMENTÁRIO

Os versos são citados por Zonaras em seu *Léxico* pelo interesse fonético, ilustrando a possibilidade do termo "μοχλός" ser grafado com "κ", de modo que não nos restam mais informações sobre o contexto do poema. (Talvez falassem de alguém embriagado, dormindo sem preocupações na proteção de Dioniso? Há muito pouco para se formular qualquer hipótese.)

O período parece se construir a partir de um trímetro jâmbico, no primeiro verso, seguido de um itifálico, no segundo verso:

_ _ ⏑ _ ⏑ _ ⏑ _ _ _ ⏑ _

κοῦ μοκλὸν ἐν θύρῃσι διξῇσιν βαλών

_ ⏑ _ ⏑ _ _

ἥσυχος κατεύδει.

Tento reproduzir o ritmo em português:

⏑ _ _ ⏑ _ _ ⏑ _ _ ⏑ _ ⏑ _ ⏑

E mesmo sem fechar o trinco em suas portas duplas

_ ⏑ _ ⏑ _ _

ele dorme com paz.

174

Fr. 432

κνυζή τις ἤδη καὶ πέπειρα γίνομαι
σὴν διὰ μαργοσύνην.

Já viro um fruto amarrotado, além do ponto,
por conta dos teus apetites.

COMENTÁRIO

Apresenta-se, nestes versos, a imagem da exaustão advinda do esforço sexual por meio da comparação do eu-lírico com um fruto amarrotado, passado do ponto, devido à enormidade dos apetites do ser amado. O eu-lírico do poema parece ser uma mulher, devido ao gênero do adjetivo "κνυζή".

O primeiro verso parece ser um trímetro jâmbico acatalético:

_ _ ∪ _ _   _ ∪ _ ∪ _ ∪ _

κνυζή τις ἤδη καὶ πέπειρα γίνομαι

O segundo talvez seja um aristofâneo se estiver completo:

_ ∪ ∪ _ ∪ _ _

σὴν διὰ μαργοσύνην.

Na tradução, empreguei um dodecassílabo jâmbico para o primeiro verso e um octossílabo com mistura de ritmos no segundo:

175

⏑ – ⏑ – ⏑ – ⏑ – ⏑ – ⏑ – (⏑)
Já viro um fruto amarrotado, além do ponto,
⏑ – ⏑ ⏑ – ⏑ ⏑ – (⏑)
por conta dos teus apetites.

Fr. 433

ἐγὼ δ' ἔχων σκύπφον Ἐρξίωνι
τῷ λευκολόφῳ μεστὸν ἐξέπινον.

Então tomei toda a taça cheia,
honrando Erxião, o de crista branca.

COMENTÁRIO

O trecho é citado por Ateneu, a fim de exemplificar o uso do verbo "ἐξεπίνω" ("gorgolejar", "beber num só gole") com o sentido de "προπίνω" ("beber à saúde de alguém").

Como notado por West,[30] os versos deste e do próximo fragmento apresentam uma estrutura assimétrica e livre, incomum no *corpus* que temos de Anacreonte. Os finais de verso parecem ser itifálicos e os inícios são variáveis:

∪ – ∪ – | – ∪ – ∪ – –
ἐγὼ δ' ἔχων σκύπφον Ἐρξίωνι
– – ∪ ∪ – | – ∪ – ∪ – –
τῷ λευκολόφῳ μεστὸν ἐξέπινον.

Tento reproduzir o ritmo dentro do possível, sendo necessário prolongar as sílabas finais dos versos ao lê-los:

---

[30] M. L. West, *Greek Metre*, Oxford, Clarendon Press, 1982, p. 59.

⏑ − ⏑ − − − ⏑ − ⏑ − −
Então tomei toda a taça cheia,
⏑ − ⏑ ⏑ − − ⏑ − ⏑ − −
honrando Erxião, o de crista branca.

Fr. 434

στεφάνους δ' ἀνὴρ τρεῖς ἕκαστος εἶχεν,
τοὺς μὲν ῥοδίνους, τὸν δὲ Ναυκρατίτην.

Cada qual com três láureas, duas róseas
mais uma a que dão nome de naucrátea.

COMENTÁRIO

Segundo Campbell,[31] a guirlanda de Náucrates, mencionada nos versos, é explicada de modo variado, como feita de manjerona, papiro, folhas de limeira ou mirto.

Os versos seguem a mesma forma livre de composição do fragmento anterior. Terminam com um itifálico e se iniciam de modo variável

$$\cup\ \cup\ -\ \ \cup\ -\ \ |\ -\ \cup\ -\ \cup\ -\ -$$
στεφάνους δ' ἀνὴρ τρεῖς ἕκαστος εἶχεν,
$$-\ \ -\ \cup\ \cup\ -\ \ |\ -\ \cup\ -\ \cup\ -\ -$$
τοὺς μὲν ῥοδίνους, τὸν δὲ Ναυκρατίτην.

Novamente, tento recriar o ritmo em português, precisando que a última sílaba dos versos seja prolongada:

---

[31] David A. Campbell, *Greek Lyric II*, *op. cit.*, p. 107, nota 2.

ᵕ ᵕ –   ᵕ   –   – ᵕ   – ᵕ – –
Cada qual com três láureas, duas róseas
–   – ᵕ ᵕ –   – ᵕ –   ᵕ – –
mais uma que dão nome de naucrátea.

Fr. 435

κατηφερέες παντοίων ἀγαθῶν

Encontra-se assim plena de todos os bens

COMENTÁRIO

O trecho é citado novamente por Ateneu ao falar de como a mesa do palácio de Odisseu no primeiro canto da *Odisseia* permanece repleta por toda a duração do banquete.

Do ponto de vista métrico, o verso parece ser datílico, descritível como *w d D*, com possibilidade de contração (pelo menos) do primeiro *metron* de D. Por estar sozinho e fora de contexto (e talvez incompleto?), no entanto, é difícil saber se esse é o caso. Se for, ele se escandiria da seguinte forma:

⏑ | – ⏑ ⏑ – | – ⏔ – ⏑   ⏑ –   = *w d D*
κατηφερέες παντοίων ἀγαθῶν

Tento reproduzir o ritmo em português, incluindo o momento truncado da transição desprovida de *anceps* entre *d* e *D*, mas desfazendo a contração do primeiro *metron* de *D* como vista no texto grego (sublinhada abaixo):

⏑ – ⏑ ⏑ – – ⏑ ⏑ – ⏑ ⏑ –
Encontra-se assim plena de todos os bens

Fr. 436

χεῖρά τ' ἐν ἡγάνῳ βαλεῖν.

pôr sua mão na frigideira.

COMENTÁRIO

O fragmento sobreviveu também por citação de Ateneu, pelo interesse de exemplificar como os jônios diziam "frigideira" ("τάγανον" ou "τήγανον") sem o "τ" inicial ("ἤγανον").

Quanto à métrica, o verso parece constituir-se como uma forma anaclástica de glicônio, tendo o núcleo coriâmbico movido para seu início:

– ∪ ∪ – ∪ – ∪ –

χεῖρά τ' ἐν ἡγάνῳ βαλεῖν.

Procuro reproduzir o ritmo na tradução:

– ∪ ∪ – ∪ – ∪ – ∪

pôr sua mão na frigideira.

Fr. 437

ἐγὼ δ' ἀπ' αὐτῆς † φεύγω † ὥστε κόκκυξ.

Eu dela então dei no pé feito um cuco.

COMENTÁRIO

O verso é citado no *Etymologicum Gudianum* como testemunho da covardia do cuco, ave descrita como primaveril e do tamanho de um falcão.

Existe um problema textual com a palavra "φεύγω", que faz com que a métrica seja estranha. Se formos aceitá-lo como se apresenta, o verso poderia ser analisado como a junção de um *metron* jâmbico, seguido de um jônico (com contração de modo a virar um molosso) e terminado por um trocaico:

⏑ – ⏑ – | – – – | – ⏑ – –
ἐγὼ δ' ἀπ' αὐτῆς † φεύγω † ὥστε κόκκυξ.

Tento reproduzir o ritmo (mesmo que incerto) em português, precisando alongar algumas sílabas na performance:

⏑ – ⏑ – | – – – | – ⏑ – –
Eu dela então dei no pé feito um cuco.

Apresento ainda uma solução mais jâmbica:

⏑ – ⏑ – | ⏑ – ⏑ – | ⏑ – –
Eu dela então fugi semelho ao cuco.

Fr. 438

βούλεται † ἀπεροπὸς † ἡμὶν εἶναι

Ele quer nos ser enganador

COMENTÁRIO

O verso é cidado no *Etymologicum Genuinum*, ao explicar a formação da palavra "ἀπεροπεύς" ("enganador") e a variante "ἀπεροπός", usada pelo poeta no trecho em questão.

É provável, contudo, que o verso original não contivesse o vocábulo de interesse no ponto em que ele é introduzido na citação, visto que sua métrica não parece fazer sentido:

– ∪ –   ∪ ∪ ∪   – ∪ – –
βούλεται † ἀπεροπὸς † ἡμὶν εἶναι

Pelo seu início e seu final, é possível que seja um verso cujo miolo foi suprimido e substituído pelo vocábulo de interesse (o qual talvez pertencesse ao verso anterior ou posterior), de modo a figurar na citação somente o necessário para que ela fosse compreendida.

Traduzo-o por um período trocaico, visto que é o ritmo que parece se configurar no início e no final do verso:

– ∪ –   ∪ –   ∪ – ∪ –
Ele quer nos ser enganador

Fr. 439

πλέξαντες μηροῖσι † πέρι μηρούς

Vão enlaçando-se, coxas com coxas

COMENTÁRIO

O verso é citado por Hesíquio em seu *Léxico*, a fim de falar a respeito de "γυναῖκες εἰλίποδες" ("mulheres que enrolam pernas"), no contexto de um entrelaçamento de pernas durante o coito.

Novamente, há um problema textual no ponto dos vocábulos de interesse da citação, que parecem quebrar o ritmo anteriormente construído no verso, o qual poderia ser datílico:

_ _ _ _ _ ⏑ ⏑ ⏑ _ _

πλέξαντες μηροῖσι † πέρι μηρούς

Partindo dessa hipótese, traduzo o verso como um período datílico:

_ ⏑ ⏑ _ ⏑ ⏑ _ ⏑ ⏑ _ ⏑

Vão enlaçando-se, coxas com coxas

Fr. 440

† ὁρᾶν ἀεὶ † λίην πολλοῖσι γὰρ μέλεις.

(e sempre ver?) demais, pois muitos te desejam.

COMENTÁRIO

O verso é citado por Prisciano a partir de uma citação anterior de Heliodoro, a fim de comentar o suposto uso de um espondeu no quarto pé jâmbico em Anacreonte, o que estaria fora da liberdade normal do trímetro jâmbico, que permite espondeus apenas nos pés ímpares (primeiro, terceiro e quinto):

⏑ – ⏑ – ⏑ – – – ⏑ – ⏑ –
† ὁρᾶν ἀεὶ † λίην πολλοῖσι γὰρ μέλεις.

A possibilidade de Anacreonte ter usado um espondeu num pé par é duvidosa, tanto pela inexistência de outros exemplos desse tipo em seu *corpus* restante, quanto pelo fato de que o texto do início do verso citado está corrompido.

Traduzo o verso como se fosse um trímetro jâmbico normal:

⏑ – ⏑ – ⏑ – ⏑ – ⏑ – ⏑ – (⏑)
(e sempre ver?) demais, pois muitos te desejam.

Fr. 441 (a & b)

(a) διὰ δὲ δειρὴν ἔκοψε μέσην
(b) κὰδ δὲ λῶπος ἐσχίσθη

(a) Cortou então rente ao seu pescoço
(b) E cindiu-se o manto ao chão

COMENTÁRIO

Os versos são mencionados em um escólio da *Ilíada* a fim de explicar o funcionamento e a função da tmese, quando uma ou mais palavras se põem entre o prefixo e o verbo a que ele se une. Assim, "διέκοψε" ("cortou através") e "κατεσχίσθη" ("foi cindida inteira") aparecem separados nos versos em questão. Essa separação entre os componentes verbais acentua a própria ideia de cisão que eles expressam, de modo que o uso da tmese se torna não só uma possibilidade de rearranjar as palavras no verso (por questões eufônicas e/ou de métrica), mas também como um elemento intensificador de sentido.

A métrica dos versos é bastante peculiar. A do primeiro fragmento parece lembrar aquela vista nos de número 433 e 434, formados por um início mais ou menos livre (neste caso jâmbico) a que se segue um itifálico:

⏑ – ⏑ – – ⏑ – ⏑ – –

(a) διὰ δὲ δειρὴν ἔκοψε μέσην

Já o segundo verso é de todo incomum. Tem um início trocaico e parece terminar com um molosso. Se foi citado de forma integral e correta, ele apresentaria a possibilidade, já em Anacreonte, do uso de um molosso para substituir um *metron* jambo-trocaico:

$$- \cup - \cup - - -$$
(b) κὰδ δὲ λῶπος ἐσχίσθη

Tento reproduzir o ritmo e a divisão das palavras que denotam a ação descrita pelos versos (em negrito):

$$\cup - \cup - - \cup - \cup - -$$
(a) **Cortou** então **rente** ao seu pescoço
$$- \cup - \cup - - -$$
(b) E **cindiu-se** o manto **ao chão**

Fr. 442

κωμάζει † δὲ ὡς ἄν δεῖ † Διόνυσος

e festeja como Dioniso

COMENTÁRIO

O verso é citado em um escólio ao verso 21 do canto XIX da *Ilíada*, quando se diz que determinada armadura é tão perfeita quanto o trabalho dos deuses deve ser. O escoliasta comenta que tal descrição é o limite da hipérbole e não permite maior exagero, assim como no verso de Anacreonte: festejar como Dioniso é o limite do quão intensamente alguém pode festejar.

A métrica é incerta devido ao problema textual no interior do verso, porém parece-me que poderia ser construído com jônicos menores. O verso se inicia com um molosso, o qual pode advir da contração das breves de um jônico, e termina com um jônico menor:

_ _ _   ⏑ _ _ _   ⏑ ⏑ _ _

κωμάζει † δὲ ὡς ἄν δεῖ † Διόνυσος

Traduzo-o com a forma adotada para os dímetros jônicos com anáclase, vista tanto nas presentes traduções de Anacreonte quanto das *Anacreônticas*:

⏑ ⏑ _ ⏑   _ ⏑ ⏑ _ _

e festeja como Dioniso

Fr. 443

† μελαμφύλλῳ δάφνᾳ χλωρᾷ τ' ἐλαίᾳ τανταλίζει †

Balança entre o laurel de folha negra e verde oliva

COMENTÁRIO

O verso, citado num escólio à *Antígona* de Sófocles, apresenta um sentido diferente para o verbo "τανταλίζω", visto anteriormente no Fr. 355 com o sentido primeiro de "tantalizar", "fazer com que alguém passe por um suplício". No verso em questão, o próprio escoliasta dá testemunho de que o verbo também tinha o sentido de "balançar violentamente".

O texto do verso certamente está corrompido, pois sua métrica não parece fazer sentido algum. Por conta disso, traduzo-o livremente, numa sequência jâmbica.

Fr. 444

οὕτως εἷς Ἔρως [ὁ] γνήσιος ὁ παιδικός ἐστιν, οὐ
πόθῳ στίλβων,
ὡς ἔφη τὸν παρθένιον Ἀνακρέων, οὐδε μύρων ἀνάπλεως καὶ
γεγανωμένος.
ἀλλὰ λιτὸν αὐτὸν ὄψει . . .

Assim, existe um Amor genuíno, o amor aos meninos, não
luzindo com desejo,
como diz Anacreonte do amor das virgens, nem pleno de perfumes e
brilhante,
mas o verás sem adornos . . .

COMENTÁRIO

O trecho, extraído do *Diálogo sobre o amor*, de Plutarco, compara o amor heterossexual, que se recebe das virgens, com o amor pederástico, em defesa deste último, usando para tanto três vocábulos extraídos de poemas de Anacreonte, os quais descrevem o caráter brilhante do amor das virgens, a fim de demonstrar, por exclusão, como o amor pederástico é genuíno por ser desprovido desse tipo de brilho e sem adornos.

O brilho do amor das virgens, me parece, deve ser compreendido em relação ao próprio desejo, à umidade dos olhos, dos lábios, da vagina. Na *Anacreôntica* 16, por exemplo, o poeta pede que se retrate o olhar da amada de modo a ser úmido como o de Afrodite. O adjetivo usado é "ὑγρός", que aparece no *Hino Homérico* 19, a Pã, numa construção semelhante à usada por

Anacreonte segundo o testemunho de Plutarco: "πόθος ὑγρός" ("úmido de desejo"), onde Anacreonte tem "πόθῳ στίλβων" ("luzindo com desejo"). A meu ver, as duas ideias (de brilho e de umidade) estão relacionadas ao desejo sexual e à visão grega de que a mulher era mais libidinosa do que o homem.[32]

---

[32] Vide, por exemplo, o retrato caricato que Aristófanes faz das mulheres em *Lisístrata*, onde a protagonista sofre para convencer suas conterrâneas a participarem da greve de sexo com o objetivo de pôr um fim à guerra do Peloponeso.

Fr. 445

ὑβρισταὶ καὶ ἀτάσθαλοι καὶ οὐκ εἰδότες
ἐφ' οὓς τὰ βέλη κυκλώσεσθε.

falta razão, falta-vos juízo pois vós não sabeis
em quem disparais vossos projéteis.

COMENTÁRIO

Esses versos são citados por Himério em suas *Orações*, com o testemunho de que Anacreonte os compusera estando apaixonado e não tendo seu amor correspondido, de modo a ameaçar os Amores: se não ferissem logo o objeto de seu desejo, ele não mais comporia canções para eles. (O tema do amor não correspondido aparece, de fato, no fragmento 378, que talvez fizesse parte do poema em questão ou de uma série de poemas correlatos.)

A métrica dos versos parece um tanto quanto distinta das formas mais comuns vistas no restante do *corpus* de Anacreonte. O primeiro verso parece começar com um molosso (talvez um coriambo com as breves resolvidas?), seguido por um *metron* trocaico, outro molosso (outro coriambo?) e terminado por um *metron* trocaico catalético; o segundo, por sua vez, talvez seja um período coriâmbico emoldurado por sílabas breves no início e no fim:

$$- \; \overset{?}{\approx} \; - \; | \; - \; \cup \; - \; \cup \; | \; - \; \overset{?}{\approx} \; - \; | \; - \; \cup \; -$$
ὑβρισταὶ καὶ ἀτάσθαλοι καὶ οὐκ εἰδότες
$$\cup \; | \; - \; \cup \; \cup \; - \; - \; \overset{?}{\approx} \; - \; | \; \cup$$
ἐφ' οὓς τὰ βέλη κυκλώσεσθε.

193

Tento imitar de certo modo o ritmo na tradução. Desfaço a contração das posições breves dos (supostos) coriambos no primeiro verso; no segundo, procuro colocar sequências coriâmbicas (novamente supondo que o molosso seja um coriambo):

– ᴗ ᴗ – – ᴗ – ᴗ – ᴗ ᴗ – – ᴗ –

falta razão, falta-vos juízo pois vós não sabeis

ᴗ – ᴗ ᴗ – – ᴗ ᴗ – ᴗ

em quem disparais vossos projéteis.

Fr. 446

μυσάχνη· ἡ πόρνη παρὰ Ἀρχιλόχῳ (Fr. 209 West) . . .
Ἀνακρέων δὲ πανδοσίαν
καὶ
λεωφόρον
(v. 346. 1. 13) καὶ
μανιόκηπον
(Eust. Il. 1329.95) καὶ μὴν ὁ Ἀνακρέων τὴν τοιαύτην οὐ πάνυ σφοδρῶς ἀλλὰ περιεσκεμμένως πανδοσίαν ὠνείδισε καὶ λεωφόρον καὶ
πολύμνον

"suja": [usado para] uma prostituta em Arquíloco (Fr. 209 West) . . .
Anacreonte por sua vez [usa]
doadora plena
e
via pública
(v. 346. 1. 13) e
louca de prazer
(Eust. Il. 1329.95) Além disso, Anacreonte censurou esse tipo de mulher com mais cautela do que violência, [dizendo-a uma] "doadora plena", "via pública" e
muito cantada

COMENTÁRIO

O trecho da *Suda* versa a respeito de alguns termos criativos e eufêmicos usados por Anacreonte para se referir a mulheres cortesãs, comparando-os com vocábulos mais baixos vistos em Arquíloco. Vêm imediatamente à memória os fragmentos 346 (1) e 347 (2) do poeta de Teos, onde se veem alguns dos termos mencionados (ou semelhantes).

Fr. 447

ὅτι δὲ ῥαγεῖς ἔλεγον τοὺς βαφεῖς καὶ ῥέγος τὸ βάμμα σαφὲς Ἀνακρέων ποιεῖ·
ἁλιπόρφυρον ῥέγος·
καὶ παρὰ Ἰβύκῳ (Fr. 316).

Chamam tintureiros de "ῥαγεῖς" e tinta de "ῥέγος"; Anacreonte faz isso claramente:
maripúrpura tintura
Também em Íbico (Fr. 316).

COMENTÁRIO

Extraído do *Etymologicum Genuinum*, o trecho comenta sobre um uso pouco documentado do nome ῥέγος, que nem sequer é dicionarizado, mas aparece de forma semelhante também em Íbico, como mencionado (ῥέγματα, "roupas tingidas"). Do ponto de vista métrico, aparenta ser um dímetro jônico menor com anáclase. Talvez a citação tenha suprimido um vocábulo monossilábico em seu final ou talvez o verso fosse maior do que um dímetro:

⏑ ⏑ – ⏑ – ⏑ –
ἁλιπόρφυρον ῥέγος·

Tento reproduzir o ritmo do verso na tradução, cuja sílaba final deve ser alongada:

⏑ ⏑ – ⏑ – ⏑ – (–)
maripúrpura tintura

Fr. 448

ἄστυ Νυμφέων

pólis nínfica

COMENTÁRIO

O trecho é citado por Hesíquio em seu *Léxico*, com o testemunho de que se tratava da descrição que Anacreonte oferecia para a cidade de Samos, devido à abundância de suas águas e, possivelmente, por conta de seu aqueduto, que talvez já estivesse pronto à época em que Anacreonte visitou a cidade. Campbell[33] aponta o testemunho de Ateneu de que havia a lenda do templo de Hera em Samos ter sido fundado pelos léleges (um povo aborígene da costa do Egeu, anterior à chegada dos helenos indo-europeus) e pelas ninfas.

O trecho tem um andamento jambo-trocaico:

— ᴗ — ᴗ —

ἄστυ Νυμφέων

Procuro reproduzir esse ritmo na tradução:

— ᴗ — ᴗ —

pólis nínfica

---

[33] David A. Campbell, *Greek Lyric II*, *op. cit.*, p. 115, nota 1.

Fr. 449

ἐπίσταται τυραννικά

que compreende a tirania

COMENTÁRIO

O verso é citado por Platão no diálogo (talvez apócrifo) *Teages*, onde é mencionado com o testemunho de que Anacreonte o haveria composto em relação a Calícrite. A noção de compreender algo, do ponto de vista grego, implica uma participação nesse objeto, como Torrano defende:

> "Nos *Diálogos* de Platão, a afinidade entre o sujeito e o objeto do conhecimento é a condição necessária para que o conhecimento se efetive: para conhecer uma determinada virtude, é necessário tê-la ainda que potencialmente, ou ter um pendor para ela; para conhecer o bem, é necessário ser bom, e assim por diante."[34]

Do ponto de vista métrico, o verso (se completo) parece ser um dímetro jâmbico acatalético:

---

[34] José Antonio Alves Torrano, *Memorial*, São Paulo, Universidade de São Paulo, 2006, p. 24. A ideia pervade a obra do professor, desde sua dissertação de mestrado (e subsequente publicação na forma do ensaio que introduz sua tradução da *Teogonia*), passando por sua tese de doutoramento (*O sentido de Zeus*) e a de livre-docência (sua tradução e estudo da *Oresteia*).

⏑ − ⏑ − ⏑ − ⏑ −
ἐπίσταται τυραννικά

Tento reproduzir o ritmo na tradução:

⏑ − ⏑ − ⏑ − ⏑ − (⏑)
que compreende a tirania

Fr. 450

ἔρωτα πίνων

bebendo do amor

COMENTÁRIO

O trecho é citado por Sérvio a respeito de um verso da *Eneida* em que se diz algo semelhante ("bibet amorem"), o que ele diz ser uma alusão ao simpósio, como se vê no verso do poeta de Teos.

Vê-se nessas duas palavras um intervalo de duas sílabas breves entre longas, introduzido por uma breve. Talvez fosse um período datílico (tetrâmetro?):

⏑ – ⏑ ⏑ –

ἔρωτα πίνων

Procuro reproduzir o ritmo em português:

⏑ – ⏑ ⏑ –

bebendo do amor

Fr. 451

ἤλιε καλλιλαμπέτη

Hélio esplendente em bela luz

COMENTÁRIO

O trecho é citado por Prisciano em sua *Gramática*, com o fim de demonstrar como os poetas gregos alongavam a terminação de certos vocativos.

As duas palavras formam um dímetro, iniciado por um coriambo e seguido por um *metron* jâmbico:

_ ᴗ _ ᴗ _ ᴗ _
ἤλιε καλλιλαμπέτη

Tento reproduzir o ritmo em português:

_ ᴗ ᴗ _ _ ᴗ _ ᴗ _
Hélio esplendente em bela luz

Fr. 452

κόρωνα βαίνων

andando com pescoço curvo

COMENTÁRIO

Extraído do *Etymologicum Genuinum*, numa passagem que afirma uma ligação entre o vocábulo "κορώνη" ("corvo") e "καῦρος" ("ruim"), o trecho em questão apresenta a palavra "κορωνός" ("curvo"), que descreve o formato do bico do corvo. Campbell[35] sugere que esse formato curvo, no trecho, descreve o pescoço de alguém, possivelmente em relação à sua arrogância.

Quanto à métrica, poderia ser o final de um trecho jônico menor com anáclase:

⏑ _ ⏑ _ _

κόρωνα βαίνων

Traduzo o trecho livremente por um octossílabo jâmbico, devido à quantidade de informação a ser passada.

---

[35] David A. Campbell, *Greek Lyric II*, *op. cit.*, p. 117, nota 1.

Fr. 453

κωτίλη χελιδών

andorinha loquaz

COMENTÁRIO

As duas palavras são citadas por Proclo ao comentar o particípio "κωτίλουσα" ("tagarelando", "falando [ela] docemente") em *Os trabalhos e os dias* de Hesíodo, a fim de demonstrar que também da andorinha se dizia "κωτίλλειν" ("tagarelar", "falar docemente").

O fragmento parece vir de um andamento trocaico e alternar para um coriambo:

− ∪ − ∪ ∪ −
κωτίλη χελιδών

Procuro imitar esse andamento na tradução:

− ∪ − ∪ ∪ −
andorinha loquaz

Fr. 454

οἰνηρὸς θεράπων

um atendente de vinho

COMENTÁRIO

Citados por Pólux em seu *Vocabulário*, os termos aparecem soltos, com a única indicação de figurarem na poesia de Anacreonte.

Parecem pertencer a um verso jônico menor ou datílico:

_ _ _ ᴗ ᴗ _

οἰνηρὸς θεράπων

Traduzo-o por um período datílico:

_ ᴗ ᴗ _ ᴗ ᴗ _ ᴗ

um atendente de vinho

Fr. 455

οἰνοπότις γυνή

moça que bebe vinho

COMENTÁRIO

Novamente extraídos do *Vocabulário* de Pólux, também aqui as palavras citadas aparecem sem maiores considerações à exceção de se dizer que figuram em Anacreonte, sendo "οἰνοπότις" o feminino para "οἰνοπότης". Apesar dessa escassez de informações, o fragmento é interessante como possível testemunho de algum grau de participação da mulher no simpósio.

A métrica do trecho parece se configurar a partir de um coriambo seguido por um pé jâmbico:

– ⏑ ⏑ – ⏑ –

οἰνοπότις γυνή

Tento reproduzir esse ritmo na tradução:

– ⏑ ⏑ – ⏑ – ⏑

moça que bebe vinho

Fr. 456

ῥαδινοὺς πώλους

potros esbeltos

COMENTÁRIO

Os dois vocábulos são citados num escólio à obra de Apolônio de Rodes, versando a respeito do termo "ῥαδινός" ("esbelto"). A citação de Anacreonte vem com o intuito de dizer que o termo poderia ser usado para indicar velocidade.

Quanto à métrica do fragmento, o verso a quem pertenciam poderia ser jônico ou datílico:

⏑ ⏑ – – –
ῥαδινοὺς πώλους

Traduzo-o como um período datílico (entendo que haveria algo antes no verso de que foram extraídos):

– ⏑ ⏑ – ⏑
potros esbeltos

Fr. 457

ῥεραπισμένῳ νώτῳ

flagelado por detrás

COMENTÁRIO

O trecho é citado por Querobosco como um exemplo do fenômeno de redobro fora do comum, em "ῥερ-" em vez de "ἐρρ-", visto originalmente em Homero (*Odisseia*, VI, 59).

Do ponto de vista métrico, é possível que fosse um período jônico menor com anáclase e catalético:

⏑ ⏑ – ⏑ – – –
ῥεραπισμένῳ νώτῳ

Tento imitar o ritmo, sendo necessário prolongar a primeira sílaba de "detrás":

⏑ ⏑ – ⏑ – – –
flagelado por detrás

Fr. 458

σαῦλα βαίνειν

rebolante andar

COMENTÁRIO

O trecho é citado por Clemente de Alexandria, que censura moralmente essa forma de comportamento, qualificado por ele como meretrício, o qual a seu ver (juntamente com toda forma de movimentos femininos, luxuriosos e ostentosos) deve ser eliminado completamente.

O termo "σαῦλαι" também aparece no fragmento 411 (b), para descrever as seguidoras de Dioniso.

Talvez fosse parte de um período trocaico (ou de um jônico menor com anáclase):

— ∪ — —

σαῦλα βαίνειν

Tento imitar o ritmo trocaico na tradução:

— ∪ — ∪ —

rebolante andar

Fr. 459

τακερὸς δ' Ἔρως

derretido Amor

COMENTÁRIO

Citado num escólio à obra de Apolônio de Rodes para explicar a metonímia: Eros, que faz os homens enlouquecerem, é dito ser "tenro", estar "derretendo na boca", imagens que apontam para o ato sexual, promovido pelo deus.

O verso parece ser parte de um período jônico menor com anáclase:

⏑ ⏑ – ⏑ –
τακερὸς δ' Ἔρως

Tento imitar o ritmo em português:

⏑ ⏑ – ⏑ –
derretido Amor

Fr. 460

φόρτον Ἔρωτος

fardo do Amor

COMENTÁRIO

Os termos são citados por Sérvio ao comentar a *Eneida* de Virgílio, na altura do verso 550 do canto XI ("caroque oneri timet", "e teme seu caro fardo"), apenas apontando a presença do fardo do amor em Anacreonte.

O trecho parece ser datílico (ou coriâmbico?; a última sílaba poderia ser longa se a seguinte se iniciasse por consoante):

— ⏑ ⏑ — ⸏

φόρτον Ἔρωτος

De uma forma ou de outra, tento imitar as duas breves entre longas dentro das possibilidades do português:

— ⏑ ⏑ —

fardo do Amor

Fr. 461

ἁβρός
ὁ κούφως βαίνων, κατὰ στέρησιν τοῦ βάρους. οὕτως ἐν ὑπομνήματι
Ἀνακρέοντος εὗρον.

gracioso:
o que anda levemente, desprovido de peso. Assim encontrei num comentário a Anacreonte.

COMENTÁRIO

A palavra aparece no *Léxico* de Orion, que afirma ter encontrado, em um comentário a Anacreonte, a seguinte descrição para ela: "andando levemente, sem peso". Com isso, sugere-se que "ἁβρός" ("gracioso") esteja etimologicamente ligado a "βάρος" ("peso"), acrescido de um alfa privativo.

Fr. 462

χήλινον
δὲ
ἄγγος ἔχον πυθμένας † ἀγγεοσελίνων †
ὅταν εἴπῃ Ἀνακρέων, τὸ ἐκ σχοινίων πλέγμα δηλοῖ.

alçada
e
cesta contendo ramos de salsão
quando Anacreonte [as] diz, ele quer dizer uma de juncos trançados.

COMENTÁRIO

O fragmento aparece no *Vocabulário* de Pólux, apresentado um problema textual no último termo citado. O ritmo talvez fosse coriâmbico, mas traduzo o fragmento de modo literal.

Fr. 463

Ἀθαμαντίδα

Atamântida

COMENTÁRIO

O termo é citado por Estrabão ao explicar que Teos foi fundada primeiro por Atamante, rei lendário pai de Frixo e Hele, que fugiram da madrasta no carneiro dourado de Hermes (o velo desse carneiro será aquele buscado mais tarde por Jasão e os Argonautas). Nessa fuga, Frixo e Hele voam sobre o mar, mas Hele acaba caindo e, por morrer ali, aquele trecho de mar passa a ser chamado de "Helesponto", "Mar de Hele". Por ter sido assim fundada por Atamante, Teos recebia o nome de "Atamântida", "filha de Atamante", como Estrabão diz que a cidade era chamada por Anacreonte.

Fr. 464

Αἰθοπίης παῖδα

filho da Etiópia

COMENTÁRIO

Os termos aparecem no *Léxico* de Hesíquio, que afirma se referirem, de acordo com Anacreonte, a Dioniso. Isso se dá pela ligação de sentido entre o nome do país e o adjetivo "αἰθόψ" ("que brilha como fogo"), usado para qualificar o vinho, o qual se confunde com Dioniso, seu deus patrono.

Parece novamente ser um trecho coriâmbico.

Fr. 465

τὠκινάκῃ

co' a cimitarra

COMENTÁRIO

Apresentado no *Etymologicum Genuinum* ao se mencionar a variante "κινάκης" usada por Sófocles para "ἀκινάκης" ("cimitarra"), o fragmento, que se diz retirado de Anacreonte, apresenta a crase de "τῷ ἀκινάκῃ" ("com a cimitarra"), resultando em "τὠκινάκῃ" ("co' a cimitarra").

Fr. 466

ἀκταινῶσαι

erguer

COMENTÁRIO

A palavra citada aparece no *Léxico* de Fócio com a duvidosa etimologia de que esteja ligada ao vocábulo "ἀκτῆ" ("ancião"), uma árvore de que se cortam os freixos para dardos ("ἀκόντια").

Fr. 467

ἀμιθά‹ς›

carne moída

COMENTÁRIO

Extraído do *Léxico* de Hesíquio, o termo é dito apenas aparecer em Anacreonte como um tipo de comida ou condimento.

Fr. 468

ἀνήλατος

indirigível

COMENTÁRIO

O comentário de Eustácio à *Odisseia* inclui esse termo ligado à poesia de Anacreonte, cujo sentido, segundo ele, seria o de "desobediência", um uso derivado da condução de mulas.

Fr. 469

ἀστράβη

sela

COMENTÁRIO

Segundo o *Etymologicum Sorbonicum*, o vocábulo seria usado por Anacreonte para designar uma carruagem em que se senta com segurança. Para Campbell,[36] contudo, o texto e a interpretação são incertos.

---

[36] David A. Campbell, *Greek Lyric II*, *op. cit.*, p. 125, nota 1.

Fr. 470

αὐτάγητοι

teimosas

COMENTÁRIO

Novamente citado por Hesíquio em seu *Léxico*, diz-se que o termo se referia a mulheres admiradas consigo mesmas, sentido com o qual Anacreonte teria usado a palavra.

Fr. 471

οὕτω καὶ Ἀνακρέων Σαμίοις Παλυκράτην ἡμέρωσεν κεράσας τῇ τυραννίδι ἔρωτα, Σμερδίου καὶ Κλεοβούλυ κόμην καὶ αὐλοὺς Βαθύλλου καὶ ᾠδὴν Ἰωνικήν.

non aliter Samio dicunt arsisse Bathyllo
    Anacreonta Teium
qui persaepe cava tertudine flevit amorem
    non elaboratum ad pedem.

καὶ παρὰ τὸ Βαθυκλῆς Βάθυλλος, ὁ ἐρώμενος Ἀνακρέοντος.

Assim também Anacreonte suavizou a tirania de Polícrates sobre os sâmios ao misturá-la com amor — o cabelo de Esmerdes e Cleóbulo e os aulos de Bátilo e a canção jônia.

Dizem que não de outra forma por Bátilo sâmio queimava
    também o teio Anacreonte:
com cava lira soía cantar os seus tristes amores
    em metros não elaborados.

A partir de Báticles vem [o apelido] Bátilo, o amado de Anacreonte.

COMENTÁRIO

Os três trechos foram extraídos, respectivamente, das *Orações* de Máximo de Tire, do *Epodo* 14 de Horácio e do *Etymologicum Genuinum*. Não apresentam versos nem fragmentos de Anacreonte, mas sim um testemunho a respeito de sua obra.

Traduzo o trecho do epodo de Horácio tentando imitar a métrica do latim, onde se alternam versos escritos em hexâmetros datílicos e em dímetros jâmbicos.

Fr. 472

τὸν γὰρ βάρωμον καὶ βάρβιτον, ὧν Σαπφὼ (Fr. 176) καὶ Ἀνακρέων μνημονεύσι, καὶ τὴν μάγαδιν καὶ τὰ τρίγωνα καὶ τὰς σαμβύκας εἶναι.

Νεάνθης ὁ Κυζικηνὸς ἐν α' Ὥρων εὕρημα λέγει... Ἀνακρέοντος τὸ βάρβιτον.

Pois o báromo e o bárbito, os quais são mencionados por Safo e por Anacreonte, e também o mágadis, o trígono e a sambuca, [Eufório diz] serem todos [instrumentos] antigos.

Neantes de Cízico, no Livro 1 dos seus *Anais*, diz que o bárbito foi uma invenção de Anacreonte.

COMENTÁRIO

Os dois trechos extraídos de Ateneu oferecem testemunhos a respeito de antigos instrumentos musicais da época de Anacreonte.

Fr. 473

γονυκρότους

ajunta-joelhos

COMENTÁRIO

O termo "γονύκροτος" é mencionado por Eustácio, ao falar do verso 281 do canto XIII da *Ilíada*, afirmando que ele pode ser usado sarcasticamente para descrever quem senta sobre ambos os pés. A palavra também é usada para descrever o andar de mulheres e Eustácio oferece o testemunho de que Anacreonte a empregava para falar de pessoas covardes.

Essa última informação dá uma boa base para se supor que o ritmo aparentemente jâmbico da palavra seja também o ritmo do poema em que se inseria (a saber: num poema de maldizer, jâmbico tanto em metro quanto em tema).

Fr. 474

δίτοκον

dupligerante

COMENTÁRIO

Segundo Pólux, em seu *Vocabulário*, o termo é empregado por Anacreonte para descrever uma mulher que deu à luz duas vezes.

Fr. 475

ἐξυνῆκεν

compreendeu

COMENTÁRIO

Citado no *Etymologicum Genuinum*, o termo apresenta um redobro extra, antes do prefixo "συν-" (que aparece com uma variação para "ξυν-"), curiosidade pela qual ele foi preservado, com a informação adicional de ser uma forma ática comum e não um pleonasmo do poeta.

Fr. 476

μετοχαὶ δὲ τέρπων, ἀλλὰ καὶ ἔτερψεν· τὸ γὰρ ἥδων Ἰωνικόν, καὶ τὸ
ἦσε
σπάνιον μὲν παρ' ἡμῖν, Ἀνακρέων δ' αὐτὸ εἴρηκεν, Ἴων καὶ ποιητὴς ἀνήρ.

Os particípios são "τέρπων", "agradando", mas [vide] também "ἔτερψεν", "agradou": a forma "ἥδων", "agradando", é jônia e [o aoristo] "ἦσε",
agradou,
é raro entre nós, mas Anacreonte, sendo jônio e poeta, usa-o.

COMENTÁRIO

A passagem do *Vocabulário* de Pólux detalha algumas possibilidades dialetais para os particípios e aoristos de formas verbais ligadas à ideia de "agradar", "ter/dar prazer", apontando para as formas jônias empregadas por Anacreonte em sua poesia.

Fr. 477

θωρήσσειν

pôr o corselete

COMENTÁRIO

O termo aparece num escólio a *Acarnenses* de Aristófanes, onde se diz que era usado com o sentido de embriagar-se, visto que, quando se bebe, o peito se aquece, como se se tivesse colocado um corselete. O escólio afirma ainda que Anacreonte teria usado o termo, que é ático.

Fr. 478

ἱρωστί

sacramente

COMENTÁRIO

Proveniente de um escólio à *Ilíada*, a palavra é citada devido à sua terminação pouco usual para um advérbio, como um comentário ao uso de "μεγαλωστί" ("grandemente") no poema homérico. O escólio também fornece a informação de que Ferecrates teria usado o termo "ταχεωστί" ("rapidamente") em sua poesia.

Fr. 479

κάλυκας

botões de flores

COMENTÁRIO

Mais um vocábulo extraído do *Vocabulário* de Pólux, da seção de ornamentos femininos para a cabeça, com a informação de que teria sido usado tanto por Anacreonte quanto por Homero.

Fr. 480

καταπτύστην

[mulher] abominável

COMENTÁRIO

O termo é de interesse a Pólux em seu *Vocabulário* devido ao fato de que Anacreonte o emprega com terminação feminina apesar de ser um adjetivo de dois gêneros.

Fr. 481

λυδοπαθεῖς τινες

pessoas vivendo como lídios

COMENTÁRIO

O excerto é citado em um escólio aos *Persas* de Ésquilo, a fim de comentar uma passagem em que os lídios são descritos como "ἁβροδιαίτων", "vivendo delicadamente", em virtude de seu estilo de vida tido como luxuoso em comparação ao grego (e mesmo ao persa antes da vitória de Ciro sobre Creso e subsequente domínio persa sobre os lídios).

Fr. 482

παμφαλᾶν

olhar com atenção

COMENTÁRIO

O termo é mencionado em um escólio à obra de Apolônio de Rodes, explicando seu sentido e afirmando que teria sido usado tanto por Hipônax quanto por Anacreonte.

Fr. 483

ἧδε δὲ Ἀνακρέων τὴν Πολυκράτους τύχην Σαμίων τῇ θεῷ πεμπόντων ἱερά.

τούτῳ συνεβίωσεν Ἀνακρέων ὁ μελοποιός· καὶ δὴ καὶ πᾶσα ἡ ποίησις πλήρης ἐστὶ τῆς περὶ αὐτοῦ μνήμης.

Anacreonte cantou a sorte de Polícrates quando os sâmios estavam enviando oferendas à deusa [Hera].

O poeta lírico Anacreonte viveu lá [na corte de Polícrates]: com efeito sua poesia está cheia de referências a ele.

COMENTÁRIO

Os dois trechos, extraídos respectivamente das *Orações* de Himério e da *Geografia* de Estrabão, versam a respeito da ligação de Anacreonte com Polícrates de Samos e de sua estadia na corte do tirano.

Fr. 484

σαλαΐζεν

lamentar

COMENTÁRIO

O verbo aparece no *Etymologicum Genuinum* com a informação de ter sido usado por Anacreonte com o sentido de "lamentar" ("θρηνεῖν", verbo ligado ao treno, uma forma de canção fúnebre).

Fr. 485

ὕμνον

hino

COMENTÁRIO

O termo, apesar de bastante comum, é mencionado em um escólio da *Ilíada* com o testemunho de ter sido usado com o sentido específico de "canção de lamento", "treno" ("θρῆνος") por Anacreonte.

Fr. 486

Φίλλος

Filo

COMENTÁRIO

O nome é citado por Herodião, que apenas informa sua presença na obra de Anacreonte.

Fr. 487

χαριτόεις

gracioso

COMENTÁRIO

Novamente, Herodião é a fonte para o termo, que é citado por ele como sendo a forma completa para o adjetivo "χαρίιεις" ("gracioso").

Fr. 488

αἰσχῶς μὲν κολακεύει τὴν ἀκοὴν ἐκεῖνα ὅσα εἰσὶν ἐρωτικά, οἷον τὰ Ἀνακρέοντος, τὰ Σαπφοῦς (Fr. 156), οἷον γάλακτος λευκοτέρα, ὕδατος ἀπαλωτέρα, πηκτίδων ἐμμελεστέρα, ἵππου γαυροτέρα, ῥόδων ἁβροτέρα, ἱματίου ἑανοῦ μαλακωτέρα, χρυσοῦ τιμιωτέρα.

O ouvido é baixamente lisonjeado por frases eróticas como as de Anacreonte e as de Safo; por exemplo, "mais branca do que leite", "mais gentil do que a água", "mais cheia de canções do que uma harpa", "mais altiva do que uma égua", "mais delicada do que rosas", "mais macia do que um vestido fino", "mais preciosa do que ouro".

COMENTÁRIO

O trecho é extraído da obra de Gregório de Corinto a respeito de Hermógenes. Apesar da menção de Anacreonte, é incerto se alguma das fórmulas mencionadas teria aparecido em sua obra ou se são derivações do próprio autor à semelhança daquelas que aparecem em Anacreonte e em Safo.

Fr. 489

Σαπφὼ καὶ Ἀνακρέων ὁ Τήιος ὥσπερ τι προοίμιον τῶν μελῶν τὴν Κύπριν ἀναβοῶντες οὐ παύονται.

Safo e Anacreonte de Teos não cessam de invocar Cípris como prelúdio para suas canções.

COMENTÁRIO

O testemunho é de Himério em suas *Orações*, apresentando uma informação aparentemente redundante, mas que nos interessa do ponto de vista da recepção antiga da poesia de Anacreonte, vista também aqui como feita toda de amor.

Fr. 490

κοσμεῖ μὲν γὰρ Ἀνακρέων τὴν Τηίων πόλιν τοῖς μέλεσι, κἀκεῖθεν ἄγει τοὺς Ἔρωτας.

Pois Anacreonte adorna a cidade de Teos em suas canções e traz os Amores de lá.

COMENTÁRIO

Novamente Himério é a fonte para a passagem, que reproduz a informação de Anacreonte ter nascido em Teos. Fora isso, o autor apresenta uma bela imagem de um duplo movimento por parte do poeta: ao trazer os Amores para fora de Teos em suas canções, ele também adorna a imagem que se tem da sua cidade natal.

Fr. 491

ἦν Πολυκράτες ἔφηβος, ὁ δὲ Πολυκράτης οὗτος οὐ βασιλεὺς Σάμου μόνον ἀλλὰ καὶ τῆς Ἑλληνικῆς ἁπάσης θαλάσσης 'ἀφ' ἧς γαῖα ὁρίζεται'. ὁ δ<ὲ> Πολυκράτης ἤρα μουσικῆς καὶ μελῶν, καὶ τὸν πατέρα ἔπειθε συμπρᾶξαι αὐτῷ πρὸς τὸν τῆς μουσικῆς ἔρωτα. ὁ δὲ Ἀνακρέοντα τὸν μελοποιὸν μεταπεμψάμενος δίδωσι τῷ παιδὶ τοῦτον τῆς ἐπιθυμίας διδάσκαλον, ὑφ' ᾧ τὴν βασιλικὴν ἀρετὴν ὁ παῖς διὰ τῆς λύρας πονῶν τὴν Ὁμηρικὴν ἔμελλε πληρώσειν εὐχὴν τῷ πατρί, πολυκρατὴς <καὶ> πάντων κρείσσων ἐσόμενος.

Quando Polícrates era jovem — este Polícrates era rei não só de Samos, mas de todo o mar helênico "pelo qual a terra é delimitada" — ele amava as artes, especialmente as canções, e persuadiu seu pai a ajudá-lo em seu amor pelas artes. Então [seu pai] mandou buscarem Anacreonte, o poeta lírico, e deu-o a seu filho para ensiná-lo no objeto de seu desejo. Sob sua tutela, o menino trabalhou com sua lira para alcançar régia excelência, destinado a cumprir a prece homérica para o pai, sendo mais poderoso e melhor do que todos.

COMENTÁRIO

Neste excerto das *Orações* de Himério, fala-se da ligação lendária de Polícrates de Samos com Anacreonte. Nela, brinca-se com a etimologia do nome do tirano, formado pela junção de "πολύς" ("muito") com "κράτος" ("força"), cujo sentido se manifesta na excelência do garoto ao se provar melhor do que todos naquilo a que se dedicava. O trecho "ἀφ' ἧς γαῖα ὁρίζεται" ("pelo qual a terra é delimitada"), como Campbell[37] aponta, talvez seja uma citação de (parte de?) um verso de Anacreonte. A prece homérica que se menciona é aquela proferida por Heitor no sexto canto da *Ilíada* (vv. 476-81, tradução de Carlos Alberto Nunes):

> "Zeus poderoso e vós outros ó deuses eternos do Olimpo
> que venha a ser o meu filho como eu distinguido entre os Teucros
> de igual vigor e que em Ílion depois venha a ter o comando.
> E que ao voltar dos combates alguém diga ao vê-lo: 'É mais
> ainda que o pai!' Possa a mãe veneranda à sua vista alegrar-se
> após ter matado o inimigo pesado de espólios cruentos!"

---

[37] David A. Campbell, *Greek Lyric II*, *op. cit.*, p. 135, nota 2.

Fr. 492

ἐπειδὴ καὶ ἡμᾶς, ὦ παῖδες, ὥσπερ τις θεὸς ὅδε ὁ ἀνὴρ φαίνει οἵους ποιηταὶ πολλάκις εἰς ἀνθρώπων εἴδη μορφάς τε ποικίλας ἀμείβοντες πόλεις τε εἰς μέσας καὶ δήμους ἄγουσιν, ἀνθρώπων ὕβριν τε καὶ εὐνομίην ἐφορῶντες, οἵαν Ὅμηρος μὲν Ἀθηνᾶν, Διόνυσον δὲ Ἀνακρέων Εὐριπίδης τ' ἔδειξαν . . .

E visto que, meus filhos, este homem, como se fosse um deus, aparece ao modo daqueles que os poetas frequentemente transformam em humanos e em várias formas, pondo-o no meio das cidades e das pessoas para observar a desmedida e a boa ordem dos homens, como Homero mostra Atena e Anacreonte e Eurípides mostram Dioniso . . .

COMENTÁRIO

O trecho das *Orações* de Himério parece pouco dizer num primeiro momento, ao apontar que Anacreonte menciona Dioniso frequentemente em sua poesia, algo de que temos ampla ciência. Contudo, é de todo curioso o que se diz ocorrer com essa apresentação: ela é comparada à ação de Atena em Homero (vide, por exemplo, o canto II da *Ilíada* e o canto I da *Odisseia*, em duas importantes intervenções da deusa durante assembleias) e do próprio Dioniso em Eurípides (certamente nas *Bacas*), com a expressa qualificação de lidar com a desmedida e a desordem dos homens. Esse tipo de envolvimento de Dioniso entre os humanos é-nos desconhecido nos fragmentos restantes de Anacreonte, de modo que o trecho das *Orações* (se confiável) pode ser testemunho importante de uma tradição comum entre Anacreonte e Eurípides de representação de Dioniso.

Fr. 493

ἔχαιρε μὲν Ἀνακρέων εἰς Πολυκράτους στελλόμενος τὸν μέγαν Ξάνθιππον προσφθέγξασθαι, ἡδὺ δ' ἦν καὶ Πινδάρῳ προσειπεῖν πρὸ τοῦ Διὸς τὸν Ἱέρωνα.

Anacreonte, quando levado para a corte de Polícrates, alegrou-se em endereçar o grande Xantipo, e Píndaro teve prazer em saudar Hierão perante Zeus.

COMENTÁRIO

O Xantipo mencionado neste trecho das *Orações* de Himério foi pai do grande general ateniense, Péricles. Segundo Pausânias (*Descrição da Grécia*, 1. 25. 1), pai e filho lutaram juntos contra os persas na batalha naval de Mícale e suas estátuas podiam ser vistas na acrópole ateniense, estando também uma de Anacreonte ao lado de Xantipo. No trecho, vê-se ainda o paralelo entre Anacreonte e Píndaro, Polícrates e Hierão: assim como Anacreonte gozou do patrocínio de Polícrates, também Píndaro foi fomentado pelo tirano de Siracusa.

Fr. 494

ἥρμοσε μὲν καὶ Ἀνακρέων μετὰ τὴν νόσον τὴν λύραν καὶ τοὺς φίλους
Ἔρωτας αὖθις διὰ μέλους ἠσπάζετο...

Anacreonte afinou sua lira depois de sua doença e saudou novamente os Amores por meio de suas canções.

COMENTÁRIO

Este último trecho das *Orações* de Himério menciona uma doença não especificada pela qual o poeta de Teos teria sido afligido em algum ponto da sua vida (provavelmente na velhice?). Infelizmente, nenhum dos demais fragmentos ou testemunhos restantes faz outra menção a tal doença. É possível que fosse o tema de algum poema (que não sobreviveu até nós) a respeito de doença e que tenha sido tomado de forma biografista por Himério.

Fr. 495

ἥ τε γὰρ πατρῴα ὑμῖν οἰκία, ἡ Κριτίου τοῦ Δρωπίδου, καὶ ὑπὸ
Ἀνακρέοντος καὶ ὑπὸ Σόλωνος καὶ ὑπ' ἄλλων πολλῶν ποιητῶν
ἐγκεκωμιασμένη παραδέδοται ἡμῖν ὡς διαφέρουσι κάλλει τε καὶ ἀρετῇ καὶ
τῇ ἄλλῃ λεγομένῃ εὐδαιμονίᾳ.

Sócrates (para Cármides e Crítias): A casa de vosso pai, a casa de Crítias, filho de Drópides, foi celebrada por Anacreonte e por Sólon e por muitos outros poetas, de modo que, por tradição, ela é distinguida por beleza, por virtude e por tudo mais que é chamado felicidade.

COMENTÁRIO

O trecho do *Cármides* de Platão apresenta a ligação de Anacreonte com a casa dos Alcmeônidas, mencionada anteriormente na introdução. Novamente, vê-se a importância da associação de um poeta a uma casa ilustre, da preservação da memória dos homens e de suas famílias por meio do elogio poético: assim como o poeta sobrevive em vida pelo auxílio de seu patrono, seu patrono sobrevive em morte pela obra do poeta.

Fr. 496

Ἀνακρέων δὲ καὶ μύρτοις στεφανοῦσταί φησι καὶ κοριάννοις καὶ λύγῳ καὶ Ναυκρατίτῃ στεφάνῳ ... καὶ ἀνήτῳ.

Anacreonte também diz se engrinaldar com mirto, com coentro, com salgueiro, com a guirlanda de Náucrates ... e com anis.

COMENTÁRIO

O trecho do *Vocabulário* de Pólux trata dos tipos de guirlanda mencionados por Anacreonte. No Fr. 352, havíamos visto a problemática da grinalda de salgueiro, considerada possível pelo testemunho de Aristarco fornecido por Ateneu. Da mesma forma, no Fr. 434 apareceu pela primeira (e única outra) vez a guirlanda de Náucrates, de feitura e uso incerto.

Fr. 497

μέγα φρονεῖ μᾶλλον ἤ Πηλεὺς ἐπὶ τῇ μαχαίρα. μέμνηται ταύτης Ἀνακρέων καὶ Πίνδαρος ἐν Νεμεονίκαις. φασὶ δὲ αὐτὴν ὑπὸ Ἡφαίστου γενομένην δῶρον Πηλεῖ σωφροσύνης ἕνεκα παρὰ θεῶν δοθῆναι, ᾗ χρώμενος πάντα κατώρθου καὶ ἐν ταῖς μάχαις καὶ ἐν ταῖς θήραις.

Ele tem mais orgulho do que Peleu de sua espada. Esse provérbio é mencionado por Anacreonte e por Píndaro nas Odes Nemeias (iv.58). Dizem que foi feita por Hefesto e que foi um presente vindo dos deuses para Peleu por conta de sua prudência. Usando-a ele tinha sucesso sempre tanto em batalhas quanto em caças.

COMENTÁRIO

Extraído dos *Provérbios* de Zenóbio, o trecho apresenta um ditado comum presente tanto em Anacreonte quanto em Píndaro. Possuímos a passagem de Píndaro, mas não a de Anacreonte. Nela, contudo, o poeta tebano oferece uma versão diferente para a origem da espada de Peleu, dizendo que ela teria sido feita por Dédalo.

Fr. 498

καλῆς διὰ παστάδος . . . καλῆς δὲ ἤτοι ὅτι βασίλεια τὰ οἰκήματα ἢ ὅτι ἐρωτικά. τοιαῦτα γὰρ τὰ τῶν ἐρώντων, ὡς καὶ Ἀνακρέων ἐπὶ ἐρωμένης φησίν <   >.

"por um belo pórtico" . . . belo porque o edifício era régio ou por conta de um interesse amoroso, pois é assim que os amantes falam, como também Anacreonte fala de sua amada: <   >.

COMENTÁRIO

O trecho foi extraído de um escólio à obra de Apolônio de Rodes e, infelizmente, a citação interna do que Anacreonte teria dito a respeito de sua amada se perdeu, de modo que o excerto nos serve apenas como um indício de um amor heterossexual de Anacreonte, variedade de que pouco se fala nos demais fragmentos restantes do poeta.

Fr. 499

quae omnia genera hendecasyllabi Catullus et Sappho et Anacreonta
et alios autores secutus non tamquam vitiosa vitavit sed tamquam
legitima inseruit.

asclepiadeum . . . prima adempta syllaba anacreontion dabit, sic:
saevis trepidant carbasa flatibus.

trimetrum catalecticum anacreonticum, ita: amor te meus o pulchra
puella.

Seguindo Anacreonte e Safo, Catulo e outros autores não evitaram
todos esses tipos de hendecassílabos por serem falhos: ele os incluiu
como legítimos.

Se a primeira sílaba é removida do asclepiadeu [menor], um
anacreôntico resultará da forma – – ᴗ ᴗ – – ᴗ ᴗ – ᴗ –.

Um trímetro antipástico catalético resulta em um anacreôntico da
forma ᴗ – – ᴗ ᴗ – – ᴗ ᴗ – –.

COMENTÁRIO

O primeiro dos trechos acima foi extraído do manual de métrica de Césio Basso, ao passo que os outros dois vêm da *Gramática* de Mario Victorino. Seguindo a edição de Campbell e sua iniciativa, substituí os exemplos em versos latinos pela própria escansão resultante dos processos citados.

No primeiro trecho, fala-se do hendecassílabo falécio, × × – ⏑ ⏑ – ⏑ – ⏑ – –, quando as duas primeiras posições são ocupadas por um jambo ou um troqueu em vez de um espondeu. Até onde posso notar, a forma métrica não se percebe nos fragmentos restantes de Anacreonte seguindo essa exata estrutura. Em alguns fragmentos, contudo, percebem-se estruturas semelhantes, variando apenas a base:

Fr. 399 (com – em vez do × × inicial):

– – ⏑ ⏑ – ⏑ – ⏑ – –
ἐκδῦσα κιθῶνα δωριάζειν

Fr. 415 (com ⏑ ⏑ – em vez do × × inicial):

⏑ ⏑ – – ⏑ ⏑ – ⏑ – ⏑ – –
Σικελὸν κότταβον ἀγκύλῃ † δαίζων †

Fr. 416 (com – ⏑ ⏑ em vez do × × inicial):

– ⏑ – ⏑ – ⏑ ⏑ – ⏑ – ⏑ – –
πάντας ὅσοι χθονίους ἔχουσι ῥυσμοὺς

Fr. 500

(Ἔρωτα) ὃν ὁ σοφὸς ὑμνῶν αἰεί ποτε Ἀνακρέων πᾶσίν ἐστιν διὰ στόματος.
λέγει οὖν περὶ αὐτοῦ καὶ ὁ κράτιστος Κριτίας τάδε·
τὸν δὲ γυναικείων μελέων πλέξαντά ποτ' ᾠδὰς
ἡδὺν Ἀνακρείοντα Τέως εἰς Ἑλλάδ' ἀνῆγεν,
συμποσίων ἐρέθισμα, γυναικῶν ἠπερόπευμα,
αὐλῶν ἀντίπαλον, φιλοβάρβιτον, ἡδύν, ἄλυπον.
οὔ ποτέ σου φιλότης γηράσεται οὐδὲ θανεῖται,
ἔστ' ἂν ὕδωρ οἴνῳ συμμειγνύμενον κυλίκεσσιν
παῖς διαπομπεύῃ, προπόσεις ἐπιδέξια νωμῶν,
παννυχίδας θ' ἱερὰς θήλεις χοροὶ ἀμφιέπωσιν,
πλάστιγξ θ' ἡ χαλκοῦ θυγάτηρ ἐπ' ἄκραισι καθίζῃ
κοττάβου ὑψηλαῖς κορυφαῖς βρομίου ψακάδεσσιν.

οἱ μὲν οὖν χοροὶ ἐκ παίδων εἰσὶν καὶ παρθένων, ἐξάρχουσι δὲ καὶ
συνᾴδουσιν Εὔνομός τε ὁ Λυκρὸς καὶ Ἀρίων ὁ Λέσβιος καὶ Ἀνακρέων καὶ
Στησίχορος.

παννύχιος κρούων τὸν φιλόπαιδα χέλυν

ἡ γλυκερὴ νυκτιλάλος κιθάρη

κώμου καὶ πάσης κοίρανε παννυχίδος

E o sábio Anacreonte, sempre nos lábios de todos, está sempre
cantando hinos ao Amor. O excelente Crítias diz o seguinte dele:
Teos trouxe à Grécia o cantor que teceu melodia em canções
pra celebrar as mulheres outrora, o gentil Anacreonte,

agitador quando em meio aos festins, sedutor de mulheres,
êmulo aos aulos, amigo das liras, gentil e sem dor.
Nunca vai se envelhecer ou morrer o carinho por ti
desde que exista um menino que leve água e vinho mesclados
para as canecas, fazendo a partilha dos brindes à destra,
que a noite inteira performem seus ritos os coros de moças
e permaneça por cima, no topo do cótabo, o disco,
filho do bronze, pra assim receber suas gotas de Brômio.

Os coros [da Ilha dos Bem-Aventurados] são de meninos e de virgens
e Eunomo da Lócria, Árion de Lesbos, Anacreonte e Estesícoro os
conduzem e cantam com eles

Por toda a noite tocando sua lira amante de meninos

Doce falou a noite toda sua lira

Senhor da festa e de todos os ritos que duram a noite inteira

COMENTÁRIO

O primeiro trecho, cujos versos hexamétricos havia mencionado na introdução, encontra-se na obra de Ateneu. É interessante notar como o amor pederástico e homossexual de Anacreonte não figura nos versos supostamente escritos por Crítias. Traduzo-os por hexâmetros datílicos em português.
Em seguida, um trecho de *Uma história verídica* de Luciano de Samósata fala da Ilha dos Bem-Aventurados, o local paradisíaco, também mencionado por Platão, para onde iriam as almas dos melhores homens. Lá, segundo Luciano, os coros de meninos e meninas seriam regidos por grandes poetas líricos do passado.
Por fim, há três versos (respectivamente: de Simônides, de Antípatro de Sídon e de Dioscórides) a respeito de Anacreonte, os quais traduzo de modo literal, mas parecem ser de feitura coriâmbica:

⏤ ⏑ ⏑ ⏤   ⏤ ⏤   ⏤ ⏑ ⏑ ⏤ ⏑ ⏤ ⏤
παννύχιος κρούων τὸν φιλόπαιδα χέλυν

⏤ ⏑ ⏑ ⏤   ⏤ ⏑ ⏑ ⏤   ⏑ ⏤ ⏤
ἡ γλυκερὴ νυκτιλάλος κιθάρη

⏤   ⏤ ⏤ ⏑ ⏤   ⏤ ⏑ ⏑ ⏤ ⏑ ⏤ ⏤
κώμου καὶ πάσης κοίρανε παννυχίδος

Fr. 501

πα[ῖς δ'] Ἀστερ[οπαίου γε-
γένημαι, ὅς πο[.] θιαν [. .]ας ἀμ (φοτέραι-
σι χερσὶ ῥῖπτεν καὶ [. .]αμ[
ὁ δὲ χαλκέοις θρασυ[

τεη[[v]] χώμοπτολι[
μάχαι θαυμαινετ . . [
λεων ἱέντα ῥόμ[βον

fi[lho] de Aster[opeu
sou, que cer[ta vez] com ambas
as mãos lançou e . . .
ele com brônzeas (armas), cora[joso . . .

da mesma cidade . . .
na batalha era admirado . . .
arremessando (lanças) rodopiantes

COMENTÁRIO

Estes versos fragmentários aparecem em um escólio ao verso 162 e seguintes do canto XXI da *Ilíada*, onde o herói Asteropeu aparece atacando com lanças em ambas as mãos, por ser ambidestro.

Ofereço uma tradução literal e uma outra em decassílabos, tentando suprir as lacunas com suplementos mais ou menos livres:

> Sou filho do senhor Asteropeu,
> que certa vez com duplas mãos lançou
> ruína em brônzeas armas, corajoso,
>
> honrando a estirpe dos concidadãos,
> pois era respeitado na batalha
> à força de seus dardos revolventes.

Fr. 502 (a & b)

ἐμέμνηντο δ' οἱ πολλοὶ καὶ τῶν Ἀττικῶν ἐκείνων σκολίων· ἅπερ καὶ αὐτὰ
ἄξιόν ἐστί σοι ἀπομνημονεῦσαι διά τε τὴν ἀρχαιότητα καὶ ἀφέλειαν τῶν
ποιησάντων, καὶ τῶν ἐπαινουμένων ἐπὶ τῇ ἰδέᾳ ταύτῃ τῆς ποιητικῆς
Ἀλκαίου τε καὶ Ἀνακρέοντος, ὡς Ἀριστοφάνης παρίστησιν ἐν Δαιταλεῦσιν
λέγων οὕτως·
ᾆσον δή μοι σκόλιόν τι λαβὼν Ἀλκαίου
    κἀνακρέοντος.

κλητικοὶ μὲν οὖν ὁποῖοί εἰσιν οἱ πολλοὶ τῶν τε παρὰ τῇ Σαπφοῖ ἢ
Ἀνακρέοντι ἢ τοῖς ἄλλοις μετρικοῖς, κλῆσιν ἔχοντες πολλῶν θεῶν...
μέτρον μέντοι τῶν κλητικῶν ὕμνων ἐν μὲν ποιήσει ἐπιμηκέστερον. ἅμα μὲν
γὰρ ἐκ πολλῶν τόπων τοὺς θεοὺς ἐπικαλεῖν ἔξεστιν, ὡς παρὰ τῇ Σαπφοῖ
καὶ τῷ Ἀλκμᾶνι πολλαχοῦ εὑρίσκομεν. τὴν μὲν γὰρ Ἄρτεμιν ἐκ μυρίων
ὀρέων, μυρίων δὲ πόλεων, ἔτι δὲ ποταμῶν ἀνακαλεῖ, τὴν δὲ Ἀφροδίτην
Κύπρου, Κνίδου, Συρίας, πολλαχόθεν ἀλλαχόθεν ἀνακαλεῖ. οὐ μόνον γε,
ἀλλὰ καὶ τοὺς τόπους αὐτοὺς ἔξεστι διαγράφειν, οἷον, εἰ ἀπὸ ποταμῶν
καλεῖ, ὕδωρ ἢ ὄχθας καὶ τοὺς ὑποπεφυκότας λειμῶνας καὶ χοροὺς ἐπὶ τοῖς
ποταμοῖς γενομένους καὶ τὰ τοιαῦτα προσαναγράφουσι. καὶ εἰ ἀπὸ ἱερῶν,
ὡσαύτως· ὥστε ἀνάγκη μακροὺς αὐτῶν γίγνεσθαι τοὺς κλητικοὺς ὕμνους.

Muitos (dos convivas) mencionaram os conhecidos escólios áticos,
os quais de fato são dignos de serem mencionados a ti por conta de
sua antiguidade, do estilo simples de seus poetas, especialmente dos
louvados por esse tipo de poesia, Alceu e Anacreonte, como
Aristófanes mostra nos Convivas:
Toma este ramo e entoa pra mim um escólio de Alceu
    E Anacreonte

Hinos de invocação são como a maioria dos hinos de Safo e de Anacreonte ou dos outros poetas, contendo invocações das muitas divindades . . . Os hinos de invocação poética são bastante longos, pois eles podem chamar os deuses de muitos lugares, como muitas vezes encontramos em Safo ou em Alceu, pois de uma miríade de montanhas, de uma miríade de cidades e ainda de rios invocam Ártemis; de Chipre, de Cnidos, da Síria e de muitos outros lugares invocam Afrodite — não só isso, mas podem ainda descrever os próprios lugares, como as águas e as margens no caso de rios, os prados e as danças que ocorrem junto dos rios e assim por diante. De modo semelhante, se invocam a partir dos templos, os hinos de invocação são necessariamente longos.

COMENTÁRIO

O primeiro excerto, de Ateneu, fala de canções simposiais chamadas escólios (não devendo, contudo, se confundirem com os comentários à margem dos textos antigos, que também se chamavam escólios), apresentando um trecho de uma das comédias perdidas de Aristófanes.

Por sua vez, o segundo trecho, do manual de retórica de Menandro, considera a extensão dos hinos de invocação aos deuses, como o fragmento 1 de Safo (comumente chamado de *Hino a Afrodite*) ou os vários trechos de hinos invocatórios que vemos em Anacreonte (mais notadamente o fragmento 348, de invocação a Ártemis, e o 357, de invocação a Dioniso). Na constatação de que os hinos são longos por elencarem muitos lugares e às vezes as próprias descrições desses lugares, o autor parece indicar também o poder dos hinos de buscarem os deuses em todos os lugares possíveis onde costumam demorar, numa associação da extensão dos hinos com o seu poder invocatório.

Fr. 503

... ἐν]θυμούμενο[ν μὲν] Σωκράτους ὅσ[ους ἐ]ραστὰς ἔλαβ[εν ἐν] γήραι, ἐνθυμ[ούμε]νον δὲ αὐτοῦ κ[αὶ] Ἀνακρέοντος ὡ[ς χα]ρίεις ἡμεῖς κα[ὶ νῦν] δοκεῖ αὐτοῖς ὁ [βίος] καὶ † πολιαῖς †· γῆρ[ας] ἄμουσον μὲν [ὁμο] λογουμένως [αἰσ]χρόν, μουσικὸ[ν δ]ὲ Ἀπολλον ὡς χαρίεν. ἀλλὰ τὴν Σμερ[δί]ου καὶ Βαθύλλου κλ[...]ν ...

... tendo em mente quantos amantes Sócrates teve em sua velhice e como a vida dele e de Anacreonte nos parece ainda agora graciosa, mesmo quando já estavam grisalhos. A velhice sem as artes é concordemente horrível, mas com as artes e Apolo quão graciosa! Mas de Esmerdes e Bátilo ...

COMENTÁRIO

O trecho, advindo de um papiro do século I ou II d.C., coloca Sócrates e Anacreonte em evidência a partir do ponto comum entre os dois: a abundância de amantes que tiveram, mesmo na velhice. É incerto se haveria alguma citação interna de Anacreonte, mas, como ressalva Campbell,[38] Schubart acreditava que o trecho a partir do nome de Apolo fosse uma citação direta das palavras do poeta.

---

[38] David A. Campbell, *Greek Lyric II*, *op. cit.*, p. 143, nota 1.

Fr. 504 = Fr. Eleg. 3[39]

---

[39] Ver p. 275.

Fr. 505 (a)

Ἄβδηρα καλὴ Τηίων ἄποικίη.

Abdera, bela colônia dos homens de Teos.

COMENTÁRIO

Um único verso isolado a respeito de Abdera, a colônia de Teos fundada durante a guerra contra os persas, em 540 a.C., quando da invasão de Teos por Harpago, general de Ciro. A existência deste fragmento, como mencionado na introdução, é um dos indícios apontados, desde a Antiguidade, para a ligação entre Anacreonte e a fundação da cidade.

Quanto à métrica, o verso parece ser um trímetro jônico maior, com contração das sílabas breves do segundo *metron* e anáclase interna no terceiro:

‒ ‒ ᴗ ᴗ | ‒ ‒ ‒ | ᴗ ‒ ᴗ ‒
Ἄβδηρα καλὴ Τηίων ἄποικίη.

Na tradução, não usei nenhuma forma métrica fixa: ela começa jâmbica e segue com intervalos datílicos:

ᴗ ‒ ᴗ ‒ ᴗ ᴗ ‒ ᴗ ᴗ ‒ ᴗ ᴗ ‒

Abdera, bela colônia dos homens de Teos.

Fr. 505 (b)

ἕκητι Συλοσῶντος εὐρυχωρίη.

Há muito espaço graças a Silóson.

COMENTÁRIO

O verso é citado por Estrabão para ilustrar o caráter destrutivo da tirania de Silóson em Samos. Pela escassez de homens devido a seu mando impetuoso, a cidade parecia ter muito espaço sobrando. Estrabão ainda explica que Silóson, feito um cidadão privado por seu irmão Polícrates, haveria dado de presente uma veste a Dario quando este o viu usando-a e desejou-a. Mais tarde, tendo se tornado rei, Dario haveria retribuído o favor, dando-lhe a tirania sobre os sâmios.

Fr. 505 (c) = Safo ou Alceu Fr. 1

αἰνοπάθην πάτριδ' ἐπόψομαι

vou ver sofrer males a pátria

COMENTÁRIO

O fragmento é de autoria incerta: apesar de ser atribuído a Anacreonte, é possível que seja de Safo ou de Alceu.

Contrói-se a partir de dois coriambos com terminação jâmbica, ritmo que tentei manter na tradução:

– ᴗ ᴗ – – ᴗ ᴗ – ᴗ –
αἰνοπάθην πάτριδ' ἐπόψομαι

– ᴗ ᴗ – – ᴗ ᴗ – ᴗ –
vou ver sofrer males a pátria

Fr. 505 (d)

Ἔρωτα γὰρ τὸν ἁβρὸν Do Amor suave anseio
μέλομαι βρύοντα μίτραις cantar, com flores várias
πολυανθέμοις ἀείδειν· por sobre a sua fronte.
ὅδε καὶ θεῶν δυναστής, Nos deuses é quem manda,
5 ὅδε καὶ βροτοὺς δαμάζει, mortais ele comanda,

COMENTÁRIO

Ainda que sejam atribuídos a Anacreonte por Clemente de Alexandria, David Campbell[40] justamente supõe que deveriam, na verdade, ser incluídos nas *Anacreônticas*. De fato, o tipo de composição se assemelha mais ao que vemos no *corpus* daqueles poemas do que à poesia restante de Anacreonte. O fragmento fala de Eros, descrevendo-o coroado por uma guirlanda de flores e como o regente de deuses e mortais. Certamente havia mais versos depois do trecho e possivelmente antes também.

O primeiro verso parece ser um hemiambo:

$$\cup - \cup - \cup - -$$

Ἔρωτα γὰρ τὸν ἁβρὸν

Os demais, contudo, poderiam ser descritos como dímetros jônicos menores com anáclase:

$$\cup \cup - \cup - \cup - -$$

μέλομαι βρύοντα μίτραις

O uso contíguo desses metros demonstra sua proximidade e a possibilidade de que, na verdade, esses dímetros jônicos menores com anáclase sejam hemiambos livres, nos quais o *anceps* inicial pode ser ocupado por duas sílabas breves, resultando na forma $\overset{\cup\cup}{-} - \cup - \cup - \times$, à qual se reduzem perfeitamente tanto hemiambos quanto dímetros jônicos menores com anáclase.

---

[40] David A. Campbell, *Greek Lyric II*, *op. cit.*, p. 145, nota 1.

Fr. 505 (e)

ὅτι μὴ Οἰνοπίων

exceto Enopião

COMENTÁRIO

O trecho aparece em um escólio aos *Fenômenos* de Arato e, como aponta Campbell,[41] provavelmente é de autoria de um outro Anacreonte, alexandrino, que também escreveu um livro chamado *Fenômenos*. Enopião, a figura mencionada, era filho de Dioniso e Ariadne e teria vivido na ilha de Quios e reinado sobre ela. Seu nome, formado a partir de "οἶνος" ("vinho") e do verbo "πίνειν" ("beber"), poderia ser traduzido como "Bebe-vinho".

---

[41] David A. Campbell, *Greek Lyric II*, *op. cit.*, p. 145, nota 1.

Fr. 505 (f)

ὤπολλον, σέ γε καὶ μάκαι[ραν

Ó Apolo, [peço] a ti e à ditosa [Ártemis]

COMENTÁRIO

O verso aparece inscrito em uma cratera do final do século VI a.C. (*c.* 513-508 a.C.), como que fluindo da boca de um certo Ecfântides, o anfitrião no simpósio retratado.

Fr. 505A

τεράμοντος

de junco

COMENTÁRIO

O termo é citado por Teodósio ao tratar da declinação de palavras terminadas em "-ων". Segundo ele, Anacreonte teria declinado "τεράμων" em "-οντος" no genitivo em vez de "-ονος", como Platão faz no *Sofista*.

Fr. Eleg. 1

οὐδέ τί τοι πρὸς θυμόν, ὅμως γε μένω σ' ἀδοιάστως

Nem te apetece, porém eu te aguardo sem nunca hesitar

COMENTÁRIO

O verso é citado isoladamente por Hefestião em seu manual de métrica, afirmando pertencer às elegias de Anacreonte. Parece ser parte de um poema de amor não correspondido.

Todos os fragmentos de Anacreonte daqui em diante, sendo elegíacos (inclusive os epigramas), são escritos em hexâmetros e "pentâmetros" datílicos, os quais traduzo, conforme descrito na introdução, seguindo o hexâmetro datílico de Carlos Alberto Nunes e com um "pentâmetro" datílico de criação própria, composto por duas redondilhas maiores datílicas de terminação oxítona justapostas.

Fr. Eleg. 2

οὐ φιλέω ὃς κρητῆρι παρὰ πλέῳ οἰνοποτάζων
    νείκεα καὶ πόλεμον δακρυόεντα λέγει,
ἀλλ' ὅστις Μουσέων τε καὶ ἀγλαὰ δῶρ' Ἀφροδίτης
    συμμίσγων ἐρατῆς μνήσκεται εὐφροσύνης.

Não tenho amor por quem junto à cratera repleta de vinho
    fala sobre altercações, ou sobre a guerra chorosa,
mas por quem mescla os dons claros que vêm de Afrodite e das Musas,
    cônscio de qual é o humor próprio ao amável festim.

COMENTÁRIO

Este fragmento elegíaco provavelmente era parte de um escólio, uma canção ou poema composto para ser cantado ou declamado durante o simpósio. Sua composição elegíaca faz com que seja não só de fácil memorização, mas também de fácil elocução, de modo que mesmo um cidadão comum pudesse entoá-lo.

Os primeiros dois versos dialogam com outra tradição elegíaca, muito provavelmente também simposial, representada para nós por Calino e Tirteu, na qual se fala justamente da guerra e da necessidade de um homem lutar e morrer pela pátria se necessário, bem como do louvor que esse homem recebe ao viver ou morrer desse modo, louvor que se estende também para sua estirpe e seus descendentes. No diálogo com essa tradição, os dois primeiros versos a recusam veementemente, contrastando a guerra lacrimosa e os conflitos com a imagem da cratera cheia de vinho num expediente retórico que visa mostrar a inadequação desse tipo de poesia a uma ocasião tão rica de felicidade.

Em seguida, os próximos dois versos afirmam o tipo de poesia e de humor que é necessário ter junto à cratera: aquele que sabe misturar os dons das Musas (a poesia) ao dom de Afrodite (o amor), consciente do melhor estado de espírito para a ocasião. Diferentemente da primeira imagem, onde apareciam, de um lado, guerra e altercações e, de outro, a cratera cheia de vinho, de modo inconciliável, nessa segunda imagem reina a noção de mistura, expressa pelo verbo "συμμίγνυμι" ("misturar junto"), que denota tanto uma mistura de líquidos quanto o convívio entre pessoas. Pela mistura dos dons das Musas com o de Afrodite, evoca-se também a mistura da água com o vinho na cratera, a mistura dos convivas entre si, e, de modo geral, a noção de harmonia pelas partes se constituindo num todo coeso, em contraste ao todo desconjuntado dos primeiros versos.

Fr. Eleg. 3

τί μοι τῶν ἀγκυλοτόξων
† φιλοκιμέρων καὶ Σκυθέων † μέλει;

por que, meu amigo, eu iria importar-me
com os cimérios e seus arcos recurvos e os citas?

COMENTÁRIO

Este fragmento elegíaco é mencionado em um escólio ao verso 294 do canto VIII da *Odisseia*, no qual se fala justamente dos citas. Isso deu ensejo ao escoliasta para dizer que também Anacreonte mencionava o fato de esse povo ser beligerante.

O primeiro verso encontra-se incompleto e o segundo tem o texto nitidamente corrompido de modo que não se encaixa na métrica.

Fr. Eleg. 4

οἰνοπότης δὲ πεποίημαι

e eu me tornei dos que bebem do vinho

COMENTÁRIO

Este verso elegíaco fragmentário é citado por Ateneu sem demais considerações a seu respeito, apenas por um interesse pelo termo "οἰνοπότης" ("bebedor de vinho"), que aparecera antes no fragmento 455 na forma feminina, "οἰνοπότις", segundo o *Vocabulário* de Pólux.

Fr. Eleg. 5

Θρηϊκίης <πώλου> ἐπιστρέφομαι

torno a atenção para a potranca da trácia

COMENTÁRIO

Este fragmento de um verso elegíaco é citado por Longino. É incerto se o termo "trácia", no verso, faria menção à potranca do fragmento 417. Contudo, o suplemento "πώλου", sugerido por Bergk, não só faz sentido e dialoga com o fragmento mencionado, mas também se encaixa perfeitamente na métrica caso o trecho pertencesse a um "pentâmetro" elegíaco, com o ditongo final de "πώλου" se tornando breve pela união com a vogal que inicia a palavra seguinte:

```
     _ ⏗  _ ⏑ ⏑ _  _ ⏑ ⏑  _  ⏑ ⏑ _
< _ ⏗ >  Θρηϊκίης <πώλου> ἐπιστρέφομαι
```

Fr. Eleg. 5A

τὴν γὰρ Ἀνακρείοντος ἐνὶ πραπίδεσσι φυλάσσω
παρφασίην ὅτι δεῖ φροντίδα μὴ κατέχειν.

Pois eu resguardo na mente o conselho de Anacreonte
de não devermos manter preocupações junto a nós.

COMENTÁRIO

Este dístico aparece na *Antologia Palatina* como sendo de autoria de Macedônio, o cônsul. David Campbell[42] sugere que o segundo verso não seja uma citação direta de Anacreonte, mas sim reflita uma referência aos poemas das *Anacreônticas*, onde repetidas vezes se exorta o leitor a esquecer seus problemas. Conquanto isso seja uma hipótese aceitável, é também possível pensar que esses próprios poemas das *Anacreônticas* refletissem um *tópos* já presente em Anacreonte, em textos que se perderam para nós, mas a que o poeta em questão tivesse tido acesso numa fonte primária de onde beberam os anônimos das *Anacreônticas*.

---

[42] David A. Campbell, *Greek Lyric II*, *op. cit.*, p. 149, nota 1.

Fr. 100D

Ἀβδήρων προθανόντα τὸν αἰνοβίην Ἀγάθωνα
   πᾶσ' ἐπὶ πυρκαϊῆς ἥδ' ἐβόησε πόλις·
οὔ τινα γὰρ τοιόνδε νέων ὁ φιλαίματος Ἄρης
   ἠνάρισε στυγερῆς ἐν στροφάλιγγι μάχης.

Ágaton forte, o varão que morreu em defesa de Abdera,
   foi lamentado ao redor de sua pira por todos,
pois no volver da batalha odiosa o amante do sangue,
   Ares, jamais abateu jovem algum como ele.

COMENTÁRIO

Nesta elegia fúnebre, talvez intencionada como um epitáfio, é notável o posicionamento dos nomes próprios ao longo do poema: no primeiro verso, vê-se o nome do elogiado, Ágaton, bem como o de sua cidade, Abdera, ocupando as posições inicial e final, de modo a serem destacados; o mesmo ocorre adiante com Ares. A relação desses nomes é reforçada tanto mais por serem todos iniciados pela mesma vogal, como que dividindo um destino comum: Ágaton viveu por Abdera e por Abdera morreu na tarefa de Ares.

Os dois primeiros versos, que caracterizam e descrevem Ágaton sendo lamentado com gritos ao redor da pira, possui uma aliteração de plosivas que o tornam ainda mais marcante ("Ἀβδήρων", "προθανόντα", "αἰνοβίην", "πᾶσ'", "ἐπὶ", "πυρκαϊῆς", "ἐβόησε", "πόλις").

É preciso notar ainda as rimas internas e externas: o final do primeiro hemistíquio do segundo verso ("πυρκαϊῆς") rima com o do quarto ("στυγερῆς") e ambos ainda rimam com o final do terceiro ("Ἄρης") e do quarto verso ("μάχης").

Fr. 101D

κάρτερος ἐν πολέμοις Τιμόκριτος, οὗ τόδε σᾶμα·
  Ἄρης δ' οὐκ ἀγαθῶν φείδεται ἀλλὰ κακῶν.

Este sepulcro pertence a Timócrito, forte na guerra:
  Ares não poupa varões bravos, mas sim os covardes.

COMENTÁRIO

Neste poema fúnebre, nota-se a oposição entre os destinos dos homens valorosos e dos homens sem valor. Esse contraste se marca acentuadamente pelos vocábulos que iniciam e terminam o poema: "κάρτερος" ("forte") e "κακῶν" ("dos vis"), estando esse último ainda em contraste com o termo no final do primeiro hemistíquio de seu verso, "ἀγαθῶν" ("dos bons").

Para caracterizar o elogiado, o poeta ainda escolheu um vocábulo composto de sons semelhantes ao de seu nome, marcado pelos sons de /k/, /t/ e /r/ ("κάρτερος ... Τιμόκριτος").

Fr. 102D

καὶ σέ, Κλεηνορίδη, πόθος ὤλεσε πατρίδος αἴης
    θαρσήσαντα νότου λαίλαπι χειμερίῃ·
ὥρη γάρ σε πέδησεν ἀνέγγυος, ὑγρὰ δὲ τὴν σὴν
    κύματ' ἀφ' ἱμερτὴν ἔκλυσεν ἡλικίην.

Foste, Cleenórides, morto por tua saudade da pátria,
    dando-te ao vento do sul, Noto, de sopro invernal,
visto que um tempo inconstante prendeu-te e as úmidas ondas
    foram lavar-te, por fim, a juventude adorável.

COMENTÁRIO

O presente epitáfio ou lamento fúnebre apresenta a história da morte de seu elogiado, perdido num naufrágio ao voltar para sua terra pátria, o tipo mais terrível de morte para os gregos, visto que o corpo para sempre permaneceria insepulto no mar, sem poder receber os devidos ritos fúnebres. De modo eufemístico, sua morte é apresentada como as ondas do mar lavando sua adorável juventude.

A sonoridade final do nome "Κλεηνορίδη", posta ao final do primeiro hemistíquio do primeiro verso, recupera-se no final de cada verso ("αἴης", "χειμερίῃ", "σην", "ἡλικίην") e ainda no final do primeiro hemistíquio do último verso ("ἱμερτὴν").

Fr. 103D

πρὶν μὲν Καλλιτέλης ἱδρύσατο, τόνδε δ' ἐκείνου
 ἔγγονοι ἐστήσανθ', οἷς χάριν ἀντιδίδου.

Fora Calíteles quem te pusera aqui antes e agora
 foram seus netos, ao quais — peço — concede tua graça.

COMENTÁRIO

Esta inscrição fora feita em uma herma (um busto de Hermes sobre um pilar ornado geralmente com um falo, disposto em estradas, encruzilhadas e entradas de edifícios para proteção contra o mal), indicando que o objeto havia sido posto lá pelo avô daqueles que encomendaram os versos inscritos em prece ao deus.

Fr. 104D

οὗτος Φειδόλα ἵππος ἀπ' εὐρυχόροιο Κορίνθου
  ἄγκειται Κρονίδᾳ, μνᾶμα ποδῶν ἀρετᾶς.

Dá-se o cavalo de Fídolas, vindo da vasta Corinto,
  ao que de Crono nasceu, pela excelência dos pés.

COMENTÁRIO

Este epigrama acompanhava a oferenda votiva em celebração à vitória olímpica dos filhos de Fídolas na corrida de cavalos em 508 a.C., como informa Pausânias (6.13.9).

Campbell[43] aponta para o uso do dialeto dórico no poema, vendo nisso não uma impossibilidade de que Anacreonte tenha sido o autor dos versos, mas sim uma adequação à própria linguagem dos clientes coríntios.

---

[43] David A. Campbell, *Greek Lyric II*, *op. cit.*, p. 153, nota 1.

Fr. 105D

Τελλίᾳ ἱμερόεντα βίον πόρε, Μαιάδος υἱέ,
    ἀντ' ἐρατῶν δώρων τῶνδε χάριν θέμενος·
δὸς δέ μιν εὐθυδίκων Εὐωνυμέων ἐνὶ δήμῳ
    ναίειν αἰῶνος μοῖραν ἔχοντ' ἀγαθήν.

Filho de Maia, concede uma vida adorável a Télias
    em gratidão pelos dons que ele te dá, tão amáveis.
Entre os varões, que em Evônimo têm julgamento correto,
    dá-lhe por fim habitar, tendo uma boa fortuna.

COMENTÁRIO

Apesar de ser atribuído a Anacreonte, Campbell[44] questiona a autoria do poema em vista de que se conhece um Télias de Evônimo, um demo da Ática, a partir de uma inscrição datada do ano 325 a.C.

O poema se constrói como uma prece a Hermes, pedindo-lhe seu favor em troca das oferendas que se fazem. O nome do demo de origem do favorecido aparece de modo elaborado e laudatório, como parte da oração que se faz, em que se pede que Télias possa habitar em Evônimo com boa moira.

---

[44] David A. Campbell, *Greek Lyric II*, *op. cit.*, p. 155, nota 1.

Fr. 106D

εὔχεο Τιμώνακτι θεῶν κήρυκα γενέσθαι
    ἤπιον, ὅς μ' ἐρατοῖς ἀγλαΐην προθύροις
Ἑρμῇ τε κρείοντι καθέσσατο· τὸν δ' ἐθέλοντα
    ἀστῶν καὶ ξείνων γυμνασίῳ δέχομαι.

Peço que seja gentil com Timônax o arauto dos deuses,
    com quem me pôs pra adornar este adorável frontal
e celebrar lorde Hermes. Eu dou boas-vindas a quem
    este ginásio adentrar, seja estrangeiro ou da casa.

COMENTÁRIO

Estes versos foram inscritos sobre uma herma, de modo a pedir que cada transeunte que por ela passasse fizesse uma prece em favor de Timônax, responsável pela confecção da peça. O poema, com isso, não só estabelece quem foi o autor da benfeitoria, mas também indica o modo pelo qual ele deve ser honrado e recompensado pelo seu gesto: com a graça de Hermes.

Fr. 107D

σάν τε χάριν, Διόνυσε, καὶ ἀγλαὸν ἄστεϊ κόσμον
Θεσσαλίας μ' ἀνέθηκ' ἀρχὸς Ἐχεκρατίδας.

Pra agradecer-te, Dioniso, e adornar a cidade fui posto
por Equecrátidas que sobre a Tessália governa.

COMENTÁRIO

O aspecto diminuto do epigrama não deve ser visto como índice de pequenez, mas sim de habilidade do poeta em apresentar, do modo mais conciso possível, todas as informações relevantes à peça sobre a qual o poema foi inscrito: o nome do autor, sua posição social, sua terra natal, a razão da dádiva e a divindade a quem ela se dá. Como se trata de uma inscrição sobre uma obra de arte, muitas vezes a brevidade não só é preferível, mas necessária.

Fr. 108D

Πρηξιδίκη μὲν ἔρεξεν, ἐβούλευσεν δὲ Δύσηρις,
εἷμα τόδε· ξυνὴ δ' ἀμφοτέρων σοφίη.

Díseris fez o projeto e quem o executou foi Praxídice
deste vestido, junção de ambas em arte conjunta.

COMENTÁRIO

O mais notável a respeito desses versos é o modo com que o poeta foi capaz de colocar os dois nomes relevantes do poema em posições de destaque, no início e no final do primeiro verso. Em segundo lugar, pode-se destacar, como no fragmento anterior, a habilidade em expor o assunto de modo sucinto e elegante.

Díseris, que se menciona logo de início, era a esposa de Equecrátidas, visto no fragmento 107D.

Fr. 109D

παιδὶ φιλοστεφάνῳ Σεμέλας ἀνέθηκε Μέλανθος
    μνᾶμα χοροῦ νίκας, υἱὸς Ἀρηιφίλου.

Deu-me ao rebento de Sêmele que ama guirlandas Melanto
    quando seu coro venceu, filho do pai Areífilo.

COMENTÁRIO

Neste epigrama, Dioniso é referido perifrasticamente como "o rebento de Sêmele" ao se lhe dedicarem os versos e a oferenda em que estavam inscritos. O poeta mantém novamente os nomes dos interessados em posição de destaque, ainda que, para isso, tenha tido de separar "Melanto" do seu aposto, "filho de Areífilo".

Campbell[45] sugere que a vitória mencionada possa ter sido durante uma competição de ditirambos em honra a Dioniso.

Aqui também se nota um doricismo na variação vocálica de "μνῆμα" para "μνᾶμα", indicando que o Melanto mencionado provavelmente fosse de origem dória.

---

[45] David A. Campbell, *Greek Lyric II*, *op. cit.*, p. 157, nota 2.

Fr. 110D

πρόφρων, Ἀργυρότοξε, δίδου χάριν Αἰσχύλου υἱῷ
  Ναυκράτει, εὐχωλὰς τάσδ' ὑποδεξάμενος.

Lorde do arco de prata, confere tua graça pra Náucrates,
  filho de Ésquilo pai, esta oferenda aceitando.

COMENTÁRIO

Os versos foram compostos em favor de Náucrates, para serem postos sobre uma oferenda votiva não-especificada para Apolo, a quem o poema interpela como "Lorde do arco de prata". Vê-se novamente a importância de mencionar a filiação do sujeito interessado, a fim de estabelecer sua estirpe e identidade.

Fr. 111D

ῥυσαμένα Πύθωνα δυσαχέος ἐκ πολέμοιο
    ἀσπὶς Ἀθηναίης ἐν τεμένει κρέμαται.

Píton salvou-se do estrondo da guerra por conta do escudo
    que na parede se vê do santuário de Atena.

COMENTÁRIO

Neste epigrama, há um curioso uso da forma épica "πολέμοιο" para o genitivo de "πόλεμος" ("guerra"), certamente para aumentar o aspecto heroico do indivíduo em questão e de seus feitos bélicos. A brevidade em explorar o tema talvez seja o único grande mérito deste epigrama, que não se destaca por nenhuma outra característica muito relevante.

Fr. 112D

Πραξαγόρας τάδε δῶρα θεοῖς ἀνέθηκε, Λυκαίου
υἱός, ἐποίησεν δ' ἔργον Ἀναξαγόρας.

Para os divinos, Praxágoras, o de Licáon, dispôs
estes presentes. O autor de sua arte: Anaxágoras.

COMENTÁRIO

Eis um exemplo de um epigrama extremamente conciso, onde se encontra apenas o interesse de gravar o nome dos indivíduos envolvidos na confecção e na dedicatória do objeto aos deuses. Não se deve pensar com isso, contudo, que isso seja uma falta de habilidade poética. Pelo contrário: é necessário engenhosidade para dar conta de tantas informações em tão pouco espaço, principalmente por conter três nomes, os quais muitas vezes são de difícil inclusão no metro. Não obstante, o poeta foi capaz não só de incluí-los todos, mas ainda colocá-los em posição de destaque no início ou no final de verso.

Fr. 113D

ἡ τὸν θύρσον ἔχουσ' Ἑλικωνιὰς ἥ τε παρ' αὐτὴν
    Ξανθίππη Γλαύκη τ' εἰς χορὸν ἐρχόμεναι
ἐξ ὄρεος χωρεῦσι, Διωνύσῳ δὲ φέρουσι
    κισσὸν καὶ σταφυλήν, πίονα καὶ χίμαρον.

Esta com tirso nas mãos é chamada Helicônia. Ao seu lado,
    vê-se Xantipa e depois Glauco, que vêm da montanha
para juntarem-se ao coro, trazendo de oferta a Dioniso
    uvas e hera e também um bodezinho gorducho.

COMENTÁRIO

Estes dísticos são de uma metatextualidade impressionante. Eles foram extraídos da *Antologia Palatina*, onde aparecem com a informação de terem sido versos votivos, postos sobre uma dedicação. Campbell[46] argumenta que deveriam ser na verdade a descrição de um quadro. As duas coisas, a meu ver, não são excludentes, mas sim complementares: os versos me parecem ser a descrição de um quadro, provavelmente postos no próprio quadro, que foi entregue em dedicação a Dioniso. Se for esse o caso, isso cria uma interrelação interessantíssima entre esses elementos, pois é provável, então, que o trio descrito (Helicônia, Xantipa e Glauco) fosse o autor da dedicação do quadro. Tem-se então um trio de pessoas dedicando um quadro que os mostra dedicando um bode a Dioniso e sobre esse quadro se tem ainda a descrição dessa dedicatória, num tríplice ato de oferenda.

---

[46] David A. Campbell, *Greek Lyric II*, *op. cit.*, p. 159, nota 1.

Fr. 114D & 115D

βουκόλε, τὰν ἀγέλαν πόρρω νέμε, μὴ τὸ Μύρωνος
 βοίδιον ὡς ἔμπινουν βουσὶ συνεξελάσῃς.

βοίδιον οὐ χοάνοις τετυπωμένον, ἀλλ' ὑπὸ γήρως
 χαλκωθὲν σφετέρῃ ψεύσατο χειρὶ Μύρων.

Leva, pastor, o rebanho pra longe daqui por temor
 de confundires por teu este bezerro de Míron.

Este bezerro jamais foi moldado, mas sim de tão velho
 fez-se de bronze e depois Míron fingiu ser o artífice.

COMENTÁRIO

Este par de dísticos foi inscrito sobre estátuas de bezerros de bronze, produzidas por Míron. A presença das inscrições pode ter sido simplesmente uma marca de autoria, como também um indício de terem sido oferecidos ao templo de algum deus, deixando-se então anotado quem foi o autor da oferenda.

A beleza e perfeição das estátuas é louvada nas duas ocasiões. Na primeira, o elogio se faz pelo contraste com bezerros vivos, entre os quais a estátua pode ser confundida. Em seguida, no segundo dístico, novamente de modo inteligente e humoroso, louva-se a perfeição da estátua dizendo-se que o bezerro não era uma confecção humana, mas sim que se tornou brônzeo de tão velho e Míron fingiu ser seu criador.

No primeiro dístico, é perceptível uma repetição de termos iniciados por /b/, em posição de destaque no início dos hemistíquios, cuja aliteração plosiva se completa ainda com algumas palavras em que se verifica o som de /p/ ("βουκόλε", "πόρρω", "βοίδιον", "ἔμπινουν", "βουσὶ").

Já o segundo dístico se constrói sonoramente pela repetição das velares /g/ e /kh/ ("χοάνοις", "γήρως", "χαλκωθὲν", "χειρὶ").

Parte II
Anacreônticas

1

Ἀνακρέων ἰδών με
ὁ Τήιος μελῳδὸς
ὄναρ λέγων προσεῖπεν,
κἀγὼ δραμὼν πρὸς αὐτὸν
5 περιπλάκην φιλήσας.
γέρων μὲν ἦν, καλὸς δέ,
καλὸς δὲ καὶ φίλευνος·
τὸ χεῖλος ὦζεν οἴνου,
τρέμοντα δ' αὐτὸν ἤδη
10 Ἔρως ἐχειραγώγει.
ὁ δ' ἐξελὼν καρήνου
ἐμοὶ στέφος δίδωσι·
τὸ δ' ὦζ' Ἀνακρέοντος.
ἐγὼ δ' ὁ μωρὸς ἄρας
15 ἐδησάμην μετώπῳ·
καὶ δῆθεν ἄχρι καὶ νῦν
ἔρωτος οὐ πέπαυμαι.

Anacreonte, o cantor
de Teos, me viu e falou
comigo num dos meus sonhos.
Corri em sua direção,
abracei-o e beijei-o,
pois mesmo velho era belo
e além de belo, amoroso,
cheirando a vinho nos lábios.
E visto que ele tremia
o Amor tomava a sua mão.
Depois me deu a guirlanda
que tinha sobre a cabeça:
cheirava a Anacreonte.
Eu, tolo, então a aceitei:
ergui-a e a pus sobre a testa.
E desde então nunca mais
cessei de me apaixonar.

COMENTÁRIO

Como mencionado na introdução, este poema inaugural das *Anacreônticas* é muito significativo enquanto ícone da temática e do *modus operandi* do *corpus*. De modo geral, o intuito desses poemas parece ser justamente o descrito nos versos: celebrar a figura de Anacreonte, seja por estar em sua companhia, por agir a seu modo, ou por passar-se pelo próprio.

É notável a presença da guirlanda como uma espécie de indumentária para os mistérios de Dioniso, Eros e Afrodite, a tríade de deuses mais caros a esses poemas. Nesse sentido, o poema é instrumental em mostrar como, ao vestir a guirlanda, o eu-lírico se cobre também com o imaginário referente a esses deuses e passa a participar nas suas esferas de atuação.

Os versos foram compostos em hemiambos e traduzidos aqui por redondilhas maiores que buscam se iniciar de modo jâmbico (com acentos na segunda e na quarta sílaba), para em seguida terminar com o acento final na sétima sílaba, numa tentativa de imitar a quebra rítmica que ocorre no verso grego ($\smile - \smile - \smile - \times$).

2

δότε μοι λύρην Ὁμήρου
φονίης ἄνευθε χορδῆς,
φέρε μοι κύπελλα θεσμῶν,
φέρε μοι νόμους κεράσσας,
5 μεθύων ὅπως χορεύσω,
ὑπὸ σώφρονος δὲ λύσσης
μετὰ βαρβίτων ἀείδων
τὸ παροίνιον βοήσω.
δότε μοι λύρην Ὁμήρου
10 φονίης ἄνευθε χορδῆς.

Dá-me a lira de Homero
sem a corda de assassínio.
Traz-me as taças dos costumes,
traz-me as leis mescladas nelas,
pra que eu dance embriagado
com sensata insanidade
e acompanhe a lira em canto,
entoando o som do vinho.
Dá-me a lira de Homero
sem a corda de assassínio.

COMENTÁRIO

Quanto ao tema, os versos são bastante simples: o poeta almeja a excelência de composição de Homero, mas não a matéria de seus poemas, em detrimento da qual ele elege a temática dionisíaca como motivo de seu canto. Apesar da simplicidade do tema, o pedido do eu-lírico é feito com certa mestria a partir da imagem alegórica da lira de Homero, cuja corda de assassínio o poeta recusa.

O pedido para que se mesclem as leis junto à bebida, como mencionado na introdução, pode ser compreendido do ponto de vista de uma moderação no tocante à bebida. Isso iria ao encontro do que se vê no fragmento 356 (b) de Anacreonte, onde o poeta diz a seus amigos para não continuarem bebendo como bárbaros, mas sim moderadamente e com hinos. Por outro lado, na próxima *Anacreôntica*, a de número 3, veremos o uso de "νόμος" para se referir à lei ou ao costume dos amantes, de forma que não fica claro qual seria o tipo de lei que o poeta deseja misturada à sua bebida aqui.[1]

O poema possui um ritmo ininterrupto que se configura a partir de dímetros coriâmbicos com anáclase, como visto na introdução, onde também se exemplifica o método escolhido para uma tradução que procura imitar esse ritmo.

---

[1] Uma ótima solução é a que me sugeriu Guilherme Gontijo Flores: os "νόμοι" poderiam, aqui, ser o termo técnico musical que designava melodias tradicionais, conforme o §6 do *Peri Mousikēs* de Plutarco: "Em geral, a citarodia do tempo de Terpandro e até a época de Frinis continuou a ser completamente simples. Pois antigamente não era permitido compor as citarodias como hoje em dia, nem modular as harmonias e os ritmos. Pois em cada nomo era observada a entonação apropriada a cada um e por isso tinham esse nome: foram chamados nomos porque não era permitido violar a forma aceita da entonação para cada um". Cf. Roosevelt Araújo da Rocha Junior, *O "Peri Mousikēs" de Plutarco: tradução, comentários e notas*, tese de doutorado, Campinas, Unicamp, 2007.

3

ἄγε, ζωγράφων ἄριστε,
λυρικῆς ἄκουε Μούσης·
γράφε τὰς πόλεις τὸ πρῶτον
ἱλαράς τε καὶ γελώσας,
5 † φιλοπαίγμονάς ἐναύλους· †
ὁ δὲ κηρὸς ἂν δύναιτο,
γράφε καὶ νόμους φιλούντων.

Vinde, mestres dos pintores,
e escutai a Musa à lira:
desenhai primeiro as pólis,
jubilosas e risonhas,
com bacantes brincalhonas
carregando flautas duplas.
Caso ao fim vos sobre tinta,
desenhai o amor em curso.

COMENTÁRIO

Este é o primeiro dos vários poemas das *Anacreônticas* em que se interpela um pintor, escultor ou artífice, ou em que simplesmente se fala de alguma pintura, escultura ou alguma outra obra de arte de outro tipo. Usei a segunda pessoa do plural em vez da primeira em vista de que me pareceu soar melhor e se adaptar mais adequadamente ao metro. Vale notar que esse tipo de troca, do plural para o singular e vice-versa, também é muito comum não só nestes poemas mas na lírica grega em geral.

O ritmo do poema é idêntico ao anterior e empreguei a mesma solução na tradução.

4

τὸν ἄργυρον τορεύων
Ἥφαιστέ μοι ποίησον
πανοπλίαν μὲν οὐχί·
τί γὰρ μάχαισι κἀμοί;
5 ποτήριον δὲ κοῖλον
ὅσον δύνῃ βαθύνας.
ποίει δέ μοι κατ' αὐτοῦ
μήτ' ἄστρα μήτ' Ἅμαξαν,
μὴ στυγνὸν Ὠρίωνα.
10 τί Πλειάδων μέλει μοι,
τί γὰρ καλοῦ Βοώτου;
ποίησον ἀμπέλους μοι
καὶ βότρυας κατ' αὐτῶν
καὶ μαινάδας τρυγώσας,
15 ποίει δὲ ληνὸν οἴνου,
ληνοβάτας πατοῦντας,
τοὺς σατύρους γελῶντας
καὶ χρυσοῦς τοὺς Ἔρωτας
καὶ Κυθέρην γελῶσαν
20 ὁμοῦ καλῷ Λυαίῳ,
Ἔρωτα κἀφροδίτην.

Trabalha a tua prata,
Hefesto, e uma armadura
pra mim não faças, não.
Que tenho a ver com lutas?
Mas antes faz-me um copo
tão fundo quanto der.
Não ponhas nele, entanto,
estrelas: nem a Ursa
nem Órion brilhante.
Por que me importariam
as Plêiades, Boieiro?
Põe vinhas para mim
com cachos de uva nelas
e Bacas que as recolham.
Põe homens amassando
as uvas com seus pés
e sátiros que riem
e Amores feitos d'ouro
e o riso da Citéria
e de Lieu formoso
e de Eros e Afrodite.

COMENTÁRIO

Tomei a liberdade de usar "Citéria", nas traduções das *Anacreônticas*, em vez de "Citereia", como geralmente se faz, em virtude do primeiro termo ser mais fácil de manusear dentro de metros tão curtos. Lieu é outro nome (mais tardio) para Dioniso.

O poema tem um motivo bem específico: a celebração do universo báquico em detrimento do universo da guerra. O primeiro pedido, feito a Hefesto, o deus artífice, é interessante porque a palavra de negação ("οὐχί") só ocorre como último elemento no grego:

> τὸν ἄργυρον τορεύων
> Ἥφαιστέ μοι ποίησον
> πανοπλίαν μὲν οὐχί·

Desse modo, antes de se chegar ao final do terceiro verso, tem-se a impressão de que o poeta está pedindo justamente o oposto do que realmente quer. Assim, a negação final aparece como algo inesperado, com um forte efeito retórico. Em seguida, ele pede que Hefesto lhe produza uma taça, mas novamente nega outro campo de atuação humano, o do conhecimento da astronomia. É curioso notar como, apesar de o eu-lírico expressar um desinteresse em estrelas e astros, ele se mostra sabedor dos nomes das constelações.[2] Essa negação dos astros e estrelas pode ser vista da mesma maneira como a negação do âmbito da guerra: o poeta não quer nem um poema marcial, nem um poema sobre assuntos científicos ou metafísicos (entendendo-se a referência celeste como um símbolo para a estrutura do cosmo), mas sim um poema sobre o gozo do vinho e do amor.

O poema é escrito em hemiambos, como o primeiro da coletânea. Nesta tradução, contudo, optei por hexassílabos, porque pareceram se adequar melhor ao conteúdo do texto.

---

[2] A Astronomia, na Antiguidade, já era matéria de grande interesse aos intelectuais. Vide a importância e a apreciação conferida aos *Fenômenos* de Arato, um poema hexamétrico que descrevia, em verso, o conteúdo de um tratado de Astronomia. Foi recentemente traduzido por um conjunto de alunos e professores da UFRGS. Cf. José Carlos Bacarat Júnior (org.), "Arato, *Fenômenos*", *Cadernos de Tradução*, Porto Alegre, UFRGS, nº 38, jan.-jun., 2016.

5

καλλιτέχνα, τόρευσον
ἔαρος κύπελλον ἤδη·
τὰ πρῶτ' ἡμῖν τὰ τερπνὰ
ῥόδα φέρουσιν Ὧραι·
5 ἀργύρεον δ' ἁπλώσας
ποτὸν ποίει μοι τερπνόν.
τῶν τελετῶν παραινῶ
μὴ ξένον μοι τορεύσῃς,
μὴ φευκτὸν ἱστόρημα·
10 μᾶλλον ποίει Διὸς γόνον,
Βάκχον Εὔιον ἡμῖν.
μύστις νάματος ἦ Κύπρις
ὑμεναίους κροτοῦσα·
χάρασσ' Ἔρωτας ἀνόπλους
15 καὶ Χάριτας γελώσας·
ὑπ' ἄμπελον εὐπέταλον·
εὐβότρυον κομῶσαν
σύναπτε κούρους εὐπρεπεῖς,
ἂν μὴ Φοῖβος ἀθύρῃ.

Belo artesão, forja pra mim
uma taça primaveril!
As Horas trazem as primeiras
rosas pra nós, encantadoras!
Martela fina a prata e faz
também meu drinque encantador!
Dos ritos, eu te solicito:
não graves algo do estrangeiro —
nenhuma história detestável.
Mas antes algo sobre o filho
de Zeus: um conto de Évio, Baco.
Põe Cípris lá, batendo palmas,
marcando o tempo do himeneu.
Entalha Amores desarmados
e as Graças a sorrir e rir.
Sob uma vinha bem folhada,
coberta em cachos bem fornidos,
coloca jovens bem formosos,
mas não se Febo brinca lá.

COMENTÁRIO

Assim como vimos no poema anterior, neste também se interpela um artesão a fim de pedir a manufatura de uma taça. O teor é praticamente o mesmo: o poeta não deseja nenhuma "história detestável" como ornamento para sua taça, mas sim temas dionisíacos e aparentemente desprovidos de um amor sexual, o que se pode apreender a partir dos "Amores desarmados" (ou seja, sem a capacidade de despertar a paixão com suas flechas) e pelo desejo de que os jovens formosos, ao fim do poema, não estejam perto de Apolo (um deus com uma longa lista de amados masculinos na mitologia).

Este é o primeiro poema do *corpus* em que aparece a recorrente figura da rosa, como um símbolo do viço da juventude, da beleza e do amor. Veremos a rosa aparecer relacionada a três ocasiões específicas: à primavera (5, 44, 46 e 55), à confecção de guirlandas (8, 32, 43 e 44, 55) e como parte de um jardim onde ocorre alguma história (6 e 35). Note-se que há duas *Anacreônticas* (a 44 e a 55) exclusivamente dedicadas ao tema das rosas.

Do ponto de vista métrico, a prosódia, como notado por Campbell,[3] é bastante rudimentar. São dímetros cataléticos com mais liberdade interna do que se poderia esperar, a ponto de parecerem mal acabados. Na tradução, usei um ritmo predominantemente jâmbico com oito sílabas.

---

[3] David A. Campbell, *Greek Lyric II*, *op. cit.*, p. 169, nota 3.

6

   στέφος πλέκων ποτ' εὗρον
   ἐν τοῖς ῥόδοις Ἔρωτα,
   καὶ τῶν πτερῶν κατασχὼν
   ἐβάπτισ' εἰς τὸν οἶνον,
5 λαβὼν δ' ἔπινον αὐτόν·
   καὶ νῦν ἔσω μελῶν μου
   πτεροῖσι γαργαλίζει.

Trançando uma guirlanda um dia
achei Amor em meio às rosas.
Então, peguei-o pelas asas
e mergulhando-o no meu vinho,
Amor e vinho eu ingeri.
Porém agora as suas asas
me fazem cócegas por dentro.

COMENTÁRIO

Novamente se vê a rosa em união à temática amorosa. É em meio a elas que o Amor surge. De modo simbólico, podemos entender essa informação do surgimento do Amor "em meio às rosas" como sendo "em meio à beleza e/ou em meio ao viço da juventude". Essa teofania de Eros ocorre enquanto o eu-lírico trança uma guirlanda, a qual, quando vestida, como vimos, representa nas *Anacreônticas* o índice material de um indivíduo em culto a Baco e aos Amores. Nesse sentido, "trançar uma guirlanda" passa a ser compreendido como "preparar-se para honrar Dioniso, Eros e Afrodite", ou talvez, mais pedestremente, como "estar à procura de um amante". A ingestão de Eros junto ao vinho é bastante sugestiva: o Amor invade o eu-lírico tendo o vinho como veículo de entrada. O resultado final é uma inquietação na barriga, como se alguém lhe fizesse cócegas por dentro.

Quanto à métrica, os versos são hemiâmbicos. Traduzi-os com versos jâmbicos de oito sílabas.

7

λέγουσιν αἱ γυναῖκες·
«Ἀνάκρεον, γέρων εἶ·
λαβὼν ἔσοπτρον ἄθρει
κόμας μὲν οὐκέτ' οὔσας,
5 ψιλὸν δέ σευ μέτωπον.»
ἐγὼ δὲ τὰς κόμας μέν,
εἴτ' εἰσὶν εἴτ' ἀπῆλθον,
οὐκ οἶδα· τοῦτο δ' οἶδα,
ὡς τῷ γέροντι μᾶλλον
10 πρέπει τὸ τερπνὰ παίζειν,
ὅσῳ πέλας τὰ Μοίρης.

As moças sempre dizem:
"Anacreonte, és velho!
Vai ver nalgum espelho:
já foi o teu cabelo,
tua testa está pelada!"
Não sei se meu cabelo
se foi ou permanece,
mas sei é que conforme
a Moira se aproxima
é mais apropriado
que o velho se divirta.

COMENTÁRIO

O poema se insere no rol daqueles que tratam da figura de Anacreonte como um velho boêmio e amoroso. O eu-lírico, neste caso, é o próprio poeta de Teos, que relata como as moças questionam continuamente se seria adequado um idoso levar um modo de vida tão efervescente. O questionamento é rebatido logo depois, sob a afirmação de que justamente ao idoso, que tem menos tempo a seu dispor (apresentado pela proximidade da Moira), é mais adequado viver ao máximo os prazeres da vida.

Os versos são hemiâmbicos e foram traduzidos usando hexassílabos.

8

οὔ μοι μέλει τὰ Γύγεω,
τοῦ Σάρδεων ἄνακτος·
οὐδ' εἷλέ πώ με ζῆλος,
οὐδὲ φθονῶ τυράννοις.
5 ἐμοὶ μέλει μύροισιν
καταβρέχειν ὑπήνην,
ἐμοὶ μέλει ῥόδοισιν
καταστέφειν κάρηνα·
τὸ σήμερον μέλει μοι,
10 τὸ δ' αὔριον τίς οἶδεν;
ὡς οὖν ἔτ' εὔδι' ἔστιν,
καὶ πῖνε καὶ κύβευε
καὶ σπένδε τῷ Λυαίῳ,
μὴ νοῦσος, ἤν τις ἔλθῃ,
15 λέγῃ, 'σὲ μὴ δεῖ πίνειν.'

Não me importa a fortuna
de Giges, rei de Sardes.
Eu nunca o invejei,
nem a nenhum tirano.
Importa-me molhar
a barba com perfume.
Importa-me cingir
com rosas a cabeça.
O agora é o que me importa.
Quem sabe o amanhã?
Enquanto o tempo é bom,
portanto, bebe e brinca,
libando pra Lieu.
Não chegue uma doença
e diga: "Já não podes."

COMENTÁRIO

O poema de número 8 das *Anacreônicas* é talvez o exemplo mais famoso da temática de *carpe diem* dentro do *corpus*. Logo nos primeiros versos, há uma menção à figura de Giges, um lendário rei da Lídia que, segundo Heródoto, teria subido ao poder após matar Candaules, o antigo rei, de quem era guarda-costas. Esse assassinato teria ocorrido como resultado de uma escolha que Giges foi forçado a fazer por coação da rainha: ou ele matava a si mesmo ou matava Candaules e a desposava. A razão dessa difícil escolha teria sido a seguinte: Candaules, louco de paixão pela rainha, acreditava que ela era a mais bela mulher do mundo. Confessando essa paixão desmedida a Giges, ele insistia em explicar quão bela ela era, mas julgava que Giges não compreendia a grandeza dessa beleza. Por isso, forçou o guarda-costas a se esconder no quarto real à noite, para vê-la se despir quando viesse para o leito. Giges fez o ordenado e, tendo a visto nua, saiu discretamente, porém não sem ser notado pela rainha, que no dia seguinte o coagiu a tomar alguma das duas decisões possíveis. Assim, com o auxílio da rainha, Giges assassinou seu antigo mestre e se tornou senhor de um reino extremamente rico. A riqueza dos lídios ficou ainda mais conhecida pelos gregos devido às lautas doações que Creso, um descendente de Giges, fez para o templo de Apolo em Delfos com o objetivo de ter o favor divino na guerra que planejava mover contra os persas. Sardes, mencionada no poema, era a capital da Lídia.

Após a menção a Giges, o eu-lírico diz nunca ter invejado nenhum tirano. Vale uma ressalva de que a ideia de "tirano" na Grécia não era necessariamente a de um líder cruel, mas sim a de um monarca com poder absoluto, que subiu ao poder não por direito de sangue, e sim por suas próprias mãos, e que podia muito bem ser amado e querido pela população. Esse foi de certa forma o caso de Pisístrato, cuja tirania em Atenas foi responsável por ações construtivas como a adoção do teatro e do ditirambo como formas de artes patrocinadas pelo estado, além do estabelecimento da primeira versão escrita da *Ilíada* e da *Odisseia* mediante um concurso de rapsodos, a fim de se escolher a mais bela versão desses poemas, para que fosse registrada.

Novamente, os versos originais são hemiâmbicos e foram traduzidos aqui por hexassílabos em português. O último verso possui uma mudança rítmica: em vez do báquio (∪ – –) final, tem-se um crético (– ∪ –):

∪ – ∪ – – ∪ –

λέγῃ, 'σὲ μὴ δεῖ πίνειν.'

9

ἄφες με, τοὺς θεούς σοι,
πιεῖν, πιεῖν ἀμυστί·
θέλω, θέλω μανῆναι.
ἐμαίνετ' Ἀλκμαίων τε
5 χὠ λευκόπους Ὀρέστης
τὰς μητέρας κτανόντες·
ἐγὼ δὲ μηδένα κτάς,
πιὼν δ' ἐρυθρὸν οἶνον
θέλω, θέλω μανῆναι.
10 ἐμαίνετ' Ἡρακλῆς πρὶν
δεινὴν κλονῶν φαρέτρην
καὶ τόξον Ἰφίτειον.
ἐμαίνετο πρὶν Αἴας
μετ' ἀσπίδος κραδαίνων
15 τὴν Ἕκτορος μάχαιραν·
ἐγὼ δ' ἔχων κύπελλον
καὶ στέμμα τοῦτο χαίτης,
οὐ τόξον, οὐ μάχαιραν,
θέλω, θέλω μανῆναι.

Permite-me, em nome dos deuses,
beber, beber sem respirar:
eu quero, eu quero enlouquecer.
Enlouquecera Alcmeão,
bem como Orestes pés-descalços
após matar a sua mãe.
Mas eu, bebendo o vinho rubro,
sem cometer assassinato,
eu quero, eu quero enlouquecer.
Enlouquecera Héracles
brandindo a sua terrível aljava
ao lado do arco de Ífito.
Enlouquecera também Ájax
ao manejar o seu escudo
e a espada que de Heitor ganhara.
Mas eu, tomando a minha taça
e com guirlandas nos cabelos,
não tendo arco nem espada,
eu quero, eu quero enlouquecer.

COMENTÁRIO

O poema se inicia com uma asserção do eu-lírico de seu desejo de beber sem parar e de enlouquecer. Em seguida, fala de várias personagens ilustres que foram tomadas pela loucura de modo terrível. As duas primeiras, Alcmeão e Orestes, enlouqueceram em virtude de terem matado, cada qual, sua mãe. Por conta disso, as Erínias os perseguem e os levam a uma febril insanidade. Em seguida, menciona-se Héracles, o qual também teve um surto de loucura (retratado em uma peça de Eurípides, *Héracles Enlouquecido*), por ação de sua madrasta. Em seu estado de insânia, Héracles mata a mulher e os próprios filhos, crendo que matava a família de seu inimigo, Euristeu, que o havia cumulado com os doze trabalhos. Por fim, fala-se de Ájax, o qual enlouqueceu de inveja quando as armas de Aquiles morto foram dadas a Odisseu e não a ele (o episódio é contado em detalhe na peça *Ájax* de Sófocles). Enlouquecido, ele ataca o gado que os aqueus haviam saqueado dos troianos, crendo que matava os próprios líderes aqueus. Ao compreender o ridículo do que fizera, num misto de vergonha e ódio, ele resolve tirar sua própria vida.

Após a menção de todos esses episódios de loucura destrutiva, o eu-lírico especifica que a loucura que ele deseja envolve guirlandas e uma taça de vinho, não arco e espada, para depois reiterar seu desejo de enlouquecer ao término do poema.

O esquema métrico do poema grego, novamente, é hemiâmbico. Neste caso, contudo, foi traduzido com octossílabos jâmbicos.

É preciso notar que o verso "Enlouquecera Héracles" não se escande pela metodologia de António Feliciano Castilho, em seu *Tratado de metrificação portuguesa* (Lisboa, Libraria Moré-Editora, 1874), segundo a qual se contam as sílabas poéticas até a última sílaba tônica. Segundo essa lógica, o verso teria seis sílabas. Entretanto, por uma aproximação com a rítmica antiga, assim como fez Guilherme Gontijo Flores em sua tese de doutoramento, aproveito também as sílabas após a última tônica como parte do andamento jâmbico: "enLOUqueCEra HÉraCLES", contando oito neste e em outros casos semelhantes. Cf. Guilherme Gontijo Flores, *Uma poesia de mosaicos nas* Odes *de Horácio* (tese de doutorado, São Paulo, USP, 2014).

10

τί σοι θέλεις ποιήσω,
τί σοι, λάλη χελιδόν;
τὰ ταρσά σευ τὰ κοῦφα
θέλεις λαβὼν ψαλίξω;
5 ἢ μᾶλλον ἔνδοθέν σευ
τὴν γλῶσσαν, ὡς ὁ Τηρεὺς
ἐκεῖνος, ἐκθερίζω;
τί μευ καλῶν ὀνείρων
ὑπορθρίαισι φωναῖς
10 ἀφήρπασας Βάθυλλον;

O que queres que eu te faça,
andorinha barulhenta?
Que eu encontre uma tesoura
e te corte as tuas asas?
Ou então do interior
da boca eu te arranque a língua
à maneira de Tereu?
Por que Bátilo levaste
para longe dos meus sonhos
com teu canto matinal?

COMENTÁRIO

O poema é bastante conciso, possuindo uma ideia simples e una, mas que só se revela completamente ao seu término. De início, o eu-lírico parece apenas aborrecido com o canto de uma andorinha e, por conta disso, ameaça de cortar-lhe as asas ou a língua. Só depois é que ficamos sabendo que o aborrecimento se justifica pelo fato de a andorinha tê-lo acordado dos sonhos que estava tendo com Bátilo. Como Bátilo era um dos mais famosos amados de Anacreonte, é possível que este poema seja um dos casos em que o poeta assume a identidade do poeta de Teos.

No decorrer do poema, quando o eu-lírico fala de cortar a língua da andorinha, é mencionada a figura de Tereu, uma figura lendária que, apaixonado pela cunhada, a teria violentado e, em seguida, cortado sua língua para que ela não fosse capaz de contar ao mundo o que havia ocorrido. Mais tarde, Tereu foi transformado em uma poupa e Filomena, sua cunhada, em andorinha.

Assim como a maioria dos poemas vistos até agora, este também foi composto em versos hemiâmbicos. Neste caso, porém, preferi traduzi-lo por redondilhas maiores e trocaicas, as quais se assemelham ao original só em número de sílabas.

11

Ἔρωτα κήρινόν τις
νεηνίης ἐπώλει·
ἐγὼ δέ οἱ παραστὰς
'πόσου θέλεις' ἔφην 'σοὶ
5 τὸ τευχθέν ἐκπρίωμαι;'
ὁ δ' εἶπε δωριάζων
'λάβ' αὐτόν, ὁππόσου λῇς.
ὅπως <δ'> ἂν ἐκμάθῃς πᾶν,
οὐκ εἰμὶ κηροτέχνας,
10 ἀλλ' οὐ θέλω συνοικεῖν
Ἔρωτι παντορέκτᾳ.'
'δὸς οὖν, δὸς αὐτὸν ἡμῖν
δραχμῆς, καλὸν σύνευνον.'
Ἔρως, σὺ δ' εὐθέως με
15 πύρωσον· εἰ δὲ μή, σὺ
κατὰ φλογὸς τακήσῃ.

Um jovem vendia uma estátua
do Amor esculpido na cera.
Parei junto dele e então
"Por quanto", lhe disse, "tu queres
vender o teu artesanato?"
Em Dório ele me respondeu:
"Por quanto quiseres pagar.
Pra bem da verdade, confesso:
nem sei trabalhar com a cera;
apenas não quero viver
ao lado do Amor, o vilão."
"Dá-me! Dá-me e toma uma dracma.
Será um consorte bonito."
Amor, vai tratando de pôr-me
em chamas senão serás tu
quem vai derreter lá no fogo."

COMENTÁRIO

O poema se insere no rol das *Anacreônticas* que discorrem acerca de algum objeto de arte. No caso, o objeto é uma estátua de Eros, que o eu-lírico compra de rapaz dório que, certamente desgostoso com sua vida amorosa, não desejava a companhia da estátua do Amor. De modo singelo e cômico, o texto termina com o eu-lírico pedindo para Eros colocá-lo em chamas (ou seja: fazê-lo apaixonado), sob a ameaça de colocar a estátua em chamas, em sentido literal, caso o pedido não seja atendido.

Os versos são novamente hemiâmbicos e, desta vez, foram traduzidos em português por octossílabos de acentos na terceira e na quinta sílaba.

12

οἱ μὲν καλὴν Κυβήβην
τὸν ἡμίθηλυν Ἄττιν
ἐν οὔρεσιν βοῶντα
λέγουσιν ἐκμανῆναι.
5 οἱ δὲ Κλάρου παρ' ὄχθαις
δαφνηφόνοιο Φοίβου
λάλον πιόντες ὕδωρ
μεμηνότες βοῶσιν.
ἐγὼ δὲ τοῦ Λυαίου
10 καὶ τοῦ μύρου κορεσθεὶς
καὶ τῆς ἐμῆς ἑταίρης
θέλω, θέλω μανῆναι.

Alguns dizem que, pela bela
Cibele, o meio-fêmeo Átis,
soltando gritos nas montanhas,
enlouqueceu completamente.
Há quem beba as águas loquazes
de Febo, portador de louros,
na margem elevada em Claros,
e enlouquecendo solte gritos.
Mas eu só quero a minha dose
de Lieu, mais o meu perfume
e também a minha garota
e eu quero, eu quero enlouquecer.

COMENTÁRIO

O poema versa a respeito de vários tipos de loucura induzidos pelo contato com a divindade.

O primeiro tipo mencionado se refere à lenda de Átis, que, apaixonado por Cibele, teria castrado a si mesmo. Átis era cultuado como uma divindade agrária, cujo mito de castração, morte e renascimento eram simbólicos para representar o ciclo da natureza ao longo das estações: as plantas perdem seus frutos (numa espécie de castração), morrem e nascem novamente dos frutos perdidos.

O segundo tipo de loucura mencionado é aquele concedido por Febo Apolo por meio das águas de seu templo em Claros. Suas águas são ditas loquazes por inspirarem uma loucura profética.

Finalmente, o terceiro tipo é o tipo de loucura que interessa ao poeta: a loucura de Dioniso, concedida pelo vinho, vivenciada em meio a perfume e nos braços de uma garota.

O poema original se constrói a partir de versos hemiâmbicos, os quais, nesta ocasião, foram traduzidos por versos octossílabos, principalmente jâmbicos, mas com alguma variação.

13

θέλω, θέλω φιλῆσαι.
ἔπειθ' Ἔρως φιλεῖν με·
ἐγὼ δ' ἔχων νόημα
ἄβουλον οὐκ ἐπείσθην.
5   ὁ δ' εὐθὺ τόξον ἄρας
καὶ χρυσέην φαρέτρην
μάχῃ με προὐκαλεῖτο.
κἀγὼ λαβὼν ἐπ' ὤμων
θώρηχ', ὅπως Ἀχιλλεύς,
10 καὶ δοῦρα καὶ βοείην
ἐμαρνάμην Ἔρωτι.
ἔβαλλ', ἐγὼ δ' ἔφευγον.
ὡς δ' οὐκέτ' εἶχ' ὀιστούς,
ἤσχαλλεν, εἶτ' ἑαυτὸν
15 ἀφῆκεν εἰς βέλεμνον·
μέσος δὲ καρδίης μευ
ἔδυνε καὶ μ' ἔλυσεν·
μάτην δ' ἔχω βοείην·
τί γὰρ βάλωμεν ἔξω,
20 μάχης ἔσω μ' ἐχούσης;

Eu quero, eu quero amar alguém.
O Amor urgiu pra que eu amasse,
mas eu, mantendo um pensamento
contrário, não obedeci.
De pronto o Amor então tomou
seu arco e sua aljava áurea
e me chamou para lutar.
Vesti, então, por sobre os ombros
meu corselete, feito Aquiles.
Tomei a lança e meu escudo
e fui à luta contra o Amor.
Ele atirava. Eu me esquivava.
Por fim, quando se viu sem flechas,
ficou nervoso e arremessou-se
como se fosse algum projétil.
Feriu-me bem no coração
e fez lassarem-se meus membros.
Meu armamento é todo em vão.
Pra que lançar pra longe a lança
se travo a luta dentro em mim?

COMENTÁRIO

O poema traz à mente o fragmento 396 de Anacreonte, em que o poeta afirma que irá contender com Eros. A imagem da luta com o deus do amor é um forte símbolo para as tensões conflitantes que advêm da paixão. Neste poema, o eu-lírico demonstra como é inútil lutar contra o Amor, visto que, uma vez dentro de si, não há arma que possa ajudar o indivíduo a parar a ação do deus. Essa imagem se torna ainda mais forte por vir somente ao fim de uma complexa descrição de cena de combate, com direito à descrição de armas e do próprio embate.

Novamente, os versos são hemiâmbicos e novamente foram traduzidos por octossílabos, desta vez totalmente jâmbicos.

14

εἰ φύλλα πάντα δένδρων
ἐπίστασαι κατειπεῖν,
εἰ κύματ' οἶδας εὑρεῖν
τὰ τῆς ὅλης θαλάσσης,
5 σὲ τῶν ἐμῶν ἐρώτων
μόνον ποῶ λογιστήν.
πρῶτον μὲν ἐξ Ἀθηνῶν
ἔρωτας εἴκοσιν θὲς
καὶ πεντεκαίδεκ' ἄλλους.
10 ἔπειτα δ' ἐκ Κορίνθου
θὲς ὁρμαθοὺς ἐρώτων·
Ἀχαΐης γάρ ἐστιν,
ὅπου καλαὶ γυναῖκες.
τίθει δὲ Λεσβίους μοι
15 καὶ μέχρι τῶν Ἰώνων
καὶ Καρίης Ῥόδου τε
δισχιλίους ἔρωτας·
τί φής; ἐκηριώθης;
οὔπω Σύρους ἔλεξα,
20 οὔπω πόθους Κανώβου,
οὐ τῆς ἅπαντ' ἐχούσης
Κρήτης, ὅπου πόλεσσιν
Ἔρως ἐποργιάζει.
τί σοι θέλεις ἀριθμῶ
25 καὶ τοὺς Γαδείρων ἐκτός,
τῶν Βακτρίων τε κίνδων
ψυχῆς ἐμῆς ἔρωτας;

Se puderes enumerar
as folhas de todas as matas
e achar a contagem total
de todas as ondas do mar,
então saberás qual a soma
exclusiva dos meus amores.
Primeiro, os provindos de Atenas:
são vinte os amores de lá,
somados também a outros quinze.
Partindo de Corinto, então
vêm séries inteiras de amores,
pois lá em Aqueia é onde há
de fato as mulheres mais belas.
Depois meus amores de Lesbos
e, vindos lá longe da Jônia,
também os da Cária e de Rodes
que juntos completam dois mil.
Que foi que dizes? Estás tonto?
Ainda nem falei da Síria;
nem das paixões lá de Canopo;
nem de Creta, em que há tudo quanto
existe e onde o Amor costuma
encantar as festas nas pólis.
Por que tu queres que enumere
pra além da Báctria e de Cádis,
pra além até da própria Índia,
os amores da minha alma?

COMENTÁRIO

O poema tem um tema simples: a quantidade de amores do eu-lírico. Essa quantidade é (in)definida primeiramente pelas imensuráveis imagens das folhas nas árvores e das ondas no mar. Em seguida, inicia-se uma enumeração dos amores da persona poética a partir de localizações geográficas progressivamente mais distantes. De início, há vinte em Atenas; depois quinze em Corinto; séries inteiras na Aqueia (Peloponeso); culminando no número de dois mil dos amores vindos de Lesbos, da Jônia, de Cária e de Rodes. O número é assustador e esse fato é apontado pelo próprio poeta, que pergunta ao leitor "Que foi que dizes? Estás tonto?", numa abordagem retórica para reforçar o espanto de quem lê, induzindo o sentimento desejado. A partir daí, passa-se simplesmente a elencar, nome após nome, lugares cada vez mais distantes, como se lançando o leitor em uma espiral confusa onde figuram miríades de lugares e de amores.

Como visto nos últimos poemas, os versos originais são hemiâmbicos e foram traduzidos por octossílabos, aqui com certa variação interna (às vezes puramente jâmbicos, às vezes com um toque ou dois de anapestos).

15

ἐρασμίη πέλεια,
πόθεν, πόθεν πέτασαι;
πόθεν μύρων τοσούτων
ἐπ' ἠέρος θέουσα
5 πνέεις τε καὶ ψεκάζεις;
τίς εἶ, τί σοι μέλει δέ;
"Ἀνακρέων μ' ἔπεμψε
πρὸς παῖδα, πρὸς Βάθυλλον,
τὸν ἄρτι τῶν ἁπάντων
10 κρατοῦντα καὶ τύραννον.
πέπρακέ μ' ἡ Κυθήρη
λαβοῦσα μικρὸν ὕμνον·
ἐγὼ δ' Ἀνακρέοντι
διακονῶ τοσαῦτα.
15 καὶ νῦν οἵας ἐκείνου
ἐπιστολὰς κομίζω·
καί φησιν εὐθέως με
ἐλευθέρην ποιήσειν.
ἐγὼ δέ, κἢν ἀφῇ με,
20 δούλη μενῶ παρ' αὐτῷ.
τί γάρ με δεῖ πέτασθαι
ὄρη τε καὶ κατ' ἀγροὺς
καὶ δένδρεσιν καθίζειν
φαγοῦσαν ἄγριόν τι;
25 τὰ νῦν ἔδω μὲν ἄρτον
ἀφαρπάσασα χειρῶν
Ἀνακρέοντος αὐτοῦ.

Ó adorável pombinha,
de onde, de onde vens voando?
De onde vem este perfume
que tu deixas pelo ar
como um vento junto à chuva?
Quem és tu e o que tu queres?
"Enviou-me Anacreonte
para Bátilo menino,
ele que ora é o senhor
cujo reino alcança tudo.
A Citéria me vendera
em retorno a uma canção.
É pra Anacreonte agora
que eu performo essas tarefas.
Veja só como eu carrego
muitas cartas em seu nome!
Ele diz que logo, logo
me dará a liberdade.
Mas, se não me libertar,
sou sua escrava para sempre.
Para que eu irei voar
sobre montes e campinas
e sentar-me nalgum galho
bem cansada de caçar?
No momento eu como pão
que das mãos de Anacreonte
eu agarro pra mim mesma.

	πιεῖν δέ μοι δίδωσι	Pra beber ele me dá
	τὸν οἶνον, ὃν προπίνει,	vinho que ele próprio bebe.
30	πιοῦσα δ' ἀγχορεύω	Quando bebo então eu danço,
	καὶ δεσπότην κρέκοντα	ele toca a sua lira,
	πτεροῖσι συγκαλύπτω·	minha asa faz-lhe sombra.
	κοιμωμένου δ' ἐπ' αὐτῷ	Quando enfim se vai pro leito,
	τῷ βαρβίτῳ καθεύδω,	eu repouso em sua lira.
35	ἔχεις ἅπαντ'· ἄπελθε·	Pronto. Agora sabes tudo.
	λαλιστέραν μ' ἔθηκας,	Vai-te embora! Já fizeste
	ἄνθρωπε, καὶ κορώνης.'	que eu falasse como gralha."

COMENTÁRIO

Assim como o poema de número 10 do *corpus*, a presente *Anacreôntica* tem por figura central um pássaro, o qual responde às perguntas iniciais do poema dizendo-se pertencer a Anacreonte, em nome de quem ele carrega cartas para Bátilo. É curiosa a caracterização de Bátilo como um senhor "cujo reino alcança tudo". O reino de Bátilo, certamente, é o coração de Anacreonte e a força de seu poder sobre ele é descrito pela abrangência simbólica de seu território. Depois dessa informação, a pombinha explica que foi vendida por Afrodite ao poeta em troca de uma canção, mas que, apesar de Anacreonte prometer libertá-la em breve, ela não tem outro desejo senão o de viver próximo a ele, com quem come, bebe e partilha canções.

Essa comunhão do pássaro com Anacreonte é simbólica para a comunhão do autor anônimo do poema com o poeta de Teos. A felicidade do poeta desta *Anacreôntica* é semelhante à da pomba: escrever sobre Anacreonte (e como Anacreonte) lhe basta. A liberdade de temas (representada pelo voo sobre montes e campinas) e a busca por uma matéria nova (simbolizada na caça por comida agreste) são preteridas pelo pão (a poética) de Anacreonte.

Por fim, o poema termina de modo jocoso, com o pássaro dizendo que já falou como se fosse uma gralha.

Os versos originais são novamente hemiâmbicos. Na tradução, empreguei redondilhas maiores trocaicas, havendo variação de ritmo só no primeiro verso, que é datílico.

16

    ἄγε, ζωγράφων ἄριστε,
    γράφε, ζωγράφων ἄριστε,
    Ῥοδίης κοίρανε τέχνης,
    ἀπεοῦσαν, ὡς ἂν εἴπω,
5 γράφε τὴν ἐμὴν ἑταίρην.
    γράφε μοι τρίχας τὸ πρῶτον
    ἁπαλάς τε καὶ μελαίνας·
    ὁ δὲ κηρὸς ἂν δύνηται,
    γράφε καὶ μύρου πνεούσας.
10 γράφε δ' ἐξ ὅλης παρειῆς
    ὑπὸ πορφυραῖσι χαίταις
    ἐλεφάντινον μέτωπον.
    τὸ μεσόφρυον δὲ μή μοι
    διάκοπτε μήτε μίσγε,
15 ἐχέτω δ', ὅπως ἐκείνη,
    τὸ λεληθότως σύνοφρυ,
    βλεφάρων ἴτυν κελαινήν.
    τὸ δὲ βλέμμα νῦν ἀληθῶς
    ἀπὸ τοῦ πυρὸς ποίησον,
20 ἅμα γλαυκὸν ὡς Ἀθήνης,
    ἅμα δ' ὑγρὸν ὡς Κυθήρης.
    γράφε ῥῖνα καὶ παρειὰς
    ῥόδα τῷ γάλακτι μίξας·
    γράφε χεῖλος, οἷα Πειθοῦς,
25 προκαλούμενον φίλημα.
    τρυφεροῦ δ' ἔσω γενείου
    περὶ λυγδίνῳ τραχήλῳ

Vinde, mestres dos pintores!
Pintai, mestres dos pintores!
Comandantes da arte ródia,
da maneira que vos digo,
desenhai a moça ausente:
desenhai primeiro os cachos —
delicados cachos negros —
e, se a cera o permitir,
desenhai o seu perfume.
Desenhai as suas bochechas
sob um cenho de marfim
e madeixas negro-roxas.
Não corteis as sobrancelhas,
mas também não as unais:
que elas sejam como são,
bordas negras de seus olhos
encontrando-se de leve.
Os seus olhos, veramente,
vós deveis fazer de fogo;
glaucos, iguais aos de Atena;
úmidos, feito Citéria.
Desenhai nariz, bochechas,
misturando o rosa ao creme.
Lábios: como os de Peitó,
sempre provocando beijos.
Sob o queixo delicado,
junto ao seu pescoço níveo,

Χάριτες πέτοιντο πᾶσαι.	permiti que as Graças voem.
στόλισον τὸ λοιπὸν αὐτὴν	Sobre o resto ponde peplos
30 ὑποπορφύροισι πέπλοις,	com um leve tom purpúreo,
διαφαινέτω δὲ σαρκῶν	mas mostrai a pele um pouco,
ὀλίγον, τὸ σῶμ' ἐλέγχον.	como prova de seu corpo.
ἀπέχει· βλέπω γὰρ αὐτήν·	É o bastante! Posso vê-la!
τάχα κηρέ, καὶ λαλήσεις.	Mais um pouco e a cera fala!

COMENTÁRIO

Peitó é a Persuasão personificada em deusa.

Nesta *Anacreôntica*, o poeta pede a um artista que desenhe sua moça amada na cera, começando dos cabelos e descendo pouco a pouco pelas feições do seu rosto, as quais são cuidadosamente descritas, até chegar depois do pescoço. É particularmente interessante a forma com que se descreve a união das características de várias divindades como modo de atribuir uma beleza quase que indescritível à garota: seus olhos são verdes como os de Atena e úmidos (denotando desejo) como os de Afrodite; a beleza de seu pescoço é explanada pelo fato de que nele habitam as Graças.

Os versos originais são idênticos aos do poema 2 da coletânea, mas foram aqui traduzidos com redondilhas maiores, predominantemente trocaicas. Nos primeiros versos, usei a forma plural dos imperativos, em vez da singular, como ocorre no grego, porque me pareceu que ficava mais belo assim em português, e mais sonoro dentro do metro escolhido.

17

    γράφε μοι Βάθυλλον οὕτω,
    τὸν ἑταῖρον, ὡς διδάσκω·
    λιπαρὰς κόμας ποίησον,
    τὰ μὲν ἔνδοθεν μελαίνας,
5 τὰ δ᾽ ἐς ἄκρον ἡλιώσας·
    ἕλικας δ᾽ ἐλευθέρους μοι
    πλοκάμων ἄτακτα συνθεὶς
    ἄφες, ὡς θέλωσι, κεῖσθαι.
    ἁπαλὸν δὲ καὶ δροσῶδες
10 στεφέτω μέτωπον ὀφρὺς
    κυανωτέρη δρακόντων.
    μέλαν ὄμμα γοργὸν ἔστω
    κεκερασμένον γαλήνῃ,
    τὸ μὲν ἐξ Ἄρηος ἕλκον,
15 τὸ δὲ τῆς καλῆς Κυθήρης,
    ἵνα τις τὸ μὲν φοβῆται,
    τὸ δ᾽ ἀπ᾽ ἐλπίδος κρεμᾶται.
    ῥοδέην δ᾽ ὁποῖα μῆλον
    χνοΐην ποίει παρειήν·
20 ἐρύθημα δ᾽ ὡς ἂν Αἰδοῦς
    δύνασ᾽ εἰ βαλεῖν ποίησον.
    τὸ δὲ χεῖλος οὐκέτ᾽ οἶδα
    τίνι μοι τρόπῳ ποιήσεις
    ἁπαλόν γέμον τε πειθοῦς·
25 τὸ δὲ πᾶν ὁ κηρὸς αὐτὸς
    ἐχέτω λαλῶν σιωπῇ.
    μετὰ δὲ πρόσωπον ἔστω

Desenhai meu companheiro
Bátilo conforme digo:
ponde brilho em seu cabelo:
negro embaixo, mas nas pontas
clareado pelo sol.
Dai-lhe mechas cacheadas,
livres, e deixai que fiquem
em desordem como querem.
O seu cenho sob orvalho,
laureai com sobrancelhas
mais escuras que serpentes.
Que seus olhos negros sejam
tão ferozes quanto calmos —
com a fúria de Ares junto
à beleza de Citéria —
pra que causem tanto o medo
quanto nutram a esperança.
Rosas, como uma maçã,
engendrai as suas bochechas.
Se possível, dai-lhes cor
semelhante à da Modéstia.
Não sei como, mas os lábios
vós deveis fazer macios,
cheios de persuasão.
Mas deixai que a cêra diga
tudo com o seu silêncio.
Que haja então depois do rosto

	τὸν Ἀδώνιδος παρελθὼν	um pescoço de marfim
	ἐλεφάντινος τράχηλος.	superior ao de Adônis.
30	μεταμάζιον δὲ ποίει	Engendrai depois seu peito
	διδύμας τε χεῖρας Ἑρμοῦ,	e suas mãos como as de Hermes;
	Πολυδεύκεος δὲ μηρούς,	coxas, como Polideuces;
	Διονυσίην δὲ νηδύν·	o abdômen, de Dioniso;
	ἁπαλῶν δ' ὕπερθε μηρῶν,	sobre as suas tenras coxas,
35	μαλερὸν τὸ πῦρ ἐχόντων,	abrasadas pelo fogo,
	ἀφελῆ ποίησον αἰδῶ	ponde uma vergonha simples,
	Παφίην θέλουσαν ἤδη.	mas que já deseje a Páfia.
	φθονερὴν ἔχεις δὲ τέχνην,	Vossa arte é uma invejosa,
	ὅτι μὴ τὰ νῶτα δεῖξαι	pois não mostra as costas dele.
40	δύνασαι· τὰ δ' ἦν ἀμείνω.	Haveria algo melhor?
	τί με δεῖ πόδας διδάσκειν;	Descrever os pés pra quê?
	λάβε μισθὸν, ὅσσον εἴπῃς,	Quanto ao preço, não me importo.
	τὸν Ἀπόλλωνα δὲ τοῦτον	Mas levai convosco Apolo,
	καθελὼν ποίει Βάθυλλον·	dele vós fareis meu Bátilo.
45	ἢν δ' ἐς Σάμον ποτ' ἔλθῃς,	Mas se fordes para Samos,
	γράφε Φοῖβον ἐκ Βαθύλλου.	Febo vós fareis de Bátilo.

COMENTÁRIO

O poema 17 das *Anacreônticas* tem uma relação direta com o de número 16. O mote é o mesmo: interpela-se um artista para que desenhe o ser amado. A diferença é que, neste poema, o ser amado é do sexo masculino, Bátilo, um dos famosos amantes de Anacreonte. De resto, o processo é bastante semelhante: descreve-se a pessoa de cima para baixo, começando pelos cabelos e indo até os pés.

É notável a presença de elementos eróticos. Primeiro, há uma curiosa perífrase, na "vergonha simples, mas que já deseje a Páfia", para descrever um modesto falo ereto. Depois, tem-se a noção de que nada seria melhor do que mostrar as costas de Bátilo, a qual certamente estava ligada à visão de seus glúteos, que de modo geral eram desenhados de forma generosa nas representações pictóricas masculinas em cerâmicas gregas.

A parte mais original do poema me parece ser o fim, onde o poeta assevera uma semelhança de Bátilo com Apolo. De fato, ele oferece ao artista uma imagem de Apolo como referência para o desenho de Bátilo e completa dizendo que, se vir Bátilo algum dia, dele fará Apolo (certamente com a ideia subentendida de um Apolo mais belo, mais próximo de seu ideal divino).

Quanto à métrica do poema, a condição do original e a solução adotada são idênticas às da *Anacreôntica* 16. Assim como lá, também dei preferência ao imperativo plural.

18

δότε μοι, δότ', ὦ γυναῖκες,
Βρομίου πιεῖν ἀμυστί·
ἀπὸ καύματος γὰρ ἤδη
προδοθεὶς ἀναστενάζω.
5 δότε δ' ἀνθέων ἐκείνου
στεφάνους, δόθ', ὡς πυκάζω
τὰ μέτωπά μου 'πίκαυτα·
τὸ δὲ καῦμα τῶν Ἐρώτων,
κραδίη, τίνι σκεπάζω;
10 παρὰ τὴν σκιὴν Βαθύλλου
καθίσω· καλὸν τὸ δένδρον,
ἁπαλὰς δ' ἔσεισε χαίτας
μαλακωτάτῳ κλαδίσκῳ·
παρὰ δ' αὐτὸ † ἐρεθίζει †
15 πηγὴ ῥέουσα πειθοῦς.
τίς ἂν οὖν ὁρῶν παρέλθοι
καταγώγιον τοιοῦτο;

Dai para mim, mulheres, dai
um Brômio pra eu beber num gole,
pois o calor me faz febril
e já me encontro aqui gemendo.
Dai-me as guirlandas dele, cheias
de flores, dai-me, pra eu cingir
a minha testa já queimada.
Mas como, coração, irei
fugir da febre dos Amores?
À sombra de Bátilo irei
sentar. É bela a árvore e ela
balança os seus cachos macios
em galhozinhos dos mais tenros.
Por perto existe uma nascente que
sussurra com persuasão.
Ao ver um tal recanto, quem
o poderia ignorar?

COMENTÁRIO

Brômio é outro nome para Dioniso. Assim como "Baco", é um termo empregado tanto para designar o deus quanto o vinho.

O poema se abre com o que parece ser uma imitação de Anacreonte Fr. 356 (a), onde o poeta pede que lhe sirvam vinho, para que ele beba "sem resfolegar" ("ἄμυστιν"), mesmo advérbio encontrado aqui (ainda que traduzido de modo distinto, por necessidades métricas, como "num gole"). Em seguida, menciona-se a febre dos Amores, por conta da qual o eu-lírico já tem a testa queimada, ou seja, ele já se encontra em uma espécie de delírio amoroso, ao qual deseja ajuntar o delírio báquico, tomando vinho e vestindo guirlandas. A próxima imagem já se insere no reino do devaneio: o poeta diz que se sentará à sombra de Bátilo, mas, ao contrário do esperado, ele se senta junto de uma árvore de belos cabelos, perto da qual existe uma nascente que sussurra com persuasão. Essa construção denota o modo com que os devaneios do eu-lírico tomam forma real, passando a habitar formas mundanas e a lhes conferir os atributos do ser amado. Sua paixão febril lhe faz ver as características de Bátilo mesmo no mundo natural. Os sentidos estão de tal modo inebriados com desejo que só conseguem ver o ser amado em tudo quanto existe. Se por um lado isso é uma loucura perigosa e potencialmente nociva, ela também faz com que o mundo fique mais belo, de modo que os versos finais poderiam ser reformulados da seguinte maneira: dotado de tantas características que remetem a Bátilo, quem poderia ignorar um lugar como este?

Do ponto de vista métrico, os versos são compostos a partir de dímetros jônicos menores com anáclase, assim como os dois últimos poemas. Porém, empreguei aqui octossílabos (mormente jâmbicos) na tradução.

19

αἱ Μοῦσαι τὸν Ἔρωτα
δήσασαι στεφάνοισι
τῷ Κάλλει παρέδωκαν·
καὶ νῦν ἡ Κυθέρεια
5 ζητεῖ λύτρα φέρουσα
λύσασθαι τὸν Ἔρωτα.
κἂν λύσῃ δέ τις αὐτόν,
οὐκ ἔξεισι, μενεῖ δέ·
δουλεύειν δεδίδακται.

O Amor foi amarrado
com guirlandas pelas Musas,
que à Beleza o ofertaram.
Mas Citéria veio então,
carregando o seu resgate
para libertar o Amor.
Todavia, já liberto,
não partiu, e sim ficou:
aprendera a ser escravo.

COMENTÁRIO

O poema é curto e simples. Fala de como o Amor é escravo da Beleza, numa imagem mitológica que reflete a condição humana de se apaixonar pelo que é belo. O resgate de Eros (Amor) por Afrodite (Citéria) faz sentido na mitologia tardia em que as *Anacreônticas* se inserem, onde Afrodite é vista como mãe (ou protetora) de Eros. Por fim, mesmo liberto, o Amor resolve ficar junto da Beleza, numa servidão voluntária semelhante à da pombinha do poema 15.

Os versos são dímetros jônicos menores com as duas primeiras posições breves contraídas em uma longa, como visto na introdução. Eles foram traduzidos aqui como redondilhas maiores trocaicas.

20

ἡδυμελής Ἀνακρέων,
ἡδυμελὴς δὲ Σαπφώ·
Πινδαρικὸν δέ μοι μέλος
συγκεράσας τις ἐγχέοι.
5 τὰ τρία ταῦτά μοι δοκεῖ
καὶ Διόνυσος ἐλθὼν
καὶ Παφίη λιπαρόχροος
καὐτὸς Ἔρως ἂν ἐκπιεῖν.

Anacreonte: um canto doce.
Safo também: um canto doce.
Junto da música Pindária,
verte-os pra mim num copo, mistos.
Penso que mesmo Dioniso,
vindo com Eros e Afrodite,
deusa de pele reluzente,
vendo esses três os beberia.

COMENTÁRIO

Esta *Anacreôntica* celebra três dos mais famosos poetas líricos gregos: Anacreonte, Safo e Píndaro. Nela, o poeta expressa seu desejo de assimilar (por meio da ingestão, como se fossem bebíveis) as poéticas dos três autores, com o argumento final de que essa tríade de poetas é tão tentadora que mesmo Dioniso, Afrodite e Eros (uma tríade divina) a beberiam se a vissem assim misturada.

Como analisado na introdução, este poema é construído a partir de dímetros coriâmbicos com anáclase no segundo *metron*. Na tradução, usei octossílabos com acentos mandatórios na primeira, quarta e sexta sílaba, de modo a imitar o andamento do original.

21

ἡ γῆ μέλαινα πίνει,
πίνει δένδρεα δ' αὐτήν.
πίνει θάλασσ' ἀναύρους,
ὁ δ' ἥλιος θάλασσαν,
5 τὸν δ' ἥλιον σελήνη·
τί μοι μάχεσθ', ἑταῖροι,
καὐτῷ θέλοντι πίνειν;

A terra negra bebe
e bebem dela as matas.
Os mares bebem chuva;
o sol, dos próprios mares;
do sol, depois, a lua.
Por que o espanto, amigos,
se quero embebedar-me?

COMENTÁRIO

Nesta divertida *Anacreôntica*, o poeta parte de exemplos extraídos da natureza para atingir a conclusão universal de que, se a terra, o mar, o sol, a lua etc., bebem, também ele tem o direito de beber.

Os versos são hemiâmbicos e foram traduzidos por hexassílabos.

22

ἡ Ταντάλου ποτ' ἔστη
λίθος Φρυγῶν ἐν ὄχθαις,
καὶ παῖς ποτ' ὄρνις ἔπτη
Πανδίονος χελιδών.
5 ἐγὼ δ' ἔσοπτρον εἴην,
ὅπως ἀεὶ βλέπῃς με·
ἐγὼ χιτὼν γενοίμην,
ὅπως ἀεὶ φορῇς με.
ὕδωρ θέλω γενέσθαι,
10 ὅπως σε χρῶτα λούσω·
μύρον, γύναι, γενοίμην,
ὅπως ἐγώ σ' ἀλείψω.
καὶ ταινίη δὲ μασθῷ
καὶ μάργαρον τραχήλῳ
15 καὶ σάνδαλον γενοίμην·
μόνον ποσὶν πάτει με.

Certa vez a filha de
Tântalo se fez em pedra
junto das montanhas frígias.
Certa vez a filha de
Pândio foi voando ao longe,
transformada em andorinha.
Quem me dera se eu pudesse
transformar-me num espelho,
pra que tu me olhasses sempre;
ou em túnica talvez,
pra que sempre me vestisses;
ou então fazer-me em água,
com a qual te lavarias;
ou quem sabe algum perfume,
dona, e assim te perfumava;
uma echarpe pro teu peito;
pérola pro teu pescoço;
ou enfim uma sandália —
só teus pés me pisariam!

COMENTÁRIO

A palavra "σάνδαλον" aparece sem acento na edição de Campbell. Creio que tenha sido um pequeno lapso, por isso o adicionei.

Um dos mais belos poemas amorosos das *Anacreônticas*, este texto começa evocando duas figuras lendárias que foram capazes de alterar suas formas, a fim de ilustrar o desejo do eu-lírico de se transformar em algum dos objetos elencados na sequência, com o intuito único de permanecer em contato constante com o ser amado, mesmo que para isso ele tenha de se tornar suas sandálias — o fato de que só seus pés o pisariam é o bastante para que essa existência baixa e humilhante seja não só aceitável, mas na verdade preferível a viver excluído de seu convívio como ser humano.

Os versos são hemiâmbicos e foram traduzidos por redondilhas maiores trocaicas. Há um verso de final esdrúxulo ("Ou talvez em túnica"), cuja última sílaba deve ser considerada como subtônica e partícipe na contagem de sílabas poéticas.

23

θέλω λέγειν Ἀτρείδας,
θέλω δὲ Κάδμον ᾄδειν,
ὁ βάρβιτος δὲ χορδαῖς
Ἔρωτα μοῦνον ἠχεῖ.
5 ἤμειψα νεῦρα πρώην
καὶ τὴν λύρην ἅπασαν·
κἀγὼ μὲν ᾖδον ἄθλους
Ἡρακλέους· λύρη δὲ
Ἔρωτας ἀντεφώνει.
10 χαίροιτε λοιπὸν ἡμῖν,
ἥρωες· ἡ λύρη γὰρ
μόνους Ἔρωτας ᾄδει.

Do Atrida eu falaria
e cantaria Cadmo
se a lira em suas cordas
de amor não só vibrasse.
Eu já troquei suas fibras
e até a lira inteira.
Tentei cantar os feitos
de Héracles e a lira
no entanto o amor ressona.
Adeus pra sempre a vós,
heróis, pois que esta lira
somente o amor me canta!

COMENTÁRIO

O poema se inicia com o desejo expresso do eu-lírico de cantar a respeito de temas épicos em contraste ao desejo da lira de cantar sobre o amor. Esse conflito é explorado em seguida nas imagens do poeta tentando afinar a lira e mesmo trocar suas partes a fim de ensaiar um canto a respeito de Héracles, porém sem nenhum sucesso. Resignado, o eu-lírico termina dizendo adeus aos heróis e aceitando o fato de que sua lira só canta sobre o amor.

Os versos originais são hemiâmbicos e foram traduzidos por hexassílabos jâmbicos.

24

Φύσις κέρατα ταύροις,
ὁπλὰς δ' ἔδωκεν ἵπποις,
ποδωκίην λαγωοῖς,
λέουσι χάσμ' ὀδόντων,
5 τοῖς ἰχθύσιν τὸ νηκτόν,
τοῖς ὀρνέοις πέτασθαι,
τοῖς ἀνδράσιν φρόνημα,
γυναιξὶν οὐκ ἔτ' εἶχεν.
τί οὖν; δίδωσι κάλλος
10 ἀντ' ἀσπίδων ἁπασῶν,
ἀντ' ἐγχέων ἁπάντων·
νικᾷ δὲ καὶ σίδηρον
καὶ πῦρ καλή τις οὖσα.

Natureza deu aos touros
chifres; cascos, aos cavalos;
para as lebres, pés velozes;
aos leões, um vau de dentes;
para os peixes, o nadar;
para as aves, o voar;
para os homens, o pensar;
às mulheres já não tinha
nada mais o que lhes dar.
Que lhes deu então? Beleza.
Contra todos os escudos,
contra todas as espadas,
vence tanto ferro quanto
fogo alguém só sendo bela!

COMENTÁRIO

O poema é um elogio à beleza, ainda que de forma certamente misógina para nossa sensibilidade. O poeta arrola os dons concedidos pela Natureza às diversas criaturas, culminando no agraciamento da beleza para as mulheres, por falta de outro presente que pudesse lhes dar. Apesar dessa aparente jocosidade, o texto termina com a forte imagem de alguém vencendo as mais difíceis provações da guerra (escudos, espadas, ferro e fogo) somente sendo bela.

Os versos originais são hemiâmbicos e foram traduzidos por redondilhas maiores trocaicas.

25

    σὺ μέν, φίλη χελιδόν,
    ἐτησίη μολοῦσα
    θέρει πλέκεις καλιήν·
    χειμῶνι δ' εἶς ἄφαντος
5   ἢ Νεῖλον ἢ 'πὶ Μέμφιν.
    Ἔρως δ' ἀεὶ πλέκει μευ
    ἐν καρδίῃ καλιήν·
    Πόθος δ' ὃ μὲν πτεροῦται,
    ὁ δ' ᾠόν ἐστιν ἀκμήν,
10 ὃ δ' ἡμίλεπτος ἤδη·
    βοὴ δὲ γίνετ' ἀεί
    κεχηνότων νεοττῶν·
    Ἐρωτιδεῖς δὲ μικρούς
    οἱ μείζονες τρέφουσιν·
15 οἱ δὲ τραφέντες εὐθὺς
    πάλιν κύουσιν ἄλλους.
    τί μῆχος οὖν γένηται;
    οὐ γὰρ σθένω τοσούτους
    Ἔρωτας ἐκβοῆσαι.

Tu, andorinha querida,
todo ano no verão
vens aqui fazer teu ninho,
mas no inverno vais embora
para o Nilo ou para Mênfis.
Já o Amor se aninha sempre
dentro do meu coração:
um Desejo ganha as asas;
outro há pouco fez-se em ovo;
e um terceiro logo eclode;
há um berreiro ininterrupto
junto às avezinhas novas:
amorzinhos pequeninos
que os maiores alimentam.
Quando crescem, por sua vez,
logo geram outros mais.
Qual remédio que haveria?
Eu não tenho força para
enxotar tantos Amores.

COMENTÁRIO

Assim como nos poemas de número 10 e 15 do *corpus*, esta *Anacreôntica* se vale da imagem de um pássaro para abordar o tema desejado. No caso em questão, o poeta compara a presença transitória de uma andorinha, que migra com a mudança de estações, à moradia perene do Amor dentro de seu coração. Em seguida, é descrita a sucessão de amores, os quais nascem, crescem e procriam como se fossem aves. Por fim, terminando a junção das duas temáticas, o eu-lírico se diz incapaz de enxotar essas aves-amores, devido ao seu número elevado.

Os versos são hemiâmbicos e foram traduzidos por redondilhas maiores.

26

σὺ μὲν λέγεις τὰ Θήβης,
ὁ δ' αὖ Φρυγῶν αὐτάς,
ἐγὼ δ' ἐμὰς ἁλώσεις.
οὐχ ἵππος ὤλεσέν με,
5   οὐ πεζός, οὐχὶ νῆες,
στρατὸς δὲ καινὸς ἄλλος
ἀπ' ὀμμάτων με βάλλων.

Tu me falas sobre Tebas;
outro, sobre os brados Frígios;
eu, de como fui vencido —
não por um cavalo, ou mesmo
naus ou por soldados, mas — por
um estranho tipo de hoste,
que venceu com seu olhar.

COMENTÁRIO

O poema evoca, de certo modo, a *Anacreôntica* 23, visto que há um contraste claro entre temas épicos (a saga tebana e a guerra de Troia) e o amor dominante, um tipo de hoste mais poderosa do que cavalos, naus ou soldados. Essa sucessão de imagens bélicas contrapostas ao amor também evoca o fragmento 16 de Safo, onde a poeta nega que o exército ou a armada sejam a coisa mais bela, mas sim aquilo que se ama.

Novamente, os versos são hemiâmbicos e foram traduzidos por redondilhas maiores.

27

ἐν ἰσχίοις μὲν ἵπποι
πυρὸς χάραγμ' ἔχουσιν,
καὶ Παρθίους τις ἄνδρας
ἐγνώρισεν τιάραις.
5 ἐγὼ δὲ τοὺς ἐρῶντας
ἰδὼν ἐπίσταμ' εὐθύς·
ἔχουσι γάρ τι λεπτὸν
ψυχῆς ἔσω χάραγμα.

Cavalos têm nas suas coxas
as marcas feitas pelo fogo.
Os homens Partos se distinguem
por meio de suas tiaras.
Porém eu reconheço amantes
tão logo ponho os olhos neles,
pois trazem uma leve marca
gravada sobre suas almas.

COMENTÁRIO

Esta *Anacreôntica* segue de modo bastante próximo a estrutura de composição das anteriores: para chegar no tema desejado, o poeta primeiro passa por imagens secundárias, que servem de exemplo ou contraexemplo para o que deseja dizer, criando assim uma expectativa falsa em torno do real objeto do poema. Essa estratégia confere maior peso e dignidade ao que seria, de outro modo, uma asserção quase amadora.

Os versos originais são hemiâmbicos e foram traduzidos por octossílabos jâmbicos.

28

ὁ ἀνὴρ ὁ τῆς Κυθήρης
παρὰ Λημνίαις καμίνοις
τὰ βέλη τὰ τῶν Ἐρώτων
ἐπόει λαβὼν σίδηρον·
5 ἀκίδας δ' ἔβαπτε Κύπρις
μέλι τὸ γλυκὺ λαβοῦσα·
ὁ δ' Ἔρως χολὴν ἔμισγε.
ὁ δ' Ἄρης ποτ' ἐξ αὐτῆς
στιβαρὸν δόρυ κραδαίνων
10 βέλος ηὐτέλιζ' Ἔρωτος·
ὁ δ' Ἔρως 'τόδ' ἐστὶν' εἶπεν
'βαρύ· πειράσας νοήσεις.'
ἔλαβεν βέλεμνον Ἄρης·
ὑπεμειδίασε Κύπρις·
15 ὁ δ' Ἄρης ἀναστενάξας
'βαρύ' φησιν· 'ἆρον αὐτό.'
ὁ δ' Ἔρως 'ἔχ' αὐτό' φησίν.

O esposo da Citéria estava
ao lado da forja de Lemnos
manejando o ferro com que
forjava as armas dos Amores.
As pontas, Cípris em seguida
as mergulhava em doce mel
e Eros lhes dava um toque amargo.
Ares veio da luta um dia
brandindo sua forte lança
e riu-se das armas de Eros,
que então lhe disse: "Esta aqui
é bem pesada. Experimenta."
Ares tomou a arma enquanto
Cípris sorria bem quietinha.
Grunhindo, Ares concordou:
"É pesada. Toma de volta."
Mas Eros disse: "Fica: é tua."

COMENTÁRIO

Neste poema, brinca-se com o universo do mito dos amores de Ares e Afrodite, narrados por Demódoco para Odisseu e os Feácios no canto oitavo da *Odisseia*. Aqui, contudo, o tema principal não é (necessariamente) a união dos dois amantes, ainda que essa união possa talvez ser a consequência futura à história aqui descrita. De início, tem-se a imagem de Hefesto forjando flechas para Eros. Essa flechas, quando prontas, são embebidas em mel por Afrodite e amargadas pelo Amor (constituindo o caráter agridoce da paixão). Ao chegar e ver tal cena, Ares se ri, pois as flechas do amor são ridículas perto de seu armamento de guerra. (É curioso notar que Ares chega "brandindo sua forte lança", uma imagem certamente de cunho erótico e fálico, como se vê no fragmento 393 de Anacreonte: "Ares armígero gosta de um lanceiro firme".) O resultado é que, para o deleite de Afrodite, Eros demonstra o poder de suas flechas para Ares, que termina o poema cedendo vitória ao Amor e lhe pedindo para tirar a flecha, pedido esse que é negado sob o argumento de que a flecha é dele. Essa última asserção pode ser entendida como um preâmbulo para o romance entre o deus da guerra e a deusa do amor.

Os versos seguem o ritmo da *Anacreôntica* 2, construído a partir de um dímetro jônico menor com anáclase. Foram aqui traduzidos por octossílabos.

29

χαλεπὸν τὸ μὴ φιλῆσαι,
χαλεπὸν δὲ καὶ φιλῆσαι,
χαλεπώτερον δὲ πάντων
ἀποτυγχάνειν φιλοῦντα.
γένος οὐδὲν εἰς Ἔρωτα·
σοφίη, τρόπος πατεῖται·
μόνον ἄργυρον βλέπουσιν.
ἀπόλοιτο πρῶτος αὐτὸς
ὁ τὸν ἄργυρον φιλήσας.
διὰ τοῦτον οὐκ ἀδελφός,
διὰ τοῦτον οὐ τοκῆες·
πόλεμοι, φόνοι δι' αὐτόν.
τὸ δὲ χεῖρον· ὀλλύμεσθα
διὰ τοῦτον οἱ φιλοῦντες.

É bem difícil não amar.
É bem difícil amar também.
Mas mais difícil do que tudo
é quando o amor fraqueja e falha.
Pro Amor linhagem não é nada.
Saber, caráter: ignorados.
Dinheiro é tudo que eles veem.
Maldito o homem que primeiro
apaixonou-se por dinheiro!
Por causa dele nós perdemos
o nosso irmão e os nossos pais.
Por causa dele há guerra e morte.
Mas o pior é perecermos,
por causa dele, nós amantes.

COMENTÁRIO

O poema segue a linha da *Anacreôntica* 8, em que o poeta diz não se importar com a fortuna de Giges. Aqui, contudo, há uma censura maior àqueles que colocam o dinheiro acima do amor. É notável a anáfora dos primeiros versos, onde "χαλεπὸν" se repete na posição inicial por dois versos, aparecendo em seguida na forma comparativa "χαλεπώτερον". Há também a repetição da expressão "διὰ τοῦτον" no início dos versos 10, 11 e do verso final no grego, aumentando o efeito cumulativo da enumeração de males trazidos pelo dinheiro e ao mesmo tempo servindo também de mecanismo formal para criar a ilusão de um argumento mais completo, pela retomada da mesma expressão.

Os versos originais seguem o ritmo da *Anacreôntica* 2 e da anterior na sequência. Novamente foram traduzidos por octossílabos.

30

ἐδόκουν ὄναρ τροχάζειν
πτέρυγας φέρων ἐπ' ὤμων·
ὁ δ' Ἔρως ἔχων μόλιβδον
περὶ τοῖς καλοῖς ποδίσκοις
5 ἐδίωκε καὶ κίχανεν.
τί θέλει δ' ὄναρ τόδ' εἶναι;
δοκέω δ' ἔγωγε· πολλοῖς
ἐν ἔρωσί με πλακέντα
διολισθάνειν μὲν ἄλλους,
10 ἑνὶ τῷδε συνδεθῆναι.

Corria rápido em meu sonho
com duas asas sobre os ombros,
enquanto o Amor com sapatinhos
de chumbo em seus pezinhos lindos
me perseguia e me alcançava.
O que este sonho quer dizer?
Parece-me dizer que, mesmo
que eu antes tenha me livrado
de amores em que eu me enlaçara,
estou bem preso neste agora.

COMENTÁRIO

O poema apresenta uma imagem estranha. A ideia que o poeta parece querer passar é a de estar preso no amor atual, em contraste aos anteriores, de que se livrara. Essa imagem, contudo, é criada a partir de um sonho no qual o Amor personificado o persegue com sapatos de chumbo e, apesar da desvantagem, o alcança. Talvez seja uma crítica anacrônica à lógica do poema, mas me parece que faria mais sentido o eu-lírico estar com os sapatos de chumbo e, assim, ser alcançado pelo Amor. É difícil dizer se foi falha do poeta ou simplesmente uma diferença de forma de raciocínio.

O ritmo do poema é idêntico ao dos dois últimos, bem como a solução adotada na tradução.

31

ὑακινθίνῃ με ῥάβδῳ
χαλεπῶς Ἔρως ῥαπίζων
ἐκέλευε συντροχάζειν.
διὰ δ' ὀξέων μ' ἀναύρων
5 ξυλόχων τε καὶ φαράγγων
τροχάοντα τεῖρεν ἱδρώς·
κραδίη δὲ ῥινὸς ἄχρις
ἀνέβαινε, κἂν ἀπέσβην.
ὁ δ' Ἔρως † μέτωπα σείων †
10 ἁπαλοῖς πτεροῖσιν εἶπεν·
'σὺ γὰρ οὐ δύνῃ φιλῆσαι;'

Com uma vara de jacintos,
o Amor batia em mim sem pena,
mandando que eu o acompanhasse.
Corri ao longo de águas duras,
de arbustos e também de abismos,
corri e o suor me incomodava.
O coração subiu-me ao rosto,
até o nariz. Pensei morrer.
Mas Eros abanando as suas
asinhas tenras me falou:
"Não podes mesmo então amar?"

COMENTÁRIO

O poema se insere no conjunto de *Anacreônticas* que discorrem a respeito da crueldade do Amor. O deus/sentimento é visto como uma espécie de mestre impiedoso, o que contrasta terrivelmente com a graciosidade de sua figura de bebê, evocada no poema a partir do modo delicado com que ele bate suas asas e se dirige ao eu-lírico nos versos finais.

O ritmo permanece igual ao dos três poemas anteriores, bem como a solução adotada na tradução.

32

ἐπὶ μυρσίναις τερείναις
ἐπὶ λωτίναις τε ποίαις
στορέσας θέλω προπίνειν.
ὁ δ' Ἔρως χιτῶνα δήσας
5 ὑπὲρ αὐχένος παπύρῳ
μέθυ μοι διακονείτω·
τροχὸς ἅρματος γὰρ οἷα
βίοτος τρέχει κυλισθείς,
ὀλίγη δὲ κεισόμεσθα
10 κόνις ὀστέων λυθέντων.
τί σε δεῖ λίθον μυρίζειν;
τί δὲ γῇ χέειν μάταια;
ἐμὲ μᾶλλον, ὡς ἔτι ζῶ,
μύρισον, ῥόδοις δὲ κρᾶτα
15 πύκασον, κάλει δ' ἑταίρην·
πρίν, Ἔρως, ἐκεῖ μ' ἀπελθεῖν
ὑπὸ νερτέρων χορείας,
σκεδάσαι θέλω μερίμνας.

Sobre um leito de delicados
ramos de lótus e de mirto,
eu desejo fazer um brinde!
Que o Amor amarre ao redor
do pescoço a túnica com
papiro e me sirva de vinho,
pois a vida gira depressa,
como as rodas de uma quadriga:
em breve jazeremos com
os ossos soltos sob a terra.
Pra que perfumar uma pedra?
Pra que dar vinho para o solo?
Perfuma-me enquanto estou vivo,
cinge-me a cabeça com rosas
e chama aqui a minha moça,
pois antes que eu me una às danças
dos mortos, eu desejo, Amor,
dispersar a minha inquietude.

COMENTÁRIO

Esta *Anacreôntica* pertence ao grupo de poemas de temática *carpe diem*. Ela se configura quase como um hino a Eros, Dioniso e Afrodite. Como ocorre com frequência, o poeta apresenta algumas perguntas retóricas, a fim de validar sua posição de despreocupada boemia. A ideia de "dispersar a inquietude" se repetirá em outros poemas do *corpus*.

O ritmo do poema é idêntico ao dos quatro últimos, bem como a forma empregada nos versos em português.

33

μεσονυκτίοις ποτ' ὥραις,
στρέφετ' ἡνίκ' Ἄρκτος ἤδη
κατὰ χεῖρα τὴν Βοώτου,
μερόπων δὲ φῦλα πάντα
5   κέαται κόπῳ δαμέντα,
τότ' Ἔρως ἐπισταθείς μευ
θυρέων ἔκοπτ' ὀχῆας.
'τίς' ἔφην 'θύρας ἀράσσει,
κατά μευ σχίσας ὀνείρους;'
10 ὁ δ' Ἔρως 'ἄνοιγε' φησίν·
'βρέφος εἰμί, μὴ φόβησαι·
βρέχομαι δὲ κἀσέληνον
κατὰ νύκτα πεπλάνημαι.'
ἐλέησα ταῦτ' ἀκούσας,
15 ἀνὰ δ' εὐθὺ λύχνον ἄψας
ἀνέῳξα, καὶ βρέφος μὲν
ἐσορῶ φέροντα τόξον
πτέρυγάς τε καὶ φαρέτρην·
παρὰ δ' ἱστίην καθίξας
20 παλάμαισι χεῖρας αὐτοῦ
ἀνέθαλπον, ἐκ δὲ χαίτης
ἀπέθλιβον ὑγρὸν ὕδωρ.
ὃ δ', ἐπεὶ κρύος μεθῆκε,
'φέρε' φησί 'πειράσωμεν
25 τόδε τόξον, εἴ τί μοι νῦν
βλάβεται βραχεῖσα νευρή.'
τανύει δὲ καί με τύπτει

Certa vez, no meio da noite,
chegado o momento em que a Ursa
já se vira à mão do Boieiro
e todas as tribos dos homens
se deitam pelo seu cansaço,
o Amor se pôs em frente à minha
porta e começou a bater.
"Quem bate em minha porta?", eu disse.
"Partiste todos os meus sonhos!"
O Amor então responde: "Abre!
Sou um bebê! Não tenhas medo!
Estou molhado e estou perdido
Em meio à noite sem luar."
Fiquei com pena do que ouvi.
Por isso, acendo um lampião
e abrindo a porta então eu vejo
um bebezinho com seu arco,
aljava e asas sobre as costas.
sentei-o junto da lareira,
a fim de que esquentasse as mãos,
e então sequei o seu cabelo,
espremendo os cachos molhados.
Quando o frio por fim o soltou,
"Vem!", ele disse. "Vem testar
meu arco para ver se a corda
acaso se estragou na chuva!"
Armou a flecha e me acertou

	μέσον ἧπαρ, ὥσπερ οἶστρος.	no meio do meu coração.
	ἀνὰ δ' ἄλλεται καχάζων·	Depois, pulando e rindo, disse:
30	'ξένε' δ' εἶπε 'συγχάρηθι·	"Amigo, alegra-te comigo!
	κέρας ἀβλαβὲς μὲν ἡμῖν,	Meu arco está ileso, mas
	σὺ δὲ καρδίαν πονήσεις.'	teu coração irá doer!"

COMENTÁRIO

Assim como na *Anacreôntica* 4, o poeta começa o poema citando o nome de constelações para criar a imagem desejada. Esse recurso parece coincidir com o uso que vimos em outros poemas de elementos alheios ao real objeto do texto, com o intuito de dar uma variação ao tema e criar certa dúvida e curiosidade acerca do que se vai falar.

A real temática do poema, contudo, tem a ver com o assunto visto na *Anacreôntica* 31, o da insuspeita crueldade de Eros, que novamente é apresentado como um bebê aparentemente indefeso e delicado. O eu-lírico se apieda do deus, que chega à sua porta à noite em meio à chuva, e lhe permite entrar. O resultado é que Eros, brincalhão, resolve testar suas flechas na persona poética, para ver se acaso elas não se danificaram com a umidade. O poema termina com jocosa ironia, com o Amor dizendo que as flechas estão boas, mas que o coração do eu-lírico irá doer.

O ritmo original e a solução empregada em português são idênticos aos das últimas cinco *Anacreônticas*.

34

μακαρίζομέν σε, τέττιξ,
ὅτε δενδρέων ἐπ' ἄκρων
ὀλίγην δρόσον πεπωκὼς
βασιλεὺς ὅπως ἀείδεις.
5   σὰ γάρ ἐστι κεῖνα πάντα,
ὁπόσα βλέπεις ἐν ἀγροῖς
χὠπόσα φέρουσιν ὗλαι.
σὺ δὲ † φιλία † γεωργῶν,
ἀπὸ μηδενός τι βλάπτων·
10 σὺ δὲ τίμιος βροτοῖσιν
θέρεος γλυκὺς προφήτης·
φιλέουσι μέν σε Μοῦσαι,
φιλέει δὲ Φοῖβος αὐτός,
λιγυρὴν δ' ἔδωκεν οἴμην·
15 τὸ δὲ γῆρας οὔ σε τείρει,
σοφέ, γηγενής, φίλυμνε·
ἀπαθής, ἀναιμόσαρκε,
σχεδὸν εἶ θεοῖς ὅμοιος.

Julgamos-te feliz, cigarra,
quando sobre as árvores altas,
tomado um pouquinho de orvalho,
tu cantas, então, como um rei!
Os campos, até onde a vista
alcança, te pertencem. Tudo
que a mata produz te pertence.
És amiga dos camponeses:
jamais tu roubas algo deles.
Tu és honrada entre os mortais,
profeta doce do Verão.
As Musas amam-te e também
te ama o próprio Febo, que te
deu uma límpida canção.
A ti, velhice não oprime,
sábia, terrânea, amante de hinos.
Sem dor nem sangue em suas carnes,
pareces mais com um dos deuses.

COMENTÁRIO

O poema louva a condição da cigarra, fazendo uma indireta analogia a seu modo de atuação e ao do próprio poeta báquico. O estatuto da cigarra é definido, logo de início, a partir de sua visão no alto das árvores, uma posição elevada, acima do resto do mundo. Lá, ela bebe um pouco de orvalho, assim como o poeta báquico sorve seu vinho, para em seguida entoar o seu canto. Tudo que é natural lhe pertence, numa reiterada defesa dos dons gratuitos da terra em detrimento do ouro. Como o poeta báquico, ela não carece de mais nada, de modo que não tem motivo para roubar dos camponeses. Em seguida, seu estatuto é elevado a uma quase-divindade, primeiro pelo amor de Apolo e das Musas e, depois, pela noção de que, não tendo sangue nem dor, ela mais se parece com um dos deuses.

Os metros do original e da tradução seguem os metros das últimas seis *Anacreônticas*.

35

Ἔρως ποτ' ἐν ῥόδοισι
κοιμωμένην μέλιτταν
οὐκ εἶδεν, ἀλλ' ἐτρώθη·
τὸν δάκτυλον παταχθεὶς
5 τᾶς χειρὸς ὠλόλυξε.
δραμὼν δὲ καὶ πετασθεὶς
πρὸς τὴν καλὴν Κυθήρην
ὄλωλα, μῆτερ,' εἶπεν,
'ὄλωλα κἀποθνήσκω·
10 ὄφις μ' ἔτυψε μικρός
πτερωτός, ὃν καλοῦσιν
μέλιτταν οἱ γεωργοί.'
ἃ δ' εἶπεν· 'εἰ τὸ κέντρον
πονεῖς τὸ τᾶς μελίττας,
15 πόσον δοκεῖς πονοῦσιν,
Ἔρως, ὅσους σὺ βάλλεις;'

Certa vez, o Amor, por não ver
que em meio às rosas uma abelha
dormia, acabou se ferindo.
Tão logo sentiu a picada
num dedo da mão ele uivou
e foi-se correndo e voando
atrás da venusta Citéria.
"Mataram-me, mãe!", ele disse.
"Mataram-me! Ai, estou morrendo!
Uma cobrinha voadora
me picou! Aquela chamada
de abelha pelos camponeses!"
E ela respondeu: "Se o ferrão
da abelha dói dessa maneira,
que dor tu pensas que eles sentem,
Amor, por causa de tuas flechas?"

COMENTÁRIO

Assim como os poemas 31 e 33, este discorre a respeito do caráter de Eros. Aqui o vemos representado como filho de Afrodite (uma representação bastante tardia), a quem ele corre chorando depois de se ferir no ferrão de uma abelha. O poema termina de modo jocoso, com Afrodite lhe convidando a imaginar como os humanos não sofrem pelas picadas de suas setas.

Novamente, o poema original e a tradução seguem ambos os mesmos padrões das últimas *Anacreônticas*.

36

    ὁ Πλοῦτος εἴ γε χρυσοῦ
    τὸ ζῆν παρεῖχε θνητοῖς,
    ἐκαρτέρουν φυλάττων,
    ἵν', ἂν Θάνατος ἐπέλθῃ.
5 λάβῃ τι καὶ παρέλθῃ.
    εἰ δ' οὖν μὴ τὸ πρίασθαι
    τὸ ζῆν ἔνεστι θνητοῖς,
    τί καὶ μάτην στεγάζω;
    τί καὶ γόους προπέμπω;
10 θανεῖν γὰρ εἰ πέπρωται,
    τί χρυσὸς ὠφελεῖ με;
    ἐμοὶ γένοιτο πίνειν,
    πιόντι δ' οἶνον ἡδὺν
    ἐμοῖς φίλοις συνεῖναι,
15 ἐν δ' ἀπαλαῖσι κοίταις
    τελεῖν τὰν Ἀφροδίταν.

Se a Riqueza oferecesse
vida pros mortais por ouro,
com zelo eu o guardaria,
pra que quando viesse a Morte
lhe pagasse e fosse embora.
No entanto, como os mortais
não podem comprar a vida,
para que sofrer em vão?
Pra que chorar e gemer?
Se estou fadado a morrer,
de que irá servir-me o ouro?
Deixa-me beber e, tendo
bebido o meu doce vinho,
deitar-me com meus amigos
numa cama bem macia
para os ritos de Afrodite.

COMENTÁRIO

O poema ecoa o tema da *Anacreôntica* 8, da inutilidade do dinheiro, mas levado para um lado mais sombrio, pelo argumento de que não se pode chantagear a morte com ouro nem prata (um tema abordado também por Sólon no fragmento 24: "pois nem parte da enorme opulência / De ouro e de bens materiais, homem nenhum leva ao Hades"). O poema ainda usa uma imagem retomada adiante, na *Anacreôntica* 60 (a), dos atos amorosos serem ritos de Afrodite.

O metro do poema é o mesmo dos anteriores (dímetro jônico menor com anáclase), porém aqui foi traduzido por redondilhas maiores.

37

διὰ νυκτὸς ἐγκαθεύδων
ἁλιπορφύροις τάπησι
γεγανυμένος Λυαίῳ,
ἐδόκουν ἄκροισι ταρσῶν
5 δρόμον ὠκὺν ἐκτανύειν
μετὰ παρθένων ἀθύρων,
ἐπεκερτόμουν δὲ παῖδες
ἀπαλώτεροι Λυαίου
δακέθυμά μοι λέγοντες
10 διὰ τὰς καλὰς ἐκείνας.
ἐθέλοντα δ' ἐκφιλῆσαι
φύγον ἐξ ὕπνου μοι πάντες·
μεμονωμένος δ' ὁ τλήμων
πάλιν ἤθελον καθεύδειν.

Ao longo da noite eu dormia,
num mar de purpúreos lençóis,
contente de estar com Lieu.
Sentia que estava correndo
veloz sobre as pontas dos pés,
brincando co' algumas mocinhas,
enquanto uns rapazes mais meigos
que o próprio Lieu caçoavam
de mim com palavras mordazes
por conta das belas garotas.
Mas, quando eu quis dar-lhes uns beijos,
fugiram-me todos do sonho.
Agora, sozinho e infeliz,
só quero dormir novamente.

COMENTÁRIO

O poema se constrói em forma circular, com os versos finais retomando de certa forma a situação inicial. O objeto da narrativa é um sonho erótico induzido pelo vinho (o eu-lírico dorme contente de estar com Lieu, ou seja, embriagado). Há garotos e garotas no terreno onírico e a persona poética corre atrás das últimas, querendo beijá-las. Contudo, o sonho se desfaz e o poema termina com o eu-lírico expressando seu desejo de dormir de novo, ou seja, voltar ao início do poema.

O ritmo do original é o mesmo das *Anacreônticas* anteriores. Aqui, foi traduzido com octossílabos.

38

ἱλαροὶ πίωμεν οἶνον,
ἀναμέλψωμεν δὲ Βάκχον,
τὸν ἐφευρετὰν χορείας,
τὸν ὅλας ποθοῦντα μολπάς,
5 τὸν ὁμότροπον Ἐρώτων,
τὸν ἐρώμενον Κυθήρης,
δι' ὃν ἡ Μέθη λοχεύθη,
δι' ὃν ἡ Χάρις ἐτέχθη,
δι' ὃν ἀμπαύεται Λύπα,
10 δι' ὃν εὐνάζετ' Ἀνία.
τὸ μὲν οὖν πῶμα κερασθὲν
ἁπαλοὶ φέρουσι παῖδες,
τὸ δ' ἄχος πέφευγε μιχθὲν
ἀνεμοτρόφῳ θυέλλῃ.
15 τὸ μὲν οὖν πῶμα λάβωμεν,
τὰς δὲ φροντίδας μεθῶμεν·
τί γάρ ἐστί σοι <τὸ> κέρδος
ὀδυνωμένῳ μερίμναις;
πόθεν οἴδαμεν τὸ μέλλον;
20 ὁ βίος βροτοῖς ἄδηλος·
μεθύων θέλω χορεύειν,
μεμυρισμένος τε παίζειν
. . .
μετὰ καὶ καλῶν γυναικῶν.
25 μελέτω δὲ τοῖς θέλουσι
ὅσον ἐστὶν ἐν μερίμναις.
ἱλαροὶ πίωμεν οἶνον,
ἀναμέλψωμεν δὲ Βάκχον.

Alegres, bebamos o vinho,
cantando a respeito de Baco,
inventor da dança coral
e amante de toda canção,
vivendo tais quais os Amores,
queridos que são da Citéria!
Por causa dele há Bebedeira!
Por causa dele a Graça existe!
Por causa dele a Dor descansa!
Por causa dele o Apuro dorme!
Então se mistura a bebida
e meigos garotos a trazem.
Não tarda a tristeza a fugir,
dispersa em meio à ventania.
Tomemos a nossa bebida,
deixando a inquietude partir!
Pois qual é o lucro em sofrer
por conta de preocupações?
E como saber o futuro?
A vida dos homens é incerta.
Eu quero beber e dançar!
Banhar-me em perfume e brincar
[com jovens de corpos formosos]
e belas garotas também!
Aqueles que entanto quiserem
ocupem-se com a inquietude.
Alegres, bebamos o vinho,
cantando a respeito de Baco!

COMENTÁRIO

Preenchi a lacuna no original grego com o verso "com jovens de corpos formosos".

Assim como visto no poema anterior, repete-se aqui a estrutura circular, de modo até mais intenso, pois os dois primeiros versos se espelham nos dois últimos. De fato, este é talvez o único caminho norteador do poema, visto que, de outra forma, ele parece ser uma enumeração um tanto quanto arbitrária das características do vinho, daquilo que é de seu território de atuação e do que lhe é contrário. Por meio dessa retomada dos versos iniciais (e do discurso que se encaminha nesse sentido), o poema ganha uma forma razoavelmente bem acabada.

O ritmo novamente é o do dímetro jônico menor com anáclase, traduzido aqui por octossílabos com acentos na segunda e na quinta sílabas.

39

φιλῶ γέροντα τερπνόν,
φιλῶ νέον χορευτάν·
ἂν δ' ὁ γέρων χορεύῃ,
τρίχας γέρων μέν ἐστιν,
τὰς δὲ φρένας νεάζει.

Amo um velho que é gentil;
amo um jovem dançarino;
e, se um homem velho dança,
ele é velho nos cabelos,
mas é novo em coração.

COMENTÁRIO

Este curto poema trata da velhice sob a ótica anacreôntica, em que se exalta um homem velho que não se deixa abater pelos cabelos brancos. Ele reflete a própria representação de Anacreonte como um idoso cheio de vida (tal qual visto na *Anacreôntica* 1), bem como a noção expressa no poema 7 do *corpus*, de que conforme a Moira se aproxima, é mais apropriado que o homem velho aproveite a vida. Há uma anáfora nos dois primeiros versos, que se iniciam com o verbo "φιλῶ". O terceiro verso, por sua vez, mistura vocábulos dos dois primeiros, mantendo a ordem em que aparecem: "γέρων" no meio (como ocorre no primeiro verso) e "χορεύῃ" no final (assim como no segundo).

Os versos originais são hemiâmbicos e foram traduzidos por redondilhas maiores.

40

ἐπειδὴ βροτὸς ἐτεύχθην
βιότου τρίβον ὁδεύειν,
χρόνον ἔγνων ὃν παρῆλθον,
ὃν δ' ἔχω δραμεῖν οὐκ οἶδα.
† μέθετέ με, φροντίδες· †
μηδέν μοι χύμιν ἔστω.
πρὶν ἐμὲ φθάσῃ τὸ τέλος.
παίξω, γελάσω, χορεύσω
μετὰ τοῦ καλοῦ Λυαίου.

Como eu fui feito um ser mortal
pra andar na trilha da existência,
conheço o tempo que passou,
mas não o quanto eu tenho à frente.
Deixai-me em paz, preocupações!
Não quero nada ter convosco!
Pois, antes que me alcance a morte,
vou brincar e rir e dançar
ao lado do belo Lieu!

COMENTÁRIO

Vemos aqui a mesma estrutura de composição observada anteriormente: o poeta inicia o poema com uma imagem ou asserção geral, a partir da qual ele se lança ao tema que realmente lhe interessa. No caso, começa-se discorrendo a respeito da transitoriedade e incerteza da vida, para em seguida fazer uma apologia do modo báquico de viver, brincando, rindo e dançando com o vinho, deixando as preocupações de lado.

Os versos parecem seguir a estrutura da *Anacreôntica* 2, com dímetros jônicos menores com anáclase. Contudo, alguns parecem permitir variação interna. Foram traduzidos por octossílabos.

41

  ἦ καλόν ἐστι βαδίζειν,
  ὅπου λειμῶνες κομῶσιν,
  ὅπου λεπτὸς ἡδυτάτην
  ἀναπνεῖ Ζέφυρος αὔρην,
5 κλῆμά τε Βάκχιον ἰδεῖν,
  χὐπὸ τὰ πέταλα δῦναι,
  ἁπαλὴν παῖδα κατέχων
  Κύπριν ὅλην πνέουσαν.

De fato é belo caminhar
por sobre campos bem gramados,
nos quais o leve Zéfiro
assopra a brisa mais gentil,
olhar os ramos de Dioniso
e ir pra debaixo de suas folhas
nos braços de uma moça meiga
cheirando a Cípris por inteiro.

COMENTÁRIO

Este curto poema une três temas principais: o ambiente pastoril, Dioniso e Afrodite, bem como os respectivos campos de atuação desses dois últimos. Sua beleza advém justamente de sua brevidade e do cuidado em se deter somente o necessário em cada um dos elementos evocados.

Os versos originais são dímetros de composição variada, um indício de que se trata de um poema bastante tardio. Na tradução, vali-me de octossílabos jâmbicos.

Apresento também uma tradução do inglês, também em octossílabos mormente jâmbicos:

> How wonderful it is to walk
> on meadows covered with tall grass,
> on which light Zephyr often blows
> the sweetest breeze among them all,
> to see the branches full of Bacchus
> and disappear beneath their green,
> a tender girl for company,
> the scent of Cypris all about her.

42

ποθέω μὲν Διονύσου
φιλοπαίγμονος χορείας,
φιλέω δ', ὅταν ἐφήβου
μετὰ συμπότου λυρίζω·
5 στεφανίσκους δ' ὑακίνθων
κροτάφοισιν ἀμφιπλέξας
μετὰ παρθένων ἀθύρειν
φιλέω μάλιστα πάντων.
φθόνον οὐκ οἶδ' ἐμὸν ἦτορ,
10 φθόνον οὐκ οἶδα δαϊκτήν.
φιλολοιδόροιο γλώττης
φεύγω βέλεμνα κοῦφα·
στυγέω μάχας παροίνους.
πολυκώμους κατὰ δαῖτας
15 νεοθηλέσιν ἅμα κούραις
ὑπὸ βαρβίτῳ χορεύων
βίον ἥσυχον φέροιμι.

Anseio pelas danças de
Dioniso, o amante da alegria!
Eu amo quando toco a lira
bebendo junto de um rapaz,
mas mais que tudo eu amo pôr
guirlandas de jacintos ao
redor da testa e então brincar
na companhia de garotas.
Meu coração não sabe o que é
A inveja que lacera o peito.
Eu fujo das velozes lanças
de línguas dadas ao abuso.
Detesto brigas junto ao vinho.
Em festas cheias de alegria,
com moças feito flores frescas,
dançando ao som que vem da lira,
que eu leve a minha vida em paz.

COMENTÁRIO

Neste poema louva-se novamente Dioniso, bem como seu campo de atuação do ponto de vista anacreôntico, onde ele inclui não só a bebida e a dança, mas também uma espécie de paz avessa à discórdia e à guerra, cujo figurino, como mencionado diversas vezes, é a guirlanda. É particularmente notório o verso 13, onde o poeta afirma odiar as brigas junto ao vinho, de modo a ecoar o texto de um fragmento elegíaco (Fr. Eleg. 2) do próprio Anacreonte. Também merece nota a construção pela qual se fala do vitupério: são lanças velozes de línguas dadas ao abuso. Nesta construção, não só se critica a maledicência, mas também se liga seu âmbito ao da guerra (por meio da imagem da lança).

O ritmo dos poemas segue o da segunda *Anacreôntica* (dímetros jônicos menores com anáclase). Na tradução, empreguei octossílabos jâmbicos.

43

στεφάνους μὲν κροτάφοισι
ῥοδίνους συναρμόσαντες
μεθύωμεν ἁβρὰ γελῶντες.
ὑπὸ βαρβίτῳ δὲ κούρα
5 κατακίσσοισι βρέμοντας
πλοκάμοις φέρουσα θύρσους
χλιδανόσφυρος χορεύῃ.
ἁβροχαίτας δ' ἅμα κοῦρος
στομάτων ἁδὺ πνεόντων
10 κατὰ πηκτίδων ἀθύρῃ
προχέων λίγειαν ὀμφάν.
ὁ δ' Ἔρως ὁ χρυσοχαίτας
μετὰ τοῦ καλοῦ Λυαίου
καὶ τῆς καλῆς Κυθήρης
15 τὸν ἐπήρατον γεραιοῖς
κῶμον μέτεισι χαίρων.

Vamos nos coroar com rosas
e nos embebedar com vinho
em meio a um riso delicado!
Deixai que uma garota dance,
mostrando os belos tornozelos,
ao som da lira, carregando
o tirso pleno de madeixas!
Junto dela, um moço de cachos
macios e hálito suave
dê som ao bárbitos e emane
ao longe a sua clara voz!
Então o Amor de cachos áureos,
ao lado do belo Lieu
e junto da bela Citéria,
se juntará à festividade
com que os mais velhos se deleitam!

COMENTÁRIO

O poema se abre com a evocação de uma guirlanda, uma das imagens mais importantes das *Anacreônticas*, tanto mais forte aqui por ser uma guirlanda feita de rosas, as quais também constituem um elemento recorrente e significativo nesses poemas. Assim como na *Anacreôntica* anterior, vê-se uma distribuição de atuações para jovens de ambos os sexos, em meio a danças, vinho e música. Por fim, evocam-se Dioniso e Afrodite, com os versos finais apontando ainda para o fato de os homens velhos adorarem essas festividades (a imagem do velho, como visto recorrentemente, evoca a própria imagem de Anacreonte).

Os versos seguem o esquema da *Anacreôntica* 2 e o da anterior. A solução adotada na tradução é a mesma da *Anacreôntica* anterior, octossílabos jâmbicos.

44

τὸ ῥόδον τὸ τῶν Ἐρώτων
μίξωμεν Διονύσῳ·
τὸ ῥόδον τὸ καλλίφυλλον
κροτάφοισιν ἁρμόσαντες
5 πίνωμεν ἁβρὰ γελῶντες.
ῥόδον, ὦ φέριστον ἄνθος,
ῥόδον εἴαρος μέλημα,
ῥόδα καὶ θεοῖσι τερπνά,
ῥόδον, ᾧ παῖς ὁ Κυθήρης
10 στέφεται καλοὺς ἰούλους
Χαρίτεσσι συγχορεύων·
στεφάνου με, καὶ λυρίξων
παρὰ σοῖς, Διόνυσε, σηκοῖς
μετὰ κούρης βαθυκόλπου
15 ῥοδίνοισι στεφανίσκοις
πεπυκασμένος χορεύσω.

Misturemos a rosa dos
Amores junto a Dioniso:
com a rosa de folhas belas
cingindo-nos em torno à testa,
bebamos com riso agradável!
A rosa, mais nobre das flores!
A rosa, amor da Primavera!
A rosa, deleite dos deuses!
A rosa, com que o filho da
Citéria cinge os belos cachos
a fim de dançar com as Graças!
Coroa-me, Dioniso, que,
tocando a lira em teu recinto,
eu dançarei na companhia
de uma moça de seios fartos
com láureas róseas me envolvendo!

COMENTÁRIO

Esta e a de número 55 são as duas *Anacreônticas* que mais se atêm à figura da rosa. É por meio dela que o poeta encontra a união inicialmente entre Dioniso e o par Afrodite/Eros (a partir da noção da "rosa dos amores"), para depois incluir também as Graças. Há menções à dança, à primavera, à música e a moças de seios fartos, num imaginário rico em vida. Ao término do poema, vemos o eu-lírico coroado com rosas, como que elevando a si mesmo para esse convívio com as divindades.

O ritmo segue o mesmo das últimas duas *Anacreônticas*, ainda que com alguma variação interna no primeiro *metron*. Novamente, usei octossílabos na tradução.

45

ὅταν πίνω τὸν οἶνον,
εὕδουσιν αἱ μέριμναι.
τί μοι πόνων, τί μοι γόων,
τί μοι μέλει μεριμνῶν;
5   θανεῖν με δεῖ, κἂν μὴ θέλω·
τί τὸν βίον πλανῶμαι;
πίωμεν οὖν τὸν οἶνον
τὸν τοῦ καλοῦ Λυαίου·
σὺν τῷ δὲ πίνειν ἡμᾶς
10   εὕδουσιν αἱ μέριμναι.

Quando bebo vinho logo
dormem as preocupações!
Que me importam os problemas,
os tormentos e as mazelas?
Morro mesmo não querendo.
Preocupar-me com a vida?
Não, bebamos em vez disso o
vinho do belo Lieu!
Pois tão logo nós bebemos
dormem as preocupações!

COMENTÁRIO

O poema 45 do *corpus* se insere no grupo de *Anacreônticas* de temática *carpe diem*, com uma apologia ao vinho em face da morte, cuja inevitabilidade, segundo o argumento do texto, faz com que não haja justificativa ou sentido para que alguém se preocupe com a vida. Além das três repetições de "τί μοι" entre os versos 3 e 4, não há muito o que se destacar do ponto de vista formal, à exceção da retomada quase *verbatim* dos dois versos iniciais no final do poema.

O poema original foi composto com versos hemiâmbicos e traduzido aqui com redondilhas maiores trocaicas.

46

ἴδε πῶς ἔαρος φανέντος
Χάριτες ῥόδα βρύουσιν·
ἴδε πῶς κῦμα θαλάσσης
ἁπαλύνεται γαλήνῃ·
5 ἴδε πῶς νῆσσα κολυμβᾷ
ἴδε πῶς γέρανος ὁδεύει.
ζαφελῶς δ' ἔλαμψε Τιτάν,
νεφελῶν σκιαὶ δονοῦνται,
τὰ βροτῶν δ' ἔλαμψεν ἔργα,
10 [καρποῖσι γαῖα προκύπτει]
καρπὸς ἐλαίας προκύπτει·
Βρομίου τρέφεται νᾶμα
κατὰ φύλλον, κατα κλῶνα·
θαλέλων ἤνθησε καρπός.

Olha como as Graças insuflam
as rosas quando é Primavera!
Olha como as ondas do mar
estão gentis na calmaria!
Olha como o pato mergulha!
Olha como a garça viaja!
Enquanto Titã resplandece,
as sombras das nuvens passeiam
e os campos dos homens resplendem!
Assomam os frutos da terra,
e assomam olivas também!
O néctar de Brômio circula
por todas as folhas e ramos
e as plantas vicejam com flores!

COMENTÁRIO

O poema une vários elementos comuns às *Anacreônticas*. O tema principal é o do vigor da primavera, que traz consigo a simbologia dos novos amores e do frescor da juventude. Esse caráter vicejante é apresentado a partir de um cenário pastoril, em que se mencionam patos, garças, nuvens e os campos dos homens, cheios de frutos. O poema também não termina antes de se fazer uma menção a Brômio (Dioniso), em adição às Graças, mencionadas logo no início do texto.

O metro do poema original parece ser o dímetro jônico menor com anáclase (os versos 7, 8 e 9 são claramente desse tipo). Porém, há variações estranhas, que não se veem nas demais *Anacreônticas*. Na tradução, empreguei octossílabos jâmbicos.

47

 ἐγὼ γέρων μέν εἰμι,
 νέων πλέον δὲ πίνω·
 κἂν δεήσῃ με χορεύειν,
 Σειλενὸν ἐν μέσοισι
5 μιμούμενος χορεύσω
 σκῆπτρον ἔχων τὸν ἀσκόν·
 ὁ νάρθηξ δ' οὐδέν ἐστιν.
 ὁ μὲν θέλων μάχεσθαι
 πάρεστω καὶ μαχέσθω·
10 ἐμοὶ κύπελλον, ὦ παῖ,
 μελίχρουν οἶνον ἡδὺν
 ἐγκεράσας φόρησον.
 ἐγὼ γέρων μέν εἰμι,
 <νέων πλέον δὲ πίνω>.

Eu sou um homem idoso,
mas bebo mais que os garotos.
Quando eu preciso dançar,
eu danço feito Sileno,
tomando o centro da pista,
com meu cantil como apoio,
pois a bengala eu perdi.
Se alguém quiser me enfrentar,
que venha! Eu o enfrentarei!
Mistura o vinho, menino,
semelho ao mel em doçura,
e traz pra mim uma taça!
Eu sou um homem idoso,
mas bebo mais que os garotos.

COMENTÁRIO

Este poema, assim como o de número 7 e o de número 39, celebra a figura do velho boêmio e cheio de vida, ícone do próprio Anacreonte. Vemo-lo aqui bebendo, dançando e agindo de modo cômico (pela perda da bengala e pela comparação com um sátiro, Sileno).

Também seria possível entender que se esteja falando de uma disputa de bebedeira. Porém, acredito que esse convite para a luta deva ser entendido do ponto de vista erótico, como no fragmento 396 de Anacreonte, o qual este poema parece imitar: em ambos, vemos o pedido para que um menino traga vinho a fim de que haja uma luta. No caso atual, é incerto quem será o adversário do eu-lírico. No caso do fragmento de Anacreonte, seu opositor é o próprio Amor. Em vista dessa semelhança de temas e de usos imagéticos, parece-me seguro dizer que se trata, portanto, de um convite para o embate amoroso.

Os versos originais são hemiâmbicos e foram aqui traduzidos por redondilhas maiores.

48

ὅταν ὁ Βάκχος ἔλθῃ,
εὕδουσιν αἱ μέριμναι,
δοκῶ δ' ἔχειν τὰ Κροίσου.
θέλω καλῶς ἀείδειν,
5   κισσοστεφὴς δὲ κεῖμαι,
πατῶ δ' ἅπαντα θυμῶι.
ὅπλιζ', ἐγὼ δὲ πίνω.
φέρε μοι κύπελλον, ὦ παῖ·
μεθύοντα γάρ με κεῖσθαι
10 πολὺ κρεῖσσον ἢ θανόντα.

Tão logo Baco é chegado,
dormem as preocupações!
Penso ter o ouro de Creso!
Quero cantar belamente!
Deito com láureas e meu
coração desdenha o mundo!
Prepara o vinho pra mim
e traz-me a taça, menino,
pois é melhor que eu me deite
antes bêbado que morto!

COMENTÁRIO

Este poema ecoa os versos da *Anacreôntica* 45 (e de certo modo os da de número 50) a partir da repetição de "εὕδουσιν αἱ μέριμναι" ("dormem as preocupações"). Também é mencionado o ouro lídio, pela figura de Creso, o qual havia sido também evocado na *Anacreôntica* 8 a partir da imagem de Giges. Novamente, aparece a figura da guirlanda junto à descrição dos efeitos benfazejos do vinho e de uma apologia ao *carpe diem*. O ponto máximo do poema se encontra, a meu ver, nos dois versos finais, onde o poeta brinca com a noção comum da mitologia grega de que o Sono é irmão da Morte, dizendo, de modo jocoso, que é melhor deitar-se bêbado do que morto.

Novamente, os versos originais são hemiâmbicos e foram traduzidos por redondilhas maiores.

49

τοῦ Διὸς ὁ παῖς ὁ Βάκχος,
ὁ λυσίφρων ὁ Λυαῖος,
ὅταν εἰς φρένας τὰς ἐμάς
εἰσέλθῃ μεθυδώτας,
5   διδάσκει με χορεύειν.
ἔχω δέ τι καὶ τερπνὸν
ὁ τᾶς μέθας ἐραστάς·
μετὰ κρότων, μετ' ᾠδᾶς
τέρπει με κἀφροδίτα·
10 πάλιν θέλω χορεύειν.

Quando o filho de Zeus, Baco,
que livra a mente dos homens,
Lieu, doador do vinho,
entra nos meus pensamentos,
ele me ensina a dançar.
E eu, amante do vinho,
adoto mais um amor.
Com a batida e a canção
Afrodite me deleita:
de novo eu quero dançar!

COMENTÁRIO

Em mais um poema em honra a Dioniso, aqui vemos o poeta explicar a origem do nome Lieu, de modo indireto, chamando-o de "λυσίφρων" ("o que solta a mente"), por ele libertar a mente dos homens das preocupações mundanas. Vê-se também a comum associação de Dioniso com Afrodite, que permeia o *corpus* das *Anacreônticas*: a cada vez que o eu-lírico bebe, ele adota um novo amor; por essa adoção, ele sente vontade de dançar (ato que certamente pode ser entendido com uma conotação erótica).

Os versos originais são mormente hemiâmbicos, mas possuem irregularidades métricas que, como Campbell[4] aponta, provavelmente se justificam em vista de ser um poema bastante tardio. Eu os traduzi simplesmente por redondilhas maiores.

---

[4] David A. Campbell, *Greek Lyric II*, *op. cit.*, p. 223, nota 1.

50

    ὅτ' ἐγὼ πίω τὸν οἶνον,
    τότ' μὴν ἦτορ ἰανθὲν
    . . . .
    Λιγαίνειν ἄρχεται Μούσας.

5   ὅτ' ἐγὼ πίω τὸν οἶνον,
    ἀπορίπτονται μέριμναι
    πολυφρόντιδές τε βουλαὶ
    ἐς ἁλικτύπους ἀήτας.

    ὅτ' ἐγὼ πίω τὸν οἶνον,
10 λυσιπαίγμων τότε Βάκχος
    πολυανθέσιν μ' ἐν αὔραις
    δονέει μέθῃ γανώσας.

    ὅτ' ἐγὼ πίω τὸν οἶνον,
    στεφάνους ἄνθεσι πλέξας,
15 ἐπιθείς τε τῷ καρήνῳ
    βιότου μέλπω γαλήνην.

    ὅτ' ἐγὼ πίω τὸν οἶνον,
    μύρῳ εὐώδεϊ τέγξας
    δέμας, ἀγκάλαις δὲ κούρην
20 κατέχων Κύπριν ἀείδω.

    ὅτ' ἐγὼ πίω τὸν οἶνον,
    ὑπὸ κυρτοῖς δὴ κυπέλλοις
    τὸν ἐμὸν νόον ἁπλώσας
    θιάσῳ τέρπομαι κούρων.

A cada vez que eu bebo vinho,
conforme Baco me percorre,
meu coração se aquece inteiro
e canta os claros tons das Musas.

A cada vez que eu bebo vinho,
as minhas preocupações
e ansiedades são jogadas
ao vento que golpeia o mar.

A cada vez que eu bebo vinho,
recebo do lirista Baco
os hálitos de muitas flores
que me deleitam na bebida.

A cada vez que eu bebo vinho,
eu tranço flores em guirlandas
e as ponho acima do meu rosto,
cantando o tempo bom da vida.

A cada vez que eu bebo vinho,
eu molho o corpo com perfume
e, tendo uma garota nos
meus braços, canto sobre a Cípria.

A cada vez que eu bebo vinho,
a minha mente se abre pela
ação da taça arredondada
e eu aprecio os jovens báquios.

25 ὅτ' ἐγὼ πίω τὸν οἶνον,   A cada vez que eu bebo vinho,
   τοῦτό μοι μόνον τὸ κέρδος,   não peço mais que este proveito.
   τοῦτ' ἐγὼ λαβὼν ἀποίσω·   Que eu o aceite e o leve embora,
   τὸ θανεῖν γὰρ μετὰ πάντων.   pois morrerei também um dia.

COMENTÁRIO

Este poema é especialmente interessante por ser a única *Anacreôntica* claramente composta em estrofes. Todas elas se abrem com o verso "ὅτ' ἐγὼ πίω τὸν οἶνον", que é idêntico (exceto pela ausência do ν em πίω) ao verso inaugural do poema 45. Cada estrofe aborda um dos grandes temas anacreônticos: as Musas, o esquecimento das preocupações, a guirlanda de flores, o perfume, o amor a uma garota (junto a uma menção a Cípris, comum à "fórmula" temática), o prazer de ouvir os moços cantando junto ao vinho e, por fim, a noção de que é preciso fazer tudo isso enquanto se pode, pois inevitavelmente a morte virá um dia. Por causa dessa organização e da menção de tantos temas, podemos considerá-la uma *Anacreôntica* bastante representativa, ainda que não seja particularmente brilhante (ou talvez justamente por isso, visto que os poemas realmente brilhantes do *corpus* são poucos).

Os versos originais são compostos a partir de dímetros jônicos menores e foram traduzidos por octossílabos neste caso.

51

μή με φύγῃς ὁρῶσα
τὰν πολιὰν ἔθειραν·
μηδ', ὅτι σοὶ πάρεστιν
ἄνθος ἀκμαῖον, τἀμὰ
5 φίλτρα, <φίλα>, διώξῃς·
ὅρα, κἀν στεφάνοισιν
ὅπως πρέπει τὰ λευκά
ῥόδοις κρίνα πλακέντα.

Não te ponhas a fugir
ao ver meus cabelos brancos!
Não rejeites meus presentes,
meu amor, apenas porque
tu estás na flor da idade!
Olha como nas guirlandas
fica bem que os lírios brancos
com as rosas se entrelacem!

COMENTÁRIO

Este curto poema se insere no rol das *Anacreônticas* a respeito da figura do idoso boêmio e amoroso. Neste caso, vemos um discurso de sedução, em que o eu-lírico envelhecido tenta convencer alguém mais novo a amá-lo, apesar da diferença de idade, por meio do argumento de que o lírio e a rosa se entretecem bem na guirlanda.

Os versos originais são hemiâmbicos, mas com a possibilidade de inversão do primeiro pé. Eu os traduzi com redondilhas maiores.

52 (a)

   τί με τοὺς νόμους διδάσκεις
   καὶ ῥητόρων ἀνάγκας;
   τί δέ μοι λόγων τοσούτων
   τῶν μηδὲν ὠφελούντων;
5 μᾶλλον δίδασκε πίνειν
   ἁπαλὸν πῶμα Λυαίου,
   μᾶλλον δίδασκε παίζειν
   μετὰ χρυσῆς Ἀφροδίτης.

Para que me mostras leis e
regras dos retóricos?
Que farei desses discursos
que não servem para nada?
Antes mostra como bebo
o néctar tenro de Lieu!
Antes mostra como brinco
com a áurea Afrodite!

COMENTÁRIO

O poema questiona a pertinência das regras dos retóricos e a utilidade de seus discursos, a fim de, em seguida, fazer a defesa do modo de vida báquico, com as bênçãos de Dioniso e Afrodite. A imagem que se vê no final, a de brincar com Afrodite, deve ser entendida de modo erótico, visto que o verbo "παίζειν", em Anacreonte e nas *Anacreônticas*, possui esse duplo sentido.

Talvez a censura às regras dos retóricos se imponha a partir de um questionamento das leis de versificação, o que justificaria a ποικιλίαι métrica do poema, cujos versos variam entre hemiambos, dímetros jônicos menores com anáclase, dímetros jâmbicos, e variantes dos mesmos. Traduzi-os por redondilhas maiores, o que, neste caso, sim, pode ser visto como uma perda sensível do contexto, caso a variação métrica tenha realmente a ver com o tema do poema.

52 (b)

πολιαὶ στέφουσι κάραν·
δὸς ὕδωρ, βάλ' οἶνον, ὦ παῖ·
τὴν ψυχήν μου κάρωσον.
βραχύ μὴ ζῶντα καλύπτεις.
5 ὁ θανὼν οὐκ ἐπιθυμεῖ.

Cãs laureiam-me a cabeça:
dá-me vinho e água, moço!
Me entorpece o coração!
Logo morro e me sepultas.
E um defunto não quer nada!

COMENTÁRIO

O poema é bastante simples, mas possui uma bela imagem inicial, que dialoga com o resto do *corpus*: o poeta, idoso, agora traz uma guirlanda não de flores, mas de cabelos brancos. O restante do poema é pouco inovador, há um pedido por água e vinho a fim de que o eu-lírico possa estupefazer seu coração, visto que a vida é curta e precisa ser apreciada enquanto possível. O verso final conclui a ideia de modo jocoso e digno de nota, expressando a noção de que é necessário cuidar dos desejos enquanto se é vivo, pois os defuntos não querem mais nada, termos que ecoam o final (igualmente cômico) da *Anacreôntica* 48.

Os versos originais foram compostos em dímetros jônicos menores com anáclase, mas apresentam algumas variações (ou imperfeições) métricas. Eu os traduzi com redondilhas maiores trocaicas.

53

ὅτ' ἐγὼ 'ς νέων ὅμιλον
ἐσορῶ, πάρεστιν ἥβα.
τότε δή, τότ' ἐς χορείην
ὁ γέρων ἐγὼ πτεροῦμαι,
5 παραμαίνομαι, κυβηβῶ.
παράδος· θέλω στέφεσθαι.
πολιὸν δ' ἑκὰς τὸ γῆρας·
νέος ἐν νέοις χορεύσω,
Διονυσίης δέ μοί τις
10 φερέτω ῥοὰν ὀπώρης,
ἵν' ἴδῃ γέροντος ἀλκήν
δεδαηκότος μὲν εἰπεῖν,
δεδαηκότος δὲ πίνειν,
χαριέντως τε μανῆναι.

Quando vejo jovens reunidos,
me vem de volta a juventude.
Então, malgrado a minha idade,
eu alço voo para a dança
e fico louco, extasiado!
Eu quero uma guirlanda! Dá-me!
A velhice cinza está longe!
Danço: um jovem em meio aos jovens!
O néctar da colheita de
Dioniso alguém me traga agora!
Verá o vigor, então, de um velho
versado na arte de falar,
versado na arte de beber
e de ficar louco com graça!

COMENTÁRIO

O poema revisita o tópico das *Anacreônticas* 39 e 47, as quais também tratam da figura do velho dançarino. Aqui, contudo, tem-se uma imagem mais complexa, em que o eu-lírico é trazido de volta à juventude simplesmente pelo contato com moços mais jovens, como se sua mera presença tivesse um efeito mágico sobre ele. O primeiro sintoma manifesto nessa condição é o desejo de dançar, em virtude do qual é necessário que o eu-lírico se vista com uma guirlanda. Logo a velhice já parece longínqua e ele não apenas se sente jovem, ele é um jovem em meio a jovens. Em seguida, há o pedido pelo vinho de Dioniso, munido do qual o poeta promete dar o exemplo de como se fala, bebe e enlouquece de modo gracioso (o que reflete o desejo expresso na *Anacreôntica* 2, de misturar as leis à bebida, bem como as outras referências levantadas durante seu comentário).

Os versos seguem novamente o padrão do dímetro jônico menor anaclástico. Aqui foram traduzidos por octossílabos.

54

ὁ ταῦρος οὗτος, ὦ παῖ,
δοκεῖ τις εἶναί μοι Ζεύς·
φέρει γὰρ ἀμφὶ νώτοις
Σιδωνίαν γυναῖκα·
5   περᾷ δὲ πόντον εὐρύν,
τέμνει δὲ κῦμα χηλαῖς.
οὐκ ἂν δὲ ταῦρος ἄλλος
ἐξ ἀγέλης λιασθείς
ἔπλευσε τὴν θάλασσαν,
10 εἰ μὴ μόνος ἐκεῖνος.

Este touro me parece
semelhante a Zeus, garoto.
Leva sobre as suas costas
uma donzela sidônia
e, ao cruzar o vasto mar,
com seus cascos corta as ondas.
Nenhum outro touro iria
longe do rebanho assim,
navegando sobre o mar:
nenhum outro senão ele.

COMENTÁRIO

Campbell[5] sugere que os versos deste poema sejam a descrição de uma pintura representando o rapto de Europa, uma nobre fenícia (por isso a menção a Sídon, uma importante cidade fenícia), por parte de Zeus, que, transformado em touro, levou-a sobre o oceano até Creta, onde a amou e a tornou a primeira rainha cretense.

Os versos gregos são hemiâmbicos e foram traduzidos por redondilhas maiores trocaicas.

---

[5] David A. Campbell, *Greek Lyric II*, *op. cit.*, p. 231, nota 1.

55

στεφανηφόρου μετ' ἦρος
μέλομαι ῥόδον τέρεινον
συνέταιρον ὀξὺ μέλπειν.
τόδε γὰρ θεῶν ἄημα,
5 τόδε καὶ βροτοῖσι χάρμα,
Χάρισίν τ' ἄγαλμ' ἐν ὥραις,
πολυανθέων Ἐρώτων
ἀφροδίσιόν τ' ἄθυρμα·
τόδε καὶ μέλημα μύθοις
10 χαρίεν φυτόν τε Μουσῶν·
γλυκὺ καὶ πονοῦντι πεῖραν
ἐν ἀκανθίναις ἀταρποῖς,
γλυκὺ δ' αὖ λαβόντι, θάλπειν
μαλακαῖσι χερσί, κοῦφον
15 προάγοντ' Ἔρωτος ἄνθος.
θαλίαις τε καὶ τραπέζαις
Διονυσίαις τ' ἑορταῖς
δίχα τοῦ ῥόδου γένοιτ' ἄν;
ῥοδοδάκτυλος μὲν Ἠώς,
20 ῥοδοπήχεες δὲ Νύμφαι,
ῥοδόχρους δὲ κἀφροδίτα
παρὰ τῶν σοφῶν καλεῖται.
ἀσόφῳ τόδ' αὐτὸ τερπνόν·
τόδε καὶ νοσοῦσιν ἀρκεῖ,
25 τόδε καὶ νεκροῖς ἀμύνει,
τόδε καὶ χρόνον βιᾶται·
χαρίεν ῥόδων δὲ γῆρας

Chegada a Primavera eu vou
cantar a respeito da meiga
rosa, a sua companheira!
Pois ela é o hálito dos deuses
e a alegria dos mortais!
A glória da estação das Graças
e o deleite das ricas láureas
dos Amores e de Afrodite!
Ela é matéria de poemas,
planta graciosa das Musas!
É doce achá-la no caminho
quando se trilha em meio a espinhos!
É doce tê-la em mãos macias
pra que se aqueça e contra o corpo
então passá-la, a flor do Amor!
O que faríamos nas festas
e nos banquetes de Dioniso
se não tivéssemos a rosa?
Rosa são os dedos da Aurora.
Rosa são os braços das Ninfas.
Rosa é a pele de Afrodite —
assim o dizem os poetas.
A rosa alegra até o banal,
assiste quem está enfermo,
protege aqueles que estão mortos,
e desafia o próprio tempo,
pois mesmo velha ela conserva

	νεότητος ἔσχεν ὀδμήν.	o seu perfume desde nova.
	φέρε δή, φύσιν λέγωμεν·	Falemos de seu nascimento!
30	χαροπῆς ὅτ' ἐκ θαλάττης	Quando o mar e as águas cinzentas
	δεδροσωμένην Κυθήρην	deram Citéria à luz em meio
	ἐλόχευε πόντος ἀφρῷ	à espuma e ungida em orvalho
	πολεμόκλονόν τ' Ἀθήνην	e Zeus gerou de sua cabeça
	κορυφῆς ἔδειξεν ὁ Ζεύς,	Atena do clamor da guerra —
35	φοβερὰν θέαν Ὀλύμπῳ,	visão terrível para o Olimpo —,
	τότε καὶ ῥόδων ἀγητὸν	a terra fez maravilhosos
	νέον ἔρνος ἤνθισε χθών,	brotos de rosa florescerem
	πολυδαίδαλον λόχευμα·	em forma de botões perfeitos.
	μακάρων θεῶν δ' ὅμοιον	E, para que se assemelhasse
40	ῥόδον ὡς γένοιτο, νέκταρ	aos deuses, Lieu aspergiu
	ἐπιτέγξας ἀνέθηλεν	a rosa com néctar e a fez
	ἀγέρωχον ἐξ ἀκάνθης	florescer altiva por sobre
	φυτὸν ἄμβροτον Λυαῖος.	o espinho, uma planta imortal.

COMENTÁRIO

Ao lado da *Anacreôntica* 44, este é o principal poema a tratar do tema das rosas, sobressaindo por causa de sua longa extensão. De fato, a rosa é o único elemento que une esses versos, que se seguem sem uma sequência muito lógica, numa longa lista de atribuições, epítetos e características da rosa e de outros elementos que com ela se parecem. Desde a referência homérica à Aurora de dedos róseos até uma reimaginação do nascimento de Afrodite como motriz da aparição das rosas no mundo, o poeta vai adicionando informação sobre informação, como que conferindo ou revelando todas as facetas da rosa a quem lê. Nesse ponto, a rosa se torna símbolo das próprias *Anacreônticas*, por se configurar como o ponto focal de todas as divindades e elementos importantes destes poemas: as Graças, o Amor, as Musas, Afrodite, Dioniso, as Ninfas, a primavera, a guirlanda, a poesia, o bucolismo, os banquetes e as festas, a criação artística etc.

Os versos originais se constroem a partir de dímetros jônicos menores com anáclase e foram aqui traduzidos por octossílabos de feitura mais ou menos variada.

56

ὁ τὸν ἐν πόνοις ἀτειρῆ,
νέον ἐν πόθοις ἀταρβῆ,
καλὸν ἐν πότοις χορευτὴν
τελέων θεὸς κατῆλθε,
5 ἁπαλὸν βροτοῖσι φίλτρον,
πόθον ἄστονον κομίζων,
γόνον ἀμπέλου, τὸν οἶνον,
ἐπὶ κλημάτων ὀπώραις
πεπεδημένον φυλάττων,
10 ἵν', ὅταν τέμωσι βότρυν,
ἄνοσοι μένωσι πάντες,
ἄνοσοι δέμας θεητόν,
ἄνοσοι γλυκύν τε θυμόν
ἐς ἔτους φανέντος ἄλλου.

O deus — que, na dificuldade,
dá força para quem precisa,
coragem para o amor ao jovem,
beleza pra quem dança ébrio —
desceu e trouxe o vinho pros
mortais, o filho da videira,
gentil poção do amor que bane
o desagrado. Ele o sustenta
preso nos frutos de seus ramos,
pra que os homens, colhendo os cachos,
mantenham-se todos saudáveis —
saudáveis com seus corpos belos,
saudáveis com a mente doce —
até voltar depois de um ano.

COMENTÁRIO

Ainda que trate de Dioniso, o poema evita mencionar o(s) nome(s) do deus, no que pode ser entendido como uma marca de devoção. Essa leitura me parece possível a partir do sóbrio louvor com que o poeta aborda a questão, o deus e seus dons. Dessa forma, esta *Anacreôntica* se aproxima dos demais poemas (como a segunda *Anacreôntica* e o fragmento 356 de Anacreonte, por exemplo) em que a bebedeira é conduzida (ou ao menos em que existe um apelo para que seja conduzida) com moderação.

Os melhores momentos do poema, do ponto de vista da criatividade artística, a meu ver, são: i) a imagem do vinho como uma poção dada pelo deus e que está presa dentro das uvas; ii) o fim do poema pelo anúncio de que o deus voltará no ano que vem, com o que se retoma o início do texto, criando um ciclo eterno (ou melhor: imitando o ciclo eterno da natureza).

No original grego, os versos são dímetros jônicos menores com anáclase. Na tradução, optei por octossílabos quase todos jâmbicos.

57

ἄρα τίς τόρευσε πόντον;
ἄρα τίς μανεῖσα τέχνα
ἀνέχευε κῦμα δίσκῳ;
ἐπὶ νῶτα τῆς θαλάττης
5   ἄρα τίς ὕπερθε λευκάν
ἀπαλὰν χάραξε Κύπριν
νόος ἐς θεοὺς ἀερθείς,
μακάρων φύσιος ἀρχάν;
ὃ δέ νιν ἔδειξε γυμνάν,
10 ὅσα μὴ θέμις δ' ὁρᾶσθαι
μόνα κύμασιν καλύπτει.
ἀλαλημένα δ' ἐπ' αὐτὰ
βρύον ὥς, ὕπερθε λευκᾶς
ἀπαλόχροον γαλήνας
15 δέμας εἰς πλόον φέρουσα,
ῥόθιον πάρ' οἶμον ἕλκει.
ῥοδέων δ' ὕπερθε μαζῶν
ἀπαλῆς ἔνερθε δειρῆς
μέγα κῦμα πρῶτα τέμνει.
20 μέσον αὔλακος δὲ Κύπρις
κρίνον ὣς ἴοις ἑλιχθὲν
διαφαίνεται γαλήνας.
ὑπερ ἀργύρου δ' ὀχοῦνται
ἐπὶ δελφῖσι χορευταῖς
25 † δολερὸν νόον μερόπων †
Ἔρος Ἵμερος γελῶν τε,
χορὸς ἰχθύων τε κυρτὸς

Que artesão forjou o oceano?
Qual a técnica desvairada
que verteu as ondas num prato?
Quem talhou nas costas do mar,
com a mente erguida pros deuses,
a brancura amena de Cípris,
dando início desta maneira
à progênie dos imortais?
Ele a revelou toda nua,
com as ondas lhe recobrindo
só o que não se deve mostrar.
Sobre as ondas ela vagou
como as algas, movimentando
o seu corpo e a pele macia
entalhando sulcos no mar
ao fazer a sua viagem.
Sobre os seios róseos e abaixo
do seu delicado pescoço,
um vagalhão lhe corta a pele.
Cípris, lá no centro da fenda,
como um lírio em meio às violetas,
resplandece à calma do mar.
Para além da prata, o Amor
ladino e o Desejo risonho
vão montados sobre golfinhos
dançarinos, junto de peixes
de arqueados dorsos, num coro,

421

ἐπὶ κυμάτων κυβιστῶν	que mergulham dentro das ondas
† Παφίης τε σῶμα † παίζει,	e gracejam perto da Páfia,
30 ἵνα νήχεται γελῶσα.	que entrementes nada risonha.

COMENTÁRIO

O poema se constrói a partir de uma revisita à imagem do nascimento de Afrodite tal qual se descreve na *Teogonia* de Hesíodo (vv. 188-202),[6] onde a deusa nasce da espuma ejaculada pelo pênis de Urano após ser ceifado por Crono e cair no mar. O evento marca o fim do coito contínuo entre Gaia e Urano, permitindo que Gaia possa parir sua prole divina. Por isso, diz-se no poema que foi assim que se deu início à raça dos imortais. O ponto de vista é curioso: apesar do evento realmente ter sido o marco do início da raça dos imortais, o foco de atenção é todo em Afrodite, de modo que se tem a impressão de que é seu nascimento (e não a castração de Urano) que dá origem aos deuses.

Os versos iniciais abordam a questão por meio de um questionamento de cunho artístico: pergunta-se quem foi o artesão e qual foi a técnica usada

---

[6] Na tradução de Jaa Torrano para a *Teogonia*, de Hesíodo (São Paulo, Iluminuras, p. 117):

O pênis, tão logo cortando-o com o aço
atirou do continente no undoso mar,
aí muito boiou na planície, ao redor branca
espuma da imortal carne ejaculava-se, dela
uma virgem criou-se. Primeiro Citera divina
atingiu, depois foi à circunfluída Chipre
e saiu veneranda bela Deusa, ao redor relva
crescia sob esbeltos pés. A ela, Afrodite
Deusa nascida de espuma e bem-coroada Citereia
Apelidam homens e Deuses, porque da espuma
criou-se e Citeréia porque tocou Citera,
Cípria porque nasceu na undosa Chipre,
e Amor-do-pênis porque saiu do pênis à luz.
Eros acompanhou-a, Desejo seguiu-a belo,
tão logo nasceu e foi para a grei dos Deuses.

para a criação do mar e das ondas em seu dorso. Como visto inúmeras vezes, a percepção artística é recorrente nestes poemas, em especial como método de introduzir o discurso, como é feito também aqui.

O restante do poema apresenta a imagem de Afrodite acompanhada do Amor e do Desejo, assim como se pode ver no trecho mencionado do poema de Hesíodo. Notam-se imagens referentes ao brilho ("resplandece", "prata"), à delicadeza ("pele macia", "delicado pescoço", "calma do mar") e a flores ("lírio em meio a violetas"). É interessante também observar como o poeta primeiro apresenta a deusa vestida com pequenas ondas, que cobrem apenas suas partes pudicas, para em seguida "despi-la" ao falar de seus seios rosados. Assim, o que à primeira vista parecia ser uma marca de pudicícia mostra-se, em realidade, como parte de uma construção erotizante.

O poema termina enfim sem grandes pretensões, como que contente de apenas pintar o quadro do nascimento de Afrodite.

No original, os versos são dímetros jônicos menores com anáclase. Traduzi-os com octossílabos que devem ser lidos com acentos na terceira e na quinta sílaba.

58

ὁ δραπέτας ὁ Χρυσός
ὅταν με φεύγῃ κραιπνοῖς
διηνέμοις τε ταρσοῖς
(ἀεὶ δ', ἀεί με φεύγει),
5 οὔ μιν διώκω· τίς γὰρ
μισῶν θέλει τι θηρᾶν;
ἐγὼ δ' ἄφαρ λιασθεὶς
τῷ δραπέτᾳ τῷ Χρυσῷ,
ἐμῶν φρενῶν μὲν αὔραις
10 φέρειν ἔδωκα λύπας,
λύρην δ' ἑλὼν ἀείδω
ἐρωτικὰς ἀοιδάς.
πάλιν δ' ὅταν με θυμὸς
ὑπερφρονεῖν διδάξῃ,
15 ἄφνω προσεῖπ' ὁ δραπέτας
φέρων μέθαν μοι φροντίδων,
ἑλών μιν ὡς μεθήμων
λύρης γένωμαι λαροῦ.
ἄπιστ', ἄπιστε Χρυσέ,
20 μάταν δόλοις με θέλγεις·
χρυσοῦ πλέον <τὰ> νεῦρα
πόθους κέκευθεν ἀδεῖς·
σὺ γὰρ δόλων, σύ τοι φθόνων
ἔρωτ' ἔθηκας ἀνδράσιν·
25 λύρη δ' ἄλυπα παστάδων
φιλαμάτων τε κεδνῶν
πόθων κύπελλα κιρνᾷ.

A cada vez que ele foge
de mim com asas velozes
de vento, o evasivo Ouro
(e sempre, sempre ele foge),
eu não o persigo, pois
quem quer caçar o que odeia?
Tão logo estou separado
dele, do evasivo Ouro,
as minhas preocupações
eu dou pros ventos levarem!
Tomando a lira então canto
canções acerca do amor!
Porém tão logo me ensina
o coração a enjeitá-lo,
do nada o evasivo fala
comigo e torna a me dar
ideias ébrias de tê-lo
e abandonar minha lira.
Pérfido, pérfido Ouro!
Tu me enfeitiças em vão!
As cordas, mais do que o ouro,
encerram doces desejos!
Tu dás aos homens o amor
à inveja e à falcatrua
enquanto a lira mistura
inócuas taças de anelos
por beijinhos na varanda!

ὅταν θέλῃς δέ, φεύγεις,	Quando desejas, tu foges,
λύρης δ' ἐμῆς ἀοιδὰν	mas eu jamais deixaria
30 οὐκ ἂν λίποιμι τυτθόν.	a canção da minha lira!
ξείνοισι δ' ἀντὶ Μουσῶν	Tu dás prazer a estrangeiros
δολίοις ἀπίστοις ἀνδάνεις.	larápios em vez das Musas!
ἐμοὶ δὲ τῷ λυροκτύπῃ	Quanto a mim, lirista, a Musa
Μοῦσα φρεσὶν πάροικος·	mora no meu coração.
35 ἀχὰν τεὰν ὀρίνοις,	Então, podes lamentar
αἴγλαν τεὰν λαμπρύνοις.	e polir esse teu brilho!

COMENTÁRIO

Esta *Anacreôntica* segue o mote do oitavo poema do *corpus*, numa recusa total à riqueza. No caso presente, isso se dá mediante à imagem do ouro como um ente de vontade própria, que tenta seduzir o eu-lírico, ao mesmo tempo em que é evasivo e só tem ensinamentos viciosos. Esse comportamento do ouro é contrastado com o comportamento da lira, a qual também é vista como um agente, mas como um agente de lições e feitos proveitosos, por sua associação com as Musas. Com isso, o poema se diferencia um pouco das demais *Anacreônticas* de mesmo mote, as quais, de modo geral, contrastam a busca pelo ouro com a busca pelos prazeres da vida, que aqui só ocorrem por intermédio das Musas na figura da lira. Também é notável a ausência de menção ao vinho, marcando a sobriedade do texto (atinge-se o prazer não pela ebriedade, mas pela arte).

Os versos originais são hemiâmbicos e foram traduzidos por redondilhas maiores.

59

τὸν μελανόχρωτα βότρυν
ταλάροις φέροντες ἄνδρες
μετὰ παρθένων ἐπ' ὤμων,
....
5   κατὰ ληνοῦ δὲ βαλόντες
μόνον ἄρσενες πατοῦσιν
σταφυλήν, λύοντες οἶνον,
μέγα τὸν θεὸν κροτοῦντες
ἐπιληνίοισιν ὕμνοις,
10 ἐρατὸν πίθοις ὁρῶντες
νέον ἐσζέοντα Βάκχον.
ὃν ὅταν πίνῃ γεραιός,
τρομεροῖς ποσὶν χορεύει
πολιὰς τρίχας τινάσσων.
15 ὁ δὲ παρθένον λοχήσας
ἐρατὸς νέος ....
.... ἐλυσθεὶς
ἁπαλὸν δέμας χυθεῖσαν
σκιερῶν ὕπαιθα φύλλων
20 βεβαρημένην ἐς ὕπνον.
ὁ δ' Ἔρως ἄωρα θέλγων
....
προδότιν γάμων γενέσθαι.
ὁ δὲ μὴ λόγοισι πείθων
25 τότε μὴ θέλουσαν ἄγχει·
μετὰ γὰρ νέων ὁ Βάκχος
μεθύων ἄτακτα παίζει.

Sobre os ombros, homens e moças
vão levando as uvas de pele
negra em cachos dentro de cestos,
[no caminho ao longo das vinhas,]
depois jogam-nas nos tonéis
onde os homens as espezinham,
liberando o vinho dos cachos
e com clamor saudando o deus
com hinos de vindima ao ver
como borbulha o adorável
Baco novo dentro das jarras.
Quando um homem velho o ingere,
ele dança em pés tremebundos,
balançando os cachos grisalhos.
Entretanto, um jovem amável,
quando tem deitada à sua espera
uma moça [plena de vinho]
vacilando ao peso do sono,
o seu corpo meigo ele abraça,
reclinado à sombra das folhas.
Por sua vez, o Amor [quando bebe]
faz feitiços fora do tempo:
[uma esposa] trai suas núpcias.
e um rapaz que falha em seu flerte
toma a moça contra a vontade.
Esses são os jogos sem ordem
com que Baco brinca entre os jovens.

427

COMENTÁRIO

O poema pode ser dividido em três partes de tamanhos desiguais. A primeira introduz o leitor no universo de Baco por meio da descrição da colheita da uva e da produção do vinho, dos versos 1 a 10. A segunda, dos versos 11 a 24, descreve os efeitos do vinho em três usos distintos (quando um velho o bebe, quando um jovem o bebe e quando o Amor o bebe). A terceira, composta apenas pelos dois últimos versos, conclui o poema, explicitando o verdadeiro objeto de interesse de seus versos: os jogos sem ordem de Baco.

Nessa estrutura, o poeta primeiro aclimata o leitor ao ambiente do vinho por meio de imagens de sua confecção. Essas imagens não são o interesse primário do texto, mas, sim, servem de ponte para se chegar aonde se quer chegar. Em seguida, na segunda parte, esse vinho, cujo desenvolvimento nos foi descrito, é ingerido por diferentes entidades e seus efeitos, o real objeto do poema, são-nos explicitados. O primeiro a bebê-lo é um velho, que dança mesmo com suas pernas fracas e cabelos brancos. Ele é a própria imagem do Anacreonte lendário: rejuvenescido em espírito pela força do vinho. Em seguida, somos apresentados a um casal pronto para fazer amor à sombra de uma árvore, movidos (ou pelo menos a moça do casal está movida) pelo vinho. Por fim, o poeta elenca os dois efeitos desastrosos que o vinho causa quando o próprio Amor o ingere: o adultério e o estupro. É interessante notar que, no segundo exemplo de ingestão, também havia uma cena amorosa, a do casal embaixo da árvore. A diferença é que, naquele caso, os amantes tinham bebido, ao passo que no terceiro caso é o próprio Amor que está bêbado e instila paixões fora de época em seus alvos (que não necessitam estar bêbados).

Do ponto de vista métrico, os versos são formados por dímetros jônicos menores, os quais, à exceção do quarto verso, são todos anaclásticos. Traduzi-os por octossílabos com acentos na terceira e quinta sílabas.

60 (a)

ἀνὰ βάρβιτον δονήσω·
ἄεθλος μὲν οὐ πρόκειται,
μελέτη δ' ἔπεστι παντὶ
σοφίης λαχόντ' ἄωτον.
5 ἐλεφαντίνῳ δὲ πλήκτρῳ
λιγυρὸν μέλος κροαίνων
Φρυγίῳ ῥυθμῷ βοήσω,
ἅτε τις κύκνος Καΰστρου
ποικίλον πτεροῖσι μέλπων
10 ἀνέμου σύναυλος ἠχῇ.
σὺ δέ, Μοῦσα, συγχόρευε·
ἱερὸν γάρ ἐστι Φοίβου
κιθάρη, δάφνη τρίπους τε.
λαλέω δ' ἔρωτα Φοίβου,
15 ἀνεμώλιον τὸν οἶστρον·
σαόφρων γάρ ἐστι κούρα·
τὰ μὲν ἐκπέφευγε κέντρα,
φύσεως δ' ἄμειψε μορφήν,
φυτὸν εὐθαλὲς δ' ἐπήχθη·
20 ὁ δὲ Φοῖβος, ἦὲ, Φοῖβος,
κρατέειν κόρην νομίζων,
χλοερὸν δρέπων δὲ φύλλον
ἐδόκει τελεῖν Κυθήρην.

Eu farei as cordas vibrarem,
não por causa de um campeonato,
mas por ser uma arte que todos
os poetas devem saber.
Com meu plectro de marfim eu
tocarei as notas mais claras,
e num ritmo frígio eu irei
bradar feito um cisne do Caistro,
com as asas ao vento, cantando
uma melodia complexa.
E tu, Musa, dança comigo!
Pois pra Febo a lira e o louro
e o tripé são todos sagrados.
A paixão de Febo é meu tema:
um desejo não saciado,
pois a moça se mantém casta,
escapando do seu ferrão,
tendo o corpo sido tornado
numa planta bem vicejante.
Porém Febo, Febo então veio
e pensando ser seu senhor
arrancou-lhe as folhas, supondo
que fazia os ritos Citérios.

COMENTÁRIO

Assim como o que ocorre com o próximo poema na sequência, o poeta desta *Anacreôntica* demonstra um maior virtuosismo e domínio da arte poética, que aparece de modo metatextual. Esse domínio se evidencia logo no início, pelo longo proêmio em que discorre acerca do fazer poético e em que empreende uma defesa da arte da lira, a qual se pode entender como uma apologia da arte pela arte (pelo prazer dela própria e não por um campeonato) ou como um diálogo com a tradição musical antiga. A segunda hipótese é bastante plausível quando se tem em mente que, à época posterior desses poemas, a tradição poética já estava desvinculada da música. Assim, ainda que os poemas falem de lira e de música, é possível (e provável) que tenham sido compostos de modo escrito e sem nenhuma música de acompanhamento, ao contrário do que ocorria com a poesia de Anacreonte, que é por eles imitada. É como se o contexto descrito pelo poema, com a evocação da lira, do plectro e da música, servisse para suprir a ausência musical desse poema escrito, em diálogo com a tradição oral em que Anacreonte se inseria.

Após esse pequeno *tour de force*, o poeta finalmente aborda o tema da paixão de Apolo por Dafne. O mito envolve a figura de Eros, de cujo armamento Apolo debochara. Em represália, Eros atirou duas flechas: uma de ouro, em Apolo, e uma de chumbo, na ninfa Dafne. O resultado foi que Apolo se apaixonou por ela, ao passo que ela lhe criou um desprezo completo. Perseguida pelo deus, Dafne roga a Peneu, seu pai, que a salve, e ele a transforma, então, num loureiro. O poema faz graça do mito, dizendo que Apolo, enlouquecido, ainda assim teria arrancado as folhas da árvore em que Dafne se transformou, crendo que lhe tirava as vestes para o conúbio amoroso (os ritos de Afrodite).

Os versos originais são dímetros jônicos menores anaclásticos, como o segundo poema do *corpus*, e foram traduzidos aqui por octossílabos.

60 (b)

ἄγε, θυμέ, πῇ μέμηνας
μανίην μανεὶς ἀρίστην;
τὸ βέλος, φέρε, κράτυνον,
σκοπὸν ὡς βαλὼν ἀπέλθῃς.
5   τὸ δὲ τόξον Ἀφροδίτης
ἄφες, ᾧς θεοὺς ἐνίκα.
τὸν Ἀνακρέοντα μιμοῦ,
τὸν ἀοίδιμον μελιστήν.
φιάλην πρόπινε παισίν,
10   φιάλην λόγων ἐραννήν·
ἀπὸ νέκταρος ποτοῖο
παραμύθιον λαβόντες
φλογερὸν φυγόντες ἄστρον.

Coração, por que te enlouqueces
co' a melhor loucura de todas?
Vamos! Joga longe essa lança,
para que acertando tu partas!
Abandona o arco com que
Afrodite venceu os deuses.
imitando o bardo famoso,
Anacreonte, faz um brinde
aos moços e bebe essa taça,
tua amável taça de palavras!
Contentemo-nos com o néctar
da bebida, evitando a estrela
cuja luz refulge escarlate.

COMENTÁRIO

O poema é construído na forma de um monólogo do poeta com seu "θυμός" (a sede das emoções, termo traduzido geralmente por "coração", "espírito", "íntimo" etc.), nos moldes do fragmento 128 de Arquíloco,[7] que se inicia de modo semelhante, ou de Odisseu aconselhando seu coração ao chegar de volta a Ítaca (*Odisseia*, XX, 17-21).[8] Nesse endereçamento, o poeta questiona a razão de seu coração se enlouquecer com a melhor loucura de todas (deixando subentendido, pela temática anacreôntica, que se trata do amor). Em seguida, vemo-lo exortar seu coração para que abandone o arco de Afrodite e lance ao longe sua arma, bebendo vinho e cantando para os moços à moda de Anacreonte.

Como Campbell[9] aponta em sua edição das *Anacreônticas*, a imagem da lança sendo atirada pelo poeta é uma metáfora comum em Píndaro para a excelência de composição poética.[10] O que se propõe, então, é que o coração não se dedique à loucura do amor, mas à loucura do vinho e da canção.

---

[7] Esse poema eu traduzo da seguinte forma:

Alma minha, perturbada por tristezas incuráveis,
Põe-te em pé, defende-te dos que se lançam contra ti;
Peito firme frente as emboscadas dos teus inimigos.
Na vitória, não exultes em triunfo abertamente,
Nem te deixes abater em casa, sendo derrotada;
Mas alegra-te nas alegrias e lamenta os males
Sem excesso, conhecendo o ritmo que rege os homens.

[8] Na tradução de Carlos Alberto Nunes (*Odisseia*, Rio de Janeiro, Ediouro, 2001, p. 338):

Bate, indignado, no peito e a si próprio, desta arte, se exprime:
"Sê, coração, paciente, pois vida mais baixa e mesquinha
já suportaste, ao comer o Ciclope, de força invencível,
os companheiros queridos. Mas tudo aguentaste, até seres
por meus ardis libertado da furna, ao pensarmos na Morte."

[9] David A. Campbell, *Greek Lyric II*, op. cit., p. 245, nota 2.

[10] Por exemplo, nos vv. 42-5 da primeira ode Pítica (tradução minha):

[...] No meu intuito
De louvar esse homem, eu espero
Não ter arrojado pra além da arena a lança de êneas faces que eu manuseio
[na mão,
Mas pra longe, superando os meus rivais.

O poema demonstra um cuidado e uma excelência poética maior do que a média do *corpus*. Sobremodo, destaca-se a repetição de "loucura" no início da ode ("μανίην μανεὶς", "enlouqueces a loucura"), a anáfora criada pela repetição de "φιάλην" no início dos versos 10 e 11, e a bela imagem da "taça de palavras", da qual o poeta aconselha seu próprio coração a beber.

Assim como no poema anterior, os versos desta *Anacreôntica* são dímetros jônicos menores com anáclase e foram novamente foram traduzidos por octossílabos.

60B

φέρ' ὕδωρ, φέρ' οἶνον, ὦ παῖ·　　Traz água, traz vinho, menino.
μέθυσόν με καὶ κάρωσον·　　　　Me embebeda e me estupefaz!
τὸ ποτήριον λέγει μου　　　　　　Pois é meu copo quem me diz
ποδαπόν με δεῖ γενέσθαι.　　　　aquilo que será de mim.

COMENTÁRIO

O pedido inicial por água e vinho, como visto até agora e como se verá a seguir, é extremamente comum tanto nas *Anacreônticas* quanto no próprio Anacreonte. O segundo verso, por sua vez, traz a mesma noção expressa na *Anacreôntica* 52 (b), onde o eu-lírico também manifesta esse desejo por se fazer estupefato. Em seguida, há uma bela imagem para expressar a dificuldade de previsão do futuro (uma noção recorrente nesses poemas) por meio de uma imagem toda anacreôntica: o copo de vinho é quem dirá o futuro do eu-lírico.

Mais uma vez os versos são compostos a partir de dímetros jônicos menores com anáclase e foram traduzidos por octossílabos.

61B

τί με φεύγεις τὸν γέροντα;

Por que foges de mim, de um velho?

COMENTÁRIO

O verso é citado em um escólio à peça *Hécuba* de Eurípides. Parece ser bastante semelhante a muitos versos encontrados nas *Anacreônticas*. Em especial, vêm à mente a de número 7, onde as moças reclamam dos cabelos grisalhos de Anacreonte, e a de número 51, onde o eu-lírico pede às mulheres que não fujam ao ver suas cãs.

O verso parece ser um dímetro jônico menor. Eu o traduzi por um octossílabo.

62B

δοκέει κλύειν γὰρ ἥδε,   Pois ela parece escutar
λαλέειν τις εἰ θελήσῃ.   se alguém deseja conversar.

COMENTÁRIO

Esses dois versos isolados foram citados por Gregório de Corinto para exemplificar verbos sem contração no dialeto jônico. É difícil dizer do que tratariam, mas é possível que fosse sobre uma mulher promíscua como Herotima, do fragmento 346 (1) de Anacreonte, ou Pânfila, do fragmento 331 de Arquíloco.[11]

Os versos são hemiâmbicos e foram traduzidos por octossílabos.

---

[11] O nome "Pânfila", em grego, significa "Amiga de Todos", tratando-se mais provavelmente, portanto, de um apelido jocoso. Eu o traduzo por "Dada" e o fragmento em questão da seguinte forma:

    Como a figueira, que nutre um bocado de corvos nas rochas,
        Dada boazinha, também, sempre recebe estrangeiros.

Súmula métrica

Símbolos:
- ⏑   breve
- —   longa
- ×   *anceps*
- ∧   catalexia (ou acefalia quando no início)
- ⌣ ⌣   base eólia

Estruturas eólicas:
- — ⏑ ⏑ — ⏑ —   dodrans
- — ⏑ — ⏑ ⏑ —   dodrans invertido
- ⌣ ⌣ — ⏑ ⏑ — ⏑ —   glicônio; base eólia mais dodrans
- ⌣ ⌣ — ⏑ ⏑ — ⏑ — —   hiponácteo; glicônio hipercatalético
- ⌣ ⌣ — ⏑ ⏑ — —   ferecrácio; glicônio catalético

Metra:
- — ⏑ ⏑ —   *metron* coriâmbico
- ⏑ ⏑ — —   *metron* jônico menor
- — — ⏑ ⏑   *metron* jônico maior
- — ⏑ — ×   *metron* trocaico
- × — ⏑ —   *metron* jâmbico
- × — — ⏑   *metron* antipástico
- ⏑ ⏑ — ⏑ ⏑ —   *metron* anapéstico
- — ⏑ — ⏑ — —   itifálico
- ⏑ — —   báquio; palimbáquio quando invertido
- — —   espondeu

Agradecimentos

Ao Guilherme e ao André, pelos comentários e pelas correções indispensáveis. Ao Júnior, ao Rafael e ao Eduardo, pelo acompanhamento dos problemas e das soluções ao longo desses anos. Aos meus alunos, pelo *feedback* e pelo incentivo nas aulas. À Diandra, pelo carinho e pelo apoio em cada passo.

Índice de nomes

Este índice diz respeito somente aos fragmentos de Anacreonte, não incluindo as *Anacreônticas*, os comentários e as notas.

Abdera, 263, 279
Afrodite, 47, 71, 260, 273
Ágaton, 279
Aléxis, 124
Amalteia, 79
Amor, 71, 127, 132, 135, 151, 210, 211, 254, 267
Amores, 242, 247
Anaxágoras, 296
Apolo, 261, 270
Areífilo, 293
Ares, 121, 279, 281
Aristoclides, 160
Ártemis, 57, 260, 270
Artêmon, 91, 113
Asteropeu, 257
Atamântida, 214
Atena, 295
bassáridas, 149
Bátilo, 222, 261
Calíteles, 285
cária, 133
Cice, 114
cimérios, 275

Cípris, 45, 241
citas, 69, 275
Cleenórides, 283
Cleóbulo, 71, 75, 222
Corinto, 286
Crítias, 248, 254
Crono, 286
Deoniso, 84
Dioniso, 47, 71, 146, 149, 189, 245, 291, 297
Díseris, 292
dória, 131
Enopião, 269
Equecrátidas, 291
Eros, 47, 73, 130
Erxião, 177
Esmerdes, 85, 222, 261
Ésquilo, 294
Estrate, 111
Etiópia, 215
Eurípile, 91
Evônimo, 287
Fídolas, 286
Filo, 238

Gastrodora, 169
Glauco, 297
Graças, 49
Hades, 125
Helicônia, 297
Hélio, 202
Hermes, 289
Hera, 235
Herotima, 45
ialíseos, 59
Lesbos, 73
Leteu, 57
leucádios, 97
Leucáspis, 94
Leucipe, 87
Licáon, 296
lídios, 233
Maia, 287
Megistes, 63, 64, 155
Melanto, 293
milésios, 168
Míron, 299
mísios, 99
Musas, 49, 273
naucrátea, 179
Náucrates, 249, 294
Noto, 283
Olimpo, 100
Pã, 82
Peleu, 250

Persuasão, 108
Piéria, 49
Pitomandro, 132
Píton, 295
Polícrates, 222, 235, 243, 246
Posêidon, 81
Praxágoras, 296
Praxídice, 292
sâmio, 222
sâmios, 222, 235
Samos, 243
Sêmele, 293
siciliano, 154
Silóson, 264
Símalo, 110
Tântalo, 67
Targélio, 83
Tártaro, 125
Tartessos, 79
Télias, 287
Teos, 241, 242, 254, 263
Tessália, 291
Timócrito, 281
Timônax, 289
Trácia, 51
trácia, 157, 277
trácios, 163
Xantipa, 297
Xantipo, 246
Zeus, 57, 117, 164

Bibliografia consultada

ANTUNES, Leonardo. *Ritmo e sonoridade na poesia grega antiga: uma tradução comentada de 23 poemas*. São Paulo: Humanitas, 2011.

BARACAT JÚNIOR, José Carlos (org.). "Arato, *Fenômenos*". *Cadernos de Tradução*. Porto Alegre, n° 38, jan-jun, 2016.

BAUMBACH, Manuel; DÜMMLER, Nicola. *Imitate Anacreon! Mimesis, Poiesis and the Poetic Inspiration in the Carmina Anacreontea*. Berlim/Boston: Walter de Gruyter, 2014.

CAMPBELL, David A. *Greek Lyric I*. Cambridge, MA/Londres: Harvard University Press, 2002.

_____. *Greek Lyric II*. Cambridge, MA/Londres: Harvard University Press, 2001.

CASTILHO. A. F. de. *Tratado de metrificação portuguesa*. Lisboa: Libraria Moré-Editora, 1874.

COLE, Thomas, *Epiploke: Rhythmical Continuity and Poetic Structure in Greek Lyric*, Cambridge, MA/Londres: Harvard University Press, 1988.

DAVIES, Malcom. "Artemon Transvestitus? A Query". *Mnemosyne*, Vol. XXXIV, Fasc. 3/4, 288-99, Brill, 1981.

EMLEY, M. L. B. "A Note on Anacreon, PMG 347 Fr. I". *The Classical Review*, New Series, vol. 21, n° 2, Cambridge University Press, 1971.

FLORES, Guilherme Gontijo. *Uma poesia de mosaicos nas* Odes *de Horácio*. Tese de doutorado, São Paulo, USP. 2014.

GENTILI, Bruno. *Poetry and its Public in Ancient Greece: from Homer to the Fifth Century*. Baltimore/Londres: The Johns Hopkins University Press, 1988.

_____. "La ragazza di Lesbo". *Quaderni Urbinati di Cultura Classica*, 16, 124-8, Fabrizio Serra Editore, 1973.

_____. *La metrica dei Greci*. Messina/Firenze: Casa Editrice G. D'Anna, 1952.

GENTILI, Bruno; LOMIENTO, Liana. *Metrica e ritmica*. Città di Castello: Mondadori Università, 2007.

HESÍODO, *Teogonia*. Tradução de Jaa Torrano. São Paulo: Iluminuras, 2001.

HOMERO. *Ilíada*. Tradução de Carlos Alberto Nunes. Rio de Janeiro: Ediouro, 2001.

_____. *Odisseia*. Tradução de Carlos Alberto Nunes. Rio de Janeiro: Ediouro, 2001.

JESUS, Carlos A. Martins de. *Anacreontea: poemas à maneira de Anacreonte*. Coimbra: Fluir Perene, 2009.

LANDELS, John G. *Music in Ancient Greece and Rome*. Londres/Nova York: Routledge, 2001.

MARCOVICH, M. "Anacreon, 358 PMG". *The American Journal of Philology*, vol. 104, nº 4, pp. 372-83, The Johns Hopkins University Press, 1983.

MATHIESEN, Thomas J. "Rhythm and Meter in Ancient Greek Music". *Music Theory Spectrum*, Vol. 7, Time and Rhythm in Music, pp. 159-80, University of California Press, 1985.

OPHUIJSEN, J. M. van. *Hephaestion on Metre*. Leiden: E. J. Brill, 1987.

PELLICIA, Hayden. "Anacreon 13". *Classical Philology*, vol. 86, nº 1, pp. 30-6, The University of Chicago Press, 1991.

PFEIJFFER, Ilja Leonard. "Playing Ball with Homer. An Interpretation of Anacreon 358 PMG". *Mnemosyne*, Fourth Series, vol. 53, fasc. 2, pp. 164-84, Brill, 2000.

RENEHAN, R. "Anacreon Fragment 13 Page". *CP* 79, pp. 28-32, 1984.

PLATÃO. *Plato in Twelve Volumes*, tradução de Paul Shorey. Cambridge, MA: Harvard University Press, 1969.

POMEROY, Sarah B. *Goddesses, Whores, Wives, and Slaves: Women in Classical Antiquity*. Nova York: Schocken Books, 1995.

ROCHA JÚNIOR, Roosevelt Araújo da. *O Peri Mousikēs de Plutarco: tradução, comentários e notas*. Tese de doutorado, Campinas, Unicamp, 2007.

ROSENMEYER, Patricia. *The Poetics of Imitation: Anacreon and the Anacreontic Tradition*. Cambridge: Cambridge University Press, 1992.

SLATER, W. J. "Artemon and Anacreon: No Text without Context". *Phoenix*, vol. 32, nº 3: 185-94. Classical Association of Canada, 1978.

SNELL, Bruno. *Griechische Metrik*. Göttingen: Vandenhoeck & Ruprecht, 1955.

TORRANO, José Antonio Alves. *Memorial*. Memorial inédito para o concurso de professor titular, São Paulo, Universidade de São Paulo, 2006.

_____. *O sentido de Zeus*. São Paulo: Roswitha Kempf, 1988.

VRISSIMTZIS, Nikos A. *Amor, sexo e casamento na Grécia Antiga*. São Paulo: Odysseus, 2002.

WEST, M. L. *Ancient Greek Music*. Oxford: Oxford University Press, 2005.

_____. *Greek Metre*. Oxford: Clarendon Press, 1982.

_____. *Introduction to Greek Metre*. Nova York: Oxford University Press, 1987.

Sobre o autor

Segundo a tradição, Anacreonte nasceu na cidade jônia de Teos, na Ásia Menor, por volta da metade do século VI a.C. Por conta dos ataques de Harpago, general de Ciro, contra as cidades gregas da região, os habitantes de Teos se viram obrigados a fugir, tendo rumado para a Trácia, onde fundaram Abdera em 540 a.C. A própria obra do poeta parece fazer menção a esses episódios, o que pode ser um indício de que ele tenha acompanhado essa expedição. É fato notório também que tenha passado pela corte do tirano Polícrates, em Samos (533-22 a.C.), e por Atenas em seguida, à época também governada por tiranos, os dois filhos de Pisístrato. Segundo Platão (*Hiparco*, 228bc), Hiparco teria enviado um navio com cinquenta remadores para trazer o poeta para viver na corte de seu irmão, Hípias. Durante esse período, é possível que Anacreonte tenha convivido também com Simônides, outro importante poeta do final do período arcaico. Testemunhos antigos indicam que sua obra foi compilada, posteriormente, no período helenístico, em cinco volumes. Desses cinco volumes, restam-nos poemas em estado mais ou menos fragmentário, além de um *corpus* mais amplo de poemas tardios, feitos à sua moda (ou em sua homenagem), conhecidos como *Anacreônticas*.

Sobre as *Anacreônticas*

A coleção dos poemas anacreônticos, perdida em um tomo ignorado por pelo menos cinco séculos, foi reintroduzida no mundo europeu a partir da edição de 1554 de Henricus Stephanus (Henri Estienne), cuja fonte foi um único manuscrito do *corpus*, conservado como um apêndice ao *codex* da *Antologia Palatina*. À época, o editor foi louvado por ter redescoberto os poemas perdidos de Anacreonte. Entretanto, mediante estudos linguísticos e estilísticos, bem como por meio da descoberta posterior de fragmentos do próprio Anacreonte, sabemos hoje que os poemas das *Anacreônticas* são em muitos séculos posteriores ao tempo do poeta de Teos. Antes dessa descoberta, os poemas das *Anacreônticas* foram muito lidos e traduzidos, especialmente durante o Romantismo, por nomes que incluem Byron, Almeida Garrett e Antonio Feliciano de Castilho. Ainda que possam nos dizer bem pouco ou quase nada a respeito do Anacreonte histórico, constituem uma espécie de apreciação artística da figura e da obra de Anacreonte sob a forma de poesia.

Sobre o tradutor

Leonardo Antunes (São Paulo, 1983) é poeta, tradutor e professor de língua e literatura grega na UFRGS. É autor de *João & Maria: dúplice coroa de sonetos fúnebres* (Patuá, 2017), que recebeu os prêmios AGES (melhor livro de poesia) e Açorianos (melhor livro de poesia e livro do ano), *Lícidas* (Zouk, 2019) e *Casa dos Poetas* (Zouk, 2021). Tradutor do *Édipo Tirano* de Sófocles (Todavia, 2018), atualmente dedica-se a uma tradução da *Ilíada* e da *Odisseia* de Homero em decassílabos duplos.

Este livro foi composto em Sabon e Cardo pela Franciosi & Malta, com CTP e impressão da Edições Loyola em papel Pólen Natural 80 g/m² da Cia. Suzano de Papel e Celulose para a Editora 34, em outubro de 2022.